U0825851

FLORET

READING

小花阅读

我们只写有爱的故事

青春阅读　幸得相见

大鱼

有爱的青春陪伴者

只想做你的小狐狸

矢厘
SHILI Works
——著

百花洲文艺出版社
BAIHUAZHOU LITERATURE AND ART PRESS

·作者简介·

矢厘

小 花 阅 读 签 约 作 者

披着文静外衣的逗趣少女，其实是爱自导自演的戏精少女。

喜欢脑洞，对甜虐文无法招架，甜虐是脱脂必备良品！

爱称：车厘子，阿厘

个人作品：《星辰知我意》《提灯去见少年郎》《初见仙君 十里繁花》

目录
contents

Z H I X I A N G Z U O N I D E X I A O H U L I

目录
contents

Z H I X I A N G Z U O N I D E X I A O H U L I

楔子

× 你叫什么名字？

卯时，长街行人寥若晨星，甚是冷清。

琉璃瓦的屋脊，薄雪轻覆，宛如东方欲晓前，点亮长屏城的绢灯。

朱漆大门吱呀微敞，一抹身影翩然走近，居高临下地瞧着蜷缩在檐柱旁的柔肤弱体。

闻声，她抬了抬耷拉的眼皮，一双明眸直直地撞入他深邃探究的目光里。

瞧着他一袭天青色长袍，腰间束着一条雪白祥云宽边锦带，坠一枚通透牙白美玉，果真是翩翩少年。

她低头瞧瞧自个儿，衣衫褴褛，身无长物，活脱脱一遭人唾弃、避而远之的乞丐模样……

他缓缓蹲下身，细细打量她：“你叫什么名字？”

“应南枝……”

第一章 × 这小狐狸，还挺凶

01.

稜丘靠北，古木参天，郁郁葱葱，苍翠挺拔。

未冬眠、爱凑热闹的蝉围聚树一头，蝉鸣嘒嘒，倒也掩了茫茫林海里，犹如凡间敲锣般的喊声——

“果子！果子，你莫要乱跑！”

禄娘着一黎色交领襦裙拨开丛丛荆棘，细眉紧拧：这丫头着实不让她省心哪。

稜丘狐狸修道养性，从未卷进任何纷争，虽靠着在人世间的北山脚下汲取些许山神灵气修行，却恪守六界天则，与凡世各自为界，相安过活。

近些年，不知哪儿传开的谣言，闹得狐心惶惶——

说是狐狸以骨血修炼而生的七窍玲珑心能延年益寿、永葆芳华。

起了歹心的猎户三两结伴，不知在稜丘布下多少陷阱，等着他们自投罗网。若非狐族长老的爱女阿阮不知所终，长老下令翻遍稜丘也要将阿阮找出来，她又怎会由着这滑头丫头出来？

果真，一将她放出来，她便像脱了缰的野马，溜了个没影儿。

野果树上传来窸窸窣窣的声响，一袭雪白皮毛异常惹眼。

果子未敛狐狸真身，嘴里还衔一颗野果子四处打量。

步步逼近的脚步声让果子顿时警觉，她轻盈一跃，灵活地穿梭于林木荆棘中，却不敌精明眼尖有经验的猎户。

猎户伏于雪林中，眯了眯眼，开弓放箭，干脆利落。

一箭正穿过果子的小腿胫骨。

果子暗嘶一声，强忍小腿胫骨传来的疼痛，一瘸一跃，拼命逃离猎户虎口。

正巧碰上一装满野生药材的背篓，她似抓住了救命稻草般利索钻了进去。

闻声，随老安堂郎中采摘药材的居泽木直勾勾地盯着轻晃的背篓，起了疑。

“泽木，你怎么了？”身着一青灰长衫，手抚络腮白胡的郎中轻拍了拍他瘦削的背。

“没……没什么。”居泽木微敛目光，摇散他一脑袋里的胡思乱想。

他来稜丘月余，听闻稜丘常有狐狸神出鬼没伤人，可耳听为虚，眼见为实。

他从未亲眼见过狐狸真容，倒常常能瞧见出入稜丘的猎户摆弄猎物招摇过市。猎户们三两结伴打着为民巡视稜丘驱狐的幌子，实则是为掩他们的一己私欲。

居泽木卷了卷皂色衣袖，瞥眼便瞧见背篓底部一摊血红浸染了皑皑白雪。

他心中不忍，不动声色地将微露在背篓盖布外的半截绒绒雪白狐狸尾巴往篓里塞了塞，若无其事地背起背篓。

长屏城内狐狸伤人之事传得沸沸扬扬，越渐离谱，他得瞒着他人方能捡回这小狐狸一命。

居泽木拜别郎中，便匆忙回了居府。

“公子，发生什么事了？”阿陈乃是居泽木的贴身侍童，虽是主仆却胜似亲人。

阿陈上前，欲接下公子的背篓，却被公子一拂袖打发了。

阿陈挠头疑惑，他自问是公子的左膀右臂，照料公子起居的贴身侍从，公子还从未像今日这般防备他。

“公子，公子。”阿陈像个跟屁虫似的跟在居泽木身后，一根筋似的瞧不出居泽木拼命想要甩开他的心思，屁颠屁颠让人生厌。

居泽木蓦地一停，害得紧跟他身后的阿陈猛撞了一鼻子，一脸委屈：“公子，阿陈做错什么了？”

瞧着自家公子眼神飘忽不定，阿陈身子前倾，一副猫嗅着腥味似的姿态，公子今日对背篓这么宝贝，其中必定有鬼。

居泽木剑眉蹙了蹙，眯了眯眼轻易就震慑住了阿陈：“给我打盆热水来。”

“哦。”阿陈摸不着头脑，但碍于公子的气场，只得照做。

自家公子虽说寡言少语，鲜与人来往，却心中有谱，行事自有主张，他人讹传从入不了他的耳。

阿陈照公子吩咐避开了居府内丽二娘的耳目，一刻也不耽搁，端着铜水盆入了公子厢房。

他一绕过古韵屏风，便仗着公子心善嚷嚷，似要公子心疼方罢休：“公子，阿陈的手都要断了。”

居泽木并未如往日般开他玩笑，只是从阿陈手中接过水盆，便让他出去守门。

阿陈心中藏了疑惑，莫非公子今日在稜丘捡着了什么宝贝？

“公子，”阿陈顿了顿，哭腔涌来，“阿陈自知愚笨，但对公子可是尽心尽力，上刀山下油锅在所不辞的！”

阿陈自五岁被卖入居府，便在公子身边尽职侍奉，已有八载，所以公子那小心思瞒不过他。

门口阿陈还在哭诉：“现如今公子都不和阿陈交心了，这真真是伤了阿陈……”

居泽木葱白手指浸入热水中，叹口气打断他：“替我撕些白色布条来。”

阿陈吸吸鼻子：“布条？”

“嗯，”居泽木轻拧丝绸手绢，“你不就是断定我在稜丘捡到了宝贝，却不予你瞧，学着丽二娘那鹦哥儿撒泼打滚吗？”

被拆穿小九九的阿陈耳郭一红：“公子英明！还真是什么都瞒不过公子。”

居泽木瞥头瞧着抓头挠腮的阿陈，不禁一笑：“去将门关上。”

“噢。”阿陈扶着门沿，小心探头左右瞧，千百个小心，生怕隔墙有耳。

家大院深，谁知道二房那边又藏着什么坏心思？

门关严实后，阿陈搓手踱回来：“公子，我已将门……”

话还未说完，阿陈便瞧见自家公子从背篓中抱出一物，惊得阿陈结巴了：“公、公子……这这……这让人瞧见，几、几张嘴也说不清哪。”

一遇事便结巴，急得阿陈直拍大腿。

长屏城因狐狸伤人一事已是人心不安，这要是让旁人知晓了，公子必会遭难呀。

二房夫人本就视公子为眼中钉肉中刺，这要是让她瞧见，家主定会狠狠责罚！

不想公子遭罚，阿陈急得直接上手去抢公子怀中昏睡的狐狸。

“公子，这狐狸留不得！”

居泽木护住狐狸旋身躲过，心中也知阿陈行事再莽撞也不会伤及他：“你再大声嚷嚷，怕是府宅上下都惊动了。”

闻言，阿陈吓得双手紧紧捂住嘴巴，含混不清道：“我这都是为公子好！”

“真为我好，就替我找些干净布条来。”居泽木低头瞧着怀中昏睡的狐狸，腿伤得这么重，竟还睡得如此沉。

是心太大了还是无防备之心？

阿陈偷瞧着在榻上已然包扎好还睡得香甜的狐狸，心中愤愤：这可是公子歇脚的床榻！竟让这畜生霸占了！

公子自小便没服侍过何人，竟让这小畜生捡了便宜，得公子亲手处理腿伤仔细包扎，真是上辈子修来的福分！

阿陈又气又妒，却也只能黯然离开，眼不见为净！

厢房外，夕阳洒至青灰的砖石路。

搪瓷瓦罐里飘出的浓浓药香弥漫了整间厢房，熏得果子鼻间犯痒，呛得猛咳一声，醒了。

果子脑袋发蒙，身子猛一翻转，扯到了小腿胫骨的伤，龇牙咧嘴，痛呼一声。

在桌案前提笔练字的居泽木闻声一惊，笔尖一重，墨点在白纸上晕染成一朵墨花。

搁笔提衫，匆匆踱至榻前，居泽木便瞧见那只小狐狸蜷在榻角，前腿轻环着受伤的后腿，那模样，又滑稽又可怜。

惊惶不已的果子瞧见居泽木偷笑，那男子的笑容温文舒适，她不由得愣愣地盘在那儿一动不动。待瞧着居泽木伸手靠近，果子心中一惊脑袋一热，猛地朝他一扑咬了他手一口，顾不上其他跳下床夺门而出。

在院中煎药的阿陈瞧见一只狐狸从公子房内仓皇而逃，心下一紧，立刻冲进厢房。

“公子，你无妨吧！”

居泽木松了眉头，将被果子咬了一口的手不动声色地藏在身后：“无碍。”

为免阿陈小题大做，惹有心之人的怀疑，他话锋一转：“药煎好了吗？”

被公子成功转移注意的阿陈一拍脑袋：“对，药！”

公子体弱，一日三顿都要按时服用汤药，阿陈一直盯着亲力亲为。

见阿陈脚下踩风冲出厢房，居泽木立在原地，伸出手，盯着手上的咬痕反复瞧。想到咬人时小狐狸那黑漆漆的甚至带着怒气的眼睛，他不由得嘴角微微上扬：这小狐狸，还挺凶。

02.

狐狸长老的爱女阿阮为爱甘愿剥下一身雪白狐皮，只求与心上人居于凡间，做一对平凡夫妻。

奈何狐狸长老对凡人向来嫌恶，费尽心思将阿阮捉回稜丘，逼阿阮与其心上人生离死别。

狐狸长老下了狠心要斩断阿阮与那凡人的孽缘，将其囚在稜丘藤牢里，并下令任何人不许靠近。

禄娘轻手轻脚靠近，吓得果子一个激灵。

“长老下令任何人不得靠近藤牢……”

见禄娘拧起了眉，果子立刻服软：“好阿娘，果子知错了。”

禄娘最招架不住她这股撒娇劲，牵住她的手，细细交代：“果子，我们既苟居在稜丘，自当要听长老的话，万不可忤逆他的命令。”

果子不知阿娘为何如此卑微、小心行事，她只知她自小生在稜丘，长在稜丘，与族人无异，可不知族人为何似避瘟疫般，对她们避而远之。

她从小无玩伴，只身攀山、钻林、嬉水。

唯有阿阮从不对她另眼相待，虽谈不上熟络，可她心里是喜欢阿阮的，阿阮与旁人不同。

如今阿阮遭难被关于藤牢，她着实担心，于是想躲着来看看阿阮。

禄娘轻抚着果子细软的青丝，眉眼里都是宠溺。旁人如何她没那个心力管，她只求果子平安顺遂一辈子。

“阿娘，阿阮究竟犯了什么错，才惹得长老发这么大怒火？”

禄娘手一顿，眼神闪躲。

果子才金钗之年，世俗情爱为何，她不知也罢。禄娘轻弯唇畔，掐断这话头：“你腿还伤着，别再乱跑落下伤残。”

果子撒娇地挽上禄娘的胳膊：“阿娘，我的腿伤早好了。”

“你这回算是遇着了贵人，要不然你这小命就丢了。”禄娘伸手轻掐着果子的脸。

“他是果子的恩人，果子牢记心中！”果子作势掏掏耳朵，“阿娘，你念叨得果子耳朵都要起茧了。”

“你这丫头，”禄娘宠溺地轻点她的脑袋，“你要是听话，阿娘也就省心了。”

世道险恶，人心不古，她这副病弱身躯也不知能拖到几时，她活着，定力所能及地护着果子。

月白风清，寒风吹得人身子打战。

别院门可罗雀，一入夜，便如荒山野岭似的。

阿陈手握外衫急匆匆奔至居泽木身侧，叨叨道：“公子，你站这甬路风口，要是着了凉，祖老夫人定会心疼，你不爱惜自个儿的身子，也得为祖老夫人考虑啊。”

居泽木轻咳一声，将外衫披得紧了紧。

阿陈一瞥眼就瞧见公子手上的咬痕，气得直跺脚，要是让他逮住那只不知感恩的小狐狸，他定狠狠鞭打一番，为公子出出气！

“公子，早些歇下吧。”阿陈担心公子的身子。公子自小身子羸弱，娘胎里带来的病症，无法根治。

“阿陈，丽院那边礼送到了吧。”

“我亲自去的，公子你放心。”

“嗯，二娘的宝贝其哥儿生辰，我拖着这副病弱之躯不便去沾喜气。”

“公子。”

“我心里都清楚，虽说我是正室所生，居府嫡子，但我身子羸弱不得父亲重视是事实，若非父亲看在我生母与祖母的面上，怎会允我未及弱冠，开院另居。”

“公子，老爷这是……让你安静休养身子。”

“是吗？”居泽木迎风踱步回屋，屋内的烛火隐约，“明面是为我着想，实则是为了他的面儿，怕他的至交笑话，笑话他得了个病弱嫡子。”

他心里都清楚的，所以每日除了请安，他不踏入主府半步，远离宅院那些不干不净的争宠，也落得个清静。

“阿陈，明日祖母去北府郊外的寺庙上香，你多安排些人手，路上有个照应。”

“是，公子。”

居泽木微抬脚上台阶，便听见屋顶上有动静。

阿陈心大，也没深想：“公子，怎么了？”

“没什么。”居泽木敛回目光，可又忍不住朝屋脊上瞧了瞧。

自他救了那只小狐狸后，他这院里夜夜都闹出些小动静，隔三岔五，阿陈早起去院里煎药，都会瞧见炉前搁着三两野果子。

阿陈贪嘴，替公子尝了一个，酸涩得很。

居泽木倒觉得，野果子很甜，甜到了心坎里。

见自家公子出了神，阿陈忍不住抬手在公子眼前挥了挥：“公子，你在瞧什么呢？”

阿陈顺着公子的目光瞧去，光瞧见黑暗无垠的夜空了。

居泽木敛起微扬的嘴角：“回屋。”

阿陈摸不着头脑，循例一问：“公子，院里还留灯吗？”

“留。”

“阿陈这就去点灯！”阿陈搓了搓手，虽不明白公子近日为何夜夜院里留灯，但只要公子说的，他定照做！

夜深人静，果子从屋脊上一跃而下，抖了抖她身上沾染的雪屑。

她躲在屋脊上，待屋内熄了烛火再出现，她都快等睡着了。

他救了她，她却反咬他一口，她心中过意不去，只得时不时送些野果子赔罪，望恩人大人不记小人过。

稜丘小妖皆知，这冰天雪地，寻些野果子可不容易了，她可是将她最馋的宝贝奉上了。

可果子却不知，她的一举一动皆落入居泽木的眼里。

居泽木披着外氅，侧躲在窗棂旁，透过窗棂缝隙瞧着果子围着炉火打转，腿脚利索，看来……腿好全了。

03.

“砰——”

茶盏被摔得粉碎，此举惊得跪在地上的众人身躯一震。

府内上下，都知嫡公子向来性情温和、待人和善。

如今发这么泼天怒气，全为了他的亲祖母。

此事说来也蹊跷，祖老夫人数十年如一日去北府郊外的寺庙上香，中间从未出过差错，哪知这回运数不好，翻了马车，半条命都搭了进去，外头都传祖老夫人熬不到开春。

同祖老夫人一同前去的侍随都被居泽木召来了前厅问话。

丽二娘手扶脑额，在婢女的搀扶下缓缓行入前厅，前脚刚踏入，便听见了这大动静。

“居府嫡公子开院另居后真是脾气见长啊。”

老爷不在府中，祖老夫人命悬一线，她虽是二房，但作为府中长辈，还是有说一嘴的份儿。

言毕，丽二娘又执丝绢掩面，惺惺作态：“老太太怎么就摊上这祸事了呢？”

居泽木犀利地朝她看去，丽二娘被盯得浑身不自在，缓缓坐至椅子上，她倒要瞧瞧他这泡在药罐子里的身子骨能翻出什么水花。

虽说居泽木不过舞勺之年，气场却十足，震得全厅的人大气不敢喘。

丽二娘端坐了半晌，顿觉不利，敢情这病弱嫡子在打心理战呢，将同去之人聚在一起，等着人露破绽呢。

“老太太现在昏迷，郎中也束手无策，不如我们替老太太做场法事，兴许就醒转了。”

丽二娘话音刚落，便瞧见居泽木骇人的眼神，不作声了。

她这也是好心，总比坐以待毙强不是。

须臾，伴着下人的呼唤，其哥儿手握一糖人窜入屋内，绽着笑脸，直直朝居泽木跑去：“大哥哥！”

丽二娘恨铁不成钢地站起身，她与其哥儿说了那么多次，与那病秧子保持距离，可他倒好，将她的话全当了耳旁风。

瞧着自己的宝贝儿子那么黏着居泽木，她心里堵得很。

丽二娘使眼色让婢女将其哥儿拉回来。

“其哥儿，你爹爹将书房分让一半给你读书，你怎么只知整日玩乐？”丽二娘佯装苛责，瞥了眼居泽木，继续道，“你大哥哥身子骨弱，你爹爹可是将心全押在你身上呢，你可得帮你爹爹和你大哥哥分担些。”

往居泽木心里扎刺后，她命人将其哥儿带走。

虽说居泽木是居府嫡公子，但居府偌大家业也不会交到一天生身子骨弱、不知何时便会撒手人寰的人手里。

她哪怕落得一恶妇之名，也要为她的其哥儿争个名分，铺一锦绣前程！

正当前厅气氛一触即发，便有小厮来报，祖老夫人醒了。

居泽木蓦地撞开丽二娘匆匆前往，独留丽二娘气得脸都要绿了，暗暗攥紧手绢：这老太太命可真硬啊，从马车上翻摔下来都没死！

04.

稜丘的狐狸洞穴成百上千，名曰暖窑的洞穴是果子与阿娘的家。

“果子。”禄娘强撑着身子起身。

“阿娘。”一听阿娘唤她，果子立马丢下手中的捣药罐。

禄娘伸手轻抚果子的脸，她的身子她清楚，她怕是熬不到稜丘开春了。

“果子，别哭。”禄娘将果子轻拥入怀里，要是有活下去的法子，她也舍不得将果子一个人丢在这凡世。

“你要记得阿娘的话，一个人也要好好活着。”

“阿娘，我会找到法子救你的。”果子眼泪都蹭到禄娘的衣衫上，偌大稜丘，唯有阿娘与她相依为命。

“命数已至，谁都会有这么一天的，只是或早或晚罢了，”她不留恋尘世，却不舍活在尘世的孩子，“谁也陪不了谁一辈子。”

禄娘带着哭腔：“可我最舍不下你，你一出生便没了爹，如今……”

“阿娘。”

“族人虽不待见咱们，可你是狐族的血脉，长老定不会薄待你。”

禄娘从藤屏后取出一长命锁：“这是你爹爹留给你的唯一物什，你定要收好了。”

果子紧攥着长命锁，抽噎道：“阿娘。”

禄娘脚下一软，身子靠着果子：“果子，阿娘想去稜丘山坡上，去瞧一眼夕阳。”

果子吃力地扶着阿娘：“好，果子带你去。”

稜丘山坡上，覆于荆棘丛上的白雪将融。

一轮将要西下的红日映得脸泛红。

果子揽着阿娘的肩，瞧着那红日缓缓沉下山脚，凡世家家户户生出缕缕炊烟。

她最喜凡世那烟火气，不似稜丘这般清冷。

“阿娘，你瞧，夕阳好美啊。”

禄娘眼皮越来越沉重，努力吊着最后一口气：“是啊，真美。”

禄娘紧紧握住果子的手，想好好陪着她长大，看着她结一段好姻缘，有人能陪着她哭、陪着她笑。

可惜，她命里没那个福分，她如何都没关系，只是苦了果子。

“你要好好活着……阿娘会在天上佑你……”

“阿娘，”果子回攥着阿娘的手，“阿娘，你别丢下果子呀，阿娘，阿娘！”

整座稜丘都回荡着果子撕心裂肺的呼喊，惊得林中身份最为低微的小妖四处乱窜，却不曾有族人过来关切一声。

按照族规，果子未到成为一家之主的年纪，无法操持其母丧事。

阿娘丧事无人料理，办得简单又匆忙，只在稜丘最冷的北边找了一块空地便埋了。

长老身担狐族安定的重任，对果子已是厚待。

果子不知，她与阿娘究竟做了什么，会让族人对她们厌恶至此，哪怕阿娘已逝，她无所依靠，闲言碎语却一直没停过，好似她们做了十恶不赦的事一样。

可若她们做了恶事，长老定不会以一己之力堵悠悠众口留下她们。

果子紧捏着挂在胸前的长命锁，她答应过阿娘，要好好活下去。

第二章 × 你需要婢女吗？随你使唤的那种

01.

三日后，祖老夫人仍是没能挺过去。

闭眼前，她最放心不下的便是她的嫡孙儿，生母早亡，生父不疼，继母不慈，自己身子又羸弱。

除了她这个老太婆疼他，谁还能疼他？

听闻噩耗，居府老爷连夜快马加鞭回府，仍是未能见上祖老夫人最后一面。

丽二娘佯装恸心，一身素衣，未施脂粉，双眼红肿，跌跌撞撞去老爷面前领功邀赏：“老爷，老太太这一病，急得我是吃不下睡不着，我夜夜为老太太祈福，盼老太太迈过这劫数，谁料想……”

居老爷一瞧丽二娘哭得梨花带雨，忙让下人扶丽二娘去别厅歇息，拧眉迈步，迎上站在正厅，一身麻衣的居泽木。

“泽木。”

“父亲回来得真及时。”居泽木咬牙切齿，努力压下一腔的怒火。

有心之人趁当家之主外出，背地使坏。有什么冲着他来便是！何苦坑害祖母！

居泽木面无表情地咳嗽一声：“祖母过身，父亲觉得，这是意外还是一场预谋？”

居老爷没想到他这无事便闭门不出的病弱嫡子，竟会说出这毫无凭据的话。

“泽木，你知道你在说什么吗？”居老爷脱下外披，在下人的侍奉下换上麻布衣，“你祖母走了，我知道你是太伤心了，才会说出如此浑话。”

居老爷抖了抖麻布衣，走上前，吩咐阿陈：“带你家主儿回屋休息，他这几日怕是累着了，什么话都不遮拦。”

“父亲！”居泽木猛地唤一声，嗓子止不住地干哑咳嗽，“祖母过身实在蹊跷！”

居老爷攥了攥手，面上平静：“世事无常，我知道祖母待你很好，可这就是一场意外，你祖母是因摔下马车救治无果而亡，谁也没有法子。”

“北府郊外的那条路，车夫走了数十年，从未出过差错，定是有人做了手脚……”

“住口！”居老爷吼了一声，制止居泽木再说下去，“在你祖母的灵堂之上，你那无凭无据的话都给我咽回肚子里去。”

丽二娘在别厅听见这番争吵，心中一喜，呼来婢女扶她出去佯装想要缓和两父子之间剑拔弩张的气氛，可居泽木不领她这假惺惺的情。

丽二娘暗翻了个白眼，跟谁稀罕他似的，仗着自己是居府嫡公子甩脸子给谁看？

见居老爷要入灵堂，丽二娘立刻献媚讨好要扶着他，却被他拂袖打发了。

她可不是省油的灯，吃了瘪也装作无事凑上前，接过老爷手里拜过的香，替他插上。

随即丽二娘见机行事，偷偷命婢女去带其哥儿过来。

爹爹的亲生母亲过身，其哥儿就算是个孩子，也要来安慰几句，更何况其哥儿也是老太太的亲孙儿，理当来磕头行礼，断断不能让这嫡子占尽了风光。

“你们都先下去吧，今夜我守在这儿。”居老爷跪在棺木前。他是儿子，身前未尽孝，身后更要守孝。

“老爷，”丽二娘做心疼状，“您连夜赶路，身子定乏了，您要是有个好歹，我们这一大家子可怎么活啊。”

“你这是在咒我？”

丽二娘被居老爷的语气弄得身躯一颤，结巴道：“老……老爷，我这是关心您哪。”

一旁的居泽木对丽二娘的演戏毫不关心，他抬眸，盯着祖母的灵位。

偌大居府，唯有祖母对他真心，其中猫腻，他一定会查个清楚。

寅时，居府白烛仍烧得旺。

为演好一个担忧夫君身子的夫人，丽二娘拼命撑住要耷拉下的眼皮。

丽二娘连打了两个哈欠，往正厅瞧了一眼：“小喜，老爷还跪着？”

“是。”

丽二娘缓缓起身，走至门前，抬头望了望天：“去吩咐厨子，做碗暖胃的，夜里风凉，老爷又是跪着，身子也吃不消。”

顿了顿，她又说：“小喜，我要去看看老爷。”

丽二娘手握着披风迈入正厅，不经意瞧了一眼祖老夫人的灵位，便心虚地移开目光。

“老爷，你跪了这么久，歇息一会儿吧。”丽二娘为居老爷披上外披，却被居老爷一把拂开。

丽二娘看着被拂至地上的外披，委屈又不解：“老爷。”

“做了这么下作的事，你还有脸跪在老太太的灵前？”

丽二娘心中一惊，差点露出了马脚：“老爷，您是……这是说什么呢。”

“你做了什么，心中自然明白。”

丽二娘还在挣扎，拒不承认。

“我不挑破你做的好事，就是不想居府闹得不安宁，让外面的人当笑话看我们居府的好戏，”居老爷挺直脊背，“当着老太太的灵位，你还要抵死不认吗？”

居老爷紧抿着唇瓣，连泽木那孩子都猜到谁是害了老太太的幕后主使，他又怎么能不知道呢？

他吞下这黄连，就是不想节外生枝，要是查下去，是能为老太太讨一个公平，可死了的人得到公平又能怎么样，死而复生？

惩罚丽二娘倒没什么难处，可其哥儿会因他娘的愚蠢而受到连累。

他膝下唯有两子，这偌大家业，定要有人接手，嫡子病弱，无法担这重任，庶子虽年纪尚小，可身体健全，若悉心教导，定能替他守下居府。

见事情败露，丽二娘索性也不瞒着了。

虽说是她主使的，可她真的没想害死老太太啊，她只想、只想老太太摔个半身不遂，没有精力管居府事宜，哪知道老太太命数不好，就这么死了，她真的不是存心想杀死她的！

灵堂外，居泽木垂下双眸，指节攥得发白。

原来，父亲都知道。

居泽木嘴角轻扯出一抹弧度，眼眶泛红，明知丽二娘是害死祖母的凶手，却仍帮她掩盖。

父亲，难道居府在您心里比惩治杀母仇人还重要吗？

阿陈紧锁着眉头，瞧着公子难看的脸色，很是心疼："公子，那老爷的毛大氅？"

虽说公子与老爷关系疏远，可阿陈心里都明白，公子心里是放着老爷的，不然，公子也不会深夜来给老爷送毛大氅。

"拿去丢了或烧了，别让我再瞧见。"

"公子。"阿陈垂下手，看着公子的背影，他觉得眼睛发酸，世人只羡生在居府，却不知生在居府里的人的苦楚。

最疼爱公子的祖老夫人没了，公子在居府的日子更难过了。

居府老太太出殡那日，长屏城飘起了小雪。

长街屋脊又覆上了薄薄一层。

居泽木是居府嫡子，可身子羸弱，耐不住这风寒，居老爷特让他留在府内，有为祖老夫人送行的心就行了。

可居泽木执拗，哪怕要受风寒，他也要送祖母最后一程。居老爷没法子，索性由他了。

未到卯时，长屏城内很是安静，通向城门的这一条长街唯有几盏灯笼。

出殡队伍整齐有序行进，居泽木紧随着祖母棺木，眸中无半分星光。

城门外，果子听着令人发悸的哭丧声由远及近，抱着阿娘遗物的手指不由得紧了些。白雪覆满她的一头青丝，她立在原地，望着夜色里那支丧葬队伍，不由得想起了她可怜的阿娘，人走时，唯有她陪着，人走后，连像样的丧礼都没有，还要听族人的闲言碎语。

族人不待见她，她认了，可他们凭什么这么对待阿娘？她的阿娘是天底下最心善的人。

果子低头瞧着怀中阿娘的遗物，阿娘，你别怕，从前你护着果子，今后，果子会护着你，不会让那些人再欺负你。

居泽木低着头前行，强忍了半晌，仍是没忍住猛咳了起来。

阿陈忙搀扶着居泽木：“公子。”

居泽木抬手，示意阿陈他无碍。

他一定要送祖母最后一程，看着祖母入土为安。

居泽木无意偏头，便瞧见了城门靠东一抹模糊的身影，可他没心思想太多，现在最重要的事，是送祖母这一程。

02.

雪连下了几日才停，刚放晴又刮起了凛冽寒风。

倒春寒来势汹汹，居府内却难得平静，平时爱找碴儿的丽二娘被罚关在祠堂，日夜为祖母祈福抄经书，不得当家之主的命令，谁也不许放丽二娘出来。

见居老爷发如此脾气，丽二娘也安分了许多。可这也不能抹去她对祖母所犯下的罪。

父亲替她遮掩，真相会来得迟些，但不会缺席。

为了祖母，他豁得出去，总有一天，他要丽二娘跪在祖母牌位前诚心忏悔。

居泽木手提着一盏绢灯，在院子里踱步。

雪已消融得干净，屋脊上也不会湿滑。

借着朦胧月色，居泽木凝眸盯着屋檐一处，不知那只小狐狸过得好不好。那小狐狸知恩趁黑偷送来的野果子，他舍不得吃，也不许阿陈吃，最后为避腐烂，只得让人制成果脯，封在罐子里。

阿陈远远地站在身后，自从祖老夫人过身后，公子越发沉默了，有时候连着两天都不说一句话，他真怕公子憋坏了。

公子从前最不喜去人多的地方凑热闹，不知怎的就答应了老爷去书苑。

学堂嘈杂，公子向来清静惯了，怎么受得了啊。

“公子，你真要去书苑？”阿陈仍不死心一问。

公子用沉默回答，见状，阿陈也不自讨没趣了，公子决定的事儿，谁也劝不了。

“公子，明日是你头一回去书苑，你早点歇下吧。”

“你是公子还是我是公子？”

阿陈干笑两声：“自然你是公子，公子你可是居府的嫡子呢，旁人几辈子都修不来这福分呢。”

“福分？”

阿陈忽觉自己说错了话，立马认错：“公子，阿陈嘴笨，你可千万别生阿陈的气。”

“不怪你，”居泽木转身，将绢灯塞到阿陈手里，“旁人都这么想。”

阿陈亦步亦趋地跟在居泽木身后，瞅准了时机才问了一句：“公子，院里还留灯吗？”

忙祖老夫人丧事期间，杂事颇多，也就忘了这茬，幸而公子未责备。

“以后夜夜都记得留灯。”

“是，公子。”

阿陈抱着绢灯，瞧着公子的背影，院里夜夜留灯？阿陈想破了脑袋都不明白这究竟是何意。

寒冬一过，长屏城越发热闹了起来，闲话也多了起来。

他人都知居府有一身子骨不好的嫡子，却从未见过其真容，居府里的人口风又紧。传言居府嫡子今日去书苑，更加激起一众的好奇。

书苑门口被围得水泄不通，谁都想一睹居府嫡子的真容，其中不乏凑个人头瞧热闹的，也有小贩连铺子都关了，就想瞧瞧泡在药罐子里长大的公子长什么样。

阿陈远远就瞧见书苑门口堵得像赶庙会一样，微掀绸帘：“公子，书苑门口今日堵满了人。”

居泽木心中明了：“是为了堵我。”

“要不我们去书苑偏门吧，那里靠山脚，偏僻些。”

“不用。”居泽木端正身子，“他们今日既有心来堵我，不见到我又怎么会罢休。再说，堂堂居府嫡子为避人不走书苑正门，只会落下口舌。”

“公子说的是。”

勒停马车的动静引得聚集在书苑门口的人一怔。马车绸帘一掀，更是吸引了全部人的目光。

“咣咣咣——”

一小丫头忽地敲起了锣，敲锣声震得耳朵一刺，一瞬便燃起了众人的怒火。

“锦记典当大酬宾！一斗米换一银，一银换半金！机不可失失不再来！”果子扯高了嗓子，生怕他们听不见。

果然，一听这劲爆消息，瞧热闹的人都自乱了阵脚，互相推搡，争相去锦记典当占个便宜！谁也顾不上要瞧一瞧居府嫡子这一茬。

果子抱着锣鼓，被人左撞右碰，好似被揉扁搓圆的团子。

瞧着人一瞬便跑了个没影儿，阿陈忍不住吞了吞口水，吓死了，他还以为他们要吃了公子呢。

不过，这小丫头……在帮他们赶走这群看热闹的人？无事献殷勤非奸即盗！

见公子要下马车，阿陈操碎了心：“哎，公子，小心来者不善哪。”

居泽木根本听不见阿陈的话，他的目光一直追随着那抹身着缃色襦裙的身影，她脖颈上的长命锁发出清脆铃响。

果子紧攥着锣，背对着居泽木，转念一想，她为何要躲着他？她现下也不是一只小狐狸模样。

果子整理衣襟，刚转身便见居泽木身子一软，蓦地倒下。

阿陈急了，从马车上一跃而下，扶起公子：“公子，公子！”

居泽木难受地皱眉，脑袋像被蚂蚁啃噬般。他努力地睁开眼，却没瞧清她的脸，只依稀瞥见了半空中轻晃的长命锁，上面刻了一个字：应。

03.

三年后，为祖母守孝期满。

丽二娘得见天日，可仍难改秉性。老爷在府时，她装得贤良淑德，老爷外出了，便摆出泼皮架势，谁要是一不顺她心了，便露出心狠嘴脸。

如今也没祖老夫人压着她一头了，整个居府，除了老爷，便是她最大。

只要她顺了老爷心意，坐稳位置，她的其哥儿定有出息，如今，只要再除去那个病秧子，一切就妥了。

丽二娘佯装慈母，为居泽木送来点心：“泽木啊，三年没见，都长成大孩子了。”

丽二娘将点心盘搁在桌上，瞧着坐在桌案前用功的居泽木，心里不由得发慌。

这三年，她虽然被困祠堂，可居府里的事瞒不住她。

居泽木去了三年书苑，才情早已传遍了长屏城，虽说身子羸弱些，可模样生得俊俏，待字闺中的几家姑娘可都对他心生爱慕，再这么下去，居府指不定真交到他手上，她的其哥儿还怎么在府里立足？

“尝尝二娘的手艺。”丽二娘讨好似的递上一块点心，见居泽木无动于衷，干笑两声缩回手，“我在祠堂的这三年里，日夜为老太太祈福，替老爷守孝，替你和其哥儿添福，尽一份自己的心。”

居泽木敛起好脸色，本想让阿陈打发了丽二娘，却没想到她宁抛开脸面也要闯入他的院子，实在让人厌烦。

居泽木将书卷一摔，惊得丽二娘身子一抖，忙收起假惺惺的眼泪：“泽……泽木。”

“趁我还没对你恶语相向，你还是走吧。”

丽二娘气得咬牙切齿，可面上仍挂着笑：“好，我就不打扰你用功念书了。”

“等等，”居泽木唤住她，“带上你的点心一起走。”

丽二娘嘴角一抽，压着怒气一唤：“小喜，将这点心端下去。”

瞧着正坐在桌案前，正眼都没瞧她一眼的居泽木，丽二娘心中不是滋味：“泽木，二娘祝你早日考取功名，为居府为你父亲争光。”

一踏出屋，丽二娘脸色一沉，也祝你这副羸弱身子骨能享到那份荣光……

不就是一不受宠的嫡子吗，竟还摆面子给她瞧。

老太太疼惜他，不过是对老爷心里有愧。

当年老太太偏爱二子而忽视了身为长子的老爷，可惜二子在孩童时期身染恶疾离世，他们母子的关系因此埋下了祸根。

将对老爷的愧疚化为对居泽木的宠爱，这老太太，也真是用错了心，她要是有一丁点站在其哥儿这一头，自己何苦出此下计害了她，惹得自己也受累，被困祠堂三年！

丽二娘攥紧手绢，愤愤离开。

须臾，阿陈匆匆入屋，往居泽木面前扑通一跪：“公子，阿陈无能，拦不住丽二娘。”

居泽木垂眸：“怪不得你，就算你拦得住她，她也有别的法子进来。”

“公子。”

“你替我将这一摞整理好的书卷送去书苑，亲自交到李师堂手里。”

“是，公子，”阿陈抱过一摞书卷，便见公子起身披衣衫，不禁疑惑，“公子这是？”

“我去穆郎中那里拿药。”

“公子，阿陈替你去拿就好了，何苦公子跑一趟呢。”

“你以为你有分身术？”居泽木屈起手指轻敲着阿陈怀里的书卷，“我去穆郎中那便好，我也好些日子没见过穆郎中了，正好去瞧瞧。”

居泽木披一绀色大氅，刚踏入药铺，便闻见熟悉的药香味。

穆郎中正弯着腰，仔细挑拣着药材。

“穆郎中。”

穆郎中手一顿，抬头就瞧见了居泽木，脸上绽开了笑容：“泽木啊。”丢下手中的药材就从柜后踱出来，上下打量着居泽木，“一段日子不见，你又长高了，都快和后院的那棵松柏一般高了。”

见居泽木脸色不好，穆郎中立马拉着他坐下：“来，正好我给你搭搭脉。”

郎中边搭脉边捋了捋自己花白的胡须：“身子近来不错，你照着我这方子再继续喝，一定药到病除。”

“泽木谨遵穆郎中的话。”

后院突然传来乒乒乓乓的声响，还伴有一股子焦煳味。

穆郎中反应过来，一拍大腿：“我的药膳哪！”

“穆郎中……”居泽木忙扶着跌撞的穆郎中，示意他别着急，“您先别急，我替您去瞧瞧。”

居泽木提长衫匆忙步入后院，一股黑色浓烟扑了他一脸，呛得他猛咳几声。

一把硕大蒲扇蓦地扬过来，知道的人是要扇散这一片浓烟，不知道的人还以为要他的命呢。

居泽木强忍着不适，眼疾手快地擒住握着蒲扇的纤纤手腕。

“冷静点。”

待浓烟消散，居泽木便瞧见眼前的人灰头土脸，他刚打量她一眼，便被她嘴里吐出的焦煳浓烟熏了一脸。

果子止不住地咳着，小心翼翼地瞧着怒火一触即发的居泽木，不知该作何解释。

幸而穆郎中随后赶来，望着浪费的药膳一脸痛心：“哎哟哟，我的药膳哪。”

要不是他那不成器的学徒翘工，他也不至于分身乏术。

他在前厅忙着挑拣药材给梁府，抽不出身看顾后院的药膳，一大早遇上果子这么一个乐于助人的小丫头，他就让她在后院煎药，没想到啊没想到啊，不就扇扇火的事儿，也办不成。

果子趁势抽回手，挪至郎中身旁，乖巧认错：“穆郎中，我……我不是故意的。”

“我瞧你就是有意的。”居泽木甩了甩衣袖，插上一句。

好一个帮倒忙的啊。果子狠狠地剜了一眼居泽木，边抹脸边讨好地开口：“穆郎中，给我次机会让我弥补这个错。”

居泽木完美地避开果子如利刀一样的眼神，忍不住接一句：“再给你一次机会再毁一次？”

果子气得咬紧腮帮子：“瞧你人模人样的，怎么嘴那般毒？”

阿娘说，知恩图报。要不是看在他是她恩人的份上，她早吐他一脸口水了。

他一个翩翩公子，那么针对她一个弱女子，是何意？

亏她还想着，待阿娘三年孝期一满，就去给他当牛做马去。

“你毁了穆郎中的药膳，还有理了？”

果子没底气了，虽说她是好意，郎中年纪大了，要顾着前院药铺，又要顾着后院煎药，为免穆郎中劳累，她才自告奋勇要替郎中分一些担子。

谁让郎中是她恩人的恩人哪。

果子瞥了一眼居泽木，心中委屈，她这是……爱屋及乌，却好心当作驴肝肺！她气！她恼！她恨不能刨洞！

“穆郎中，她是谁？”居泽木目光一直落在果子的身上，瞧着她个头瘦小，细皮嫩肉的，也不像贫苦人家的孩子，可这行事风格也不是名门闺秀能做出来的。

“你不认识她？”穆郎中瞪大了双眼。她说她与居泽木相熟，他这才允一个陌生小丫头替他熬药膳哪。

居泽木皱眉瞧着她，还打着与他认识的幌子？他与她不过今日头回见，可不知怎的，见到她，总有种熟悉的感觉，还忍不住怼她几句，看她吃瘪，他却乐在其中。

瞧穆郎中心疼他这药膳，又是捶胸又是拍腿的，弄得果子心中很是愧疚，可又不知有什么补救的法子。

“穆郎中……”

“穆郎中，我替你重熬药膳吧。”居泽木站出来，揽下这一活。

果子站在一侧，顿觉他身姿都高大起来了，就像……就像稜丘山里的果子树，让人瞧着忍不住想扑上去！

居泽木注意到果子不同寻常的目光，一开口便吓得果子摇散一脑袋的邪恶念头。

“别对我有非分之想。”

果子惊得一激灵：“怎么可能！是你对我有非分之想！”

说着，果子双手抱怀。

她真是没想到，她的恩人竟然有这么轻浮的一面，哪有半分病弱的样子？

果子嗓门大得郎中身子一颤，腰都要散架了。

两个小年轻间的爱恨恩怨，他一把老骨头可经不住折腾，只得挥袖逃离后院，边逃边喊话居泽木："泽木哪，药膳没了可以再熬，我那药罐子可是让名匠打的！你务必要保住我那药罐子！"

果子一头雾水，不就一个乌漆漆还破了一个口子的药罐子嘛，可指尖还没碰着，便被居泽木利落一拍手。

果子缩回手，吃痛龇牙，一双圆溜溜的眼狠狠瞪着他。

居泽木没有一点怜香惜玉的心，他弯下身，认真收拾起焦煳的药渣。

果子居高临下地瞧着他将药渣全部倒出，抻起宽大衣袖，手背上的咬痕清晰可见。

果子愣了神，那咬痕……不正是她咬的吗？

当年要不是他救了她，她怕是早被利欲熏心的猎户逮去了。

居泽木忽觉一抹黑影压下来，遮去了他的光线。

一抬头，就瞧见笑得不怀好意的果子。

"你干什么？"

果子眨眨眼，搓搓手，清了清嗓子："你需要婢女吗？随你使唤的那种。"

04.

屋内传来不小的动静，候在门外听差遣的阿陈抓耳挠腮。

这都好几日了，公子辗转反侧，夜不能寐，他都替公子着急。

要不是公子洁身自好，他都以为公子思春了呢。

茶不思饭不想，相思病的征兆。

阿陈小心翼翼地推门而入：“公子，要不要再为你煎一碗安神的药？”

居泽木扶额，半坐榻上，嘴硬道：“不用。”

阿陈应了一声，准备退下，却听公子开口。

“给我点灯。”

阿陈忽地睁大了眼：“现在？才丑时啊，公子。”

“让你去就去。”

居泽木轻捶着额头，他这是怎么了？自从那小丫头拿他寻开心后，他心中便有一股子异样。

阿陈双手背在身后，不由得打量起端坐在桌案前的公子。

公子天赋异禀，刻苦用功，脚踏实地，深夜挑灯读书还给不给人活路了？

阿陈将墨砚往里推了推，尝试劝说：“公子，明日还要去书苑呢，你不如……早些歇下？”

“你要是困了便去歇吧。”

被看穿心思的阿陈急忙否认，挺直了脊背，表决心：“我不困，我要陪着公子！公子都不睡，阿陈怎么可能睡！”

可过了半刻钟，阿陈便打脸了。

他困到站不住脚，差点打翻立在门楣处的足灯，猛地一惊醒，止不住地打哈欠：“公子，你真的不歇息一会儿？”

阿陈眼睛都熬红了，吸了吸鼻子，忍不住嘟囔：“这灯油也费银子哪。”

居泽木眉尾一挑，缓缓搁下笔：“你说什么？”

“没……没什么。”阿陈脸上堆着笑容，“我这是担心公子你的身子。”

居泽木不作声了，起身，轻推半扇窗棂，望着无垠黑夜上缀有几颗星星：“时辰确实不早了。”

他身子骨本就不好，要是长此以往，是熬不住的。

他还没有和丽二娘好好算祖母的账，绝不能倒下，让她得了便宜，哪怕他最后真的躲不过一死，也要好好硌硬她，灭灭她的气焰。

见公子终于要歇下了，阿陈嘴角都快咧到耳根了。

阿陈边打哈欠边抬手拭去眼角的一颗泪：“公子，你可算是开窍了！”

“今夜院里的灯呢？”

阿陈眨巴眼，眼珠子骨碌一转：“定是被风灭了。”

一瞧见公子那双眸，阿陈便心虚了：“我立马去点灯！”

居泽木踱至院里，定定瞧着阿陈将院里的灯点上。

虽然他知道，那只小狐狸兴许再也不会回来，可它若何时想回来了，便会瞧见这盏为它留的灯。

第三章 ×

要知道狐狸呀，最是对气味敏感

01.

连着好几日，公子寝不安席，因此精神不济，倒让一众看好戏的人在背后乱嚼舌头。

传得最凶的，便是公子——命不久矣！

哪个王八羔子说的！要是让他阿陈知道，他定去拔了那人的舌头，给公子做下酒菜！

人心难测，居泽木不想费心去理会闲言碎语。况且，他们的话也不无道理，他已经是一条腿迈入阴曹地府的人了，不知什么时候便会咽气。

“公子，”阿陈努力压下心里的怒火，接过公子手中的书卷，“你别理那些人，他们就是太闲了。”

“这话我从小听到现在，听得还少吗？”居泽木捋了捋衣袖，不将这些话放在心上，正准备上马车，不远处就传来不小的动静。

果子一袭黄栌齐腰衫，活像只活泼乱窜的小丝雀。

只见她双手叉腰，对着围聚在书苑门口的众人摆恶脸，装神弄鬼驱赶他们。

众人都对这个不知从哪个旮旯里冒出来的小丫头生嫌，避瘟疫似的逃开。

果子食指蹭了蹭鼻尖：“有种你们别落跑啊，看谁耗得过谁！”

轰走了不省心的人儿，果子这才放松下来，拍了拍长衫裙角。

一转身，便迎上了居泽木的目光，她小跑上前，谄媚一笑：“公子！”

这小丫头眼冒红心、不知廉耻，眼见就要扑上公子，阿陈以身挡在公子身前，生怕此女轻薄了清白的公子。

“你想干什么？”不待果子解释，阿陈就开口，“想也不准想。”

他家公子是她这个小丫头片子能妄想的吗？

果子眨巴着圆溜溜的眼，一脸无邪地猛踩了阿陈一脚，疼得阿陈龇牙咧嘴。

找准空隙，果子张开双臂就要扑倒居泽木，奈何居泽木眼疾手快伸出食指抵在果子的额头上，隔开他们的距离。

“公子，是我啊，你的新晋婢女果子！”

阿陈一脸疑惑，婢女？公子什么时候收了个婢女？有他一个不够吗？

居泽木眉心轻拧，他与她不过在穆郎中的药铺有过一面之缘，未曾料到她竟如此难缠，看来那天与他相遇也是她的预谋了。

“公子，你不会不认识我了吧？”果子耷拉下脸，她的恩人还真是忘性大啊，他救了她一命，她可一直记在心里呢！

阿陈忍痛推开果子，急得结巴：“你……你别打我家公子主意，不然，我……我报官！有你的苦头吃。”

果子捋了捋衣袖，一副干架的气势：“嗬，你报官哪！你要是知道我是谁，定吓得你屁滚尿流！”

她虽是一只被族人嫌弃、落魄的狐狸，可好歹也是只狐狸！只要她潜心修行，指不定她就得道升仙了呢！

居泽木被他们两个人吵得头疼，只想逃离这个地方。

可果子是谁！她可是狐狸，狐狸眼尖着、耳聪着呢！

果子利落绕过阿陈，蓦地扯住居泽木的衣袖，可脚下一个踉跄，身子一前倾，猛地将居泽木推至马车上，发出的巨大磕撞声引得长街上来来往往的人投来异样的目光。

光天化日下，男女如此亲昵，有伤风化。

果子脑袋有一瞬发蒙，忍不住倾过脑袋轻嗅，他身上的衣衫有晒得暖暖的太阳的味道，她最喜欢在稜丘山顶上……晒太阳了。

“你胆儿真肥呵！”阿陈急得额头暴筋，使力去拖果子，却架不住果子耍赖。

果子和阿陈厮扭：“居泽木，你瞧瞧他！”

“还敢直呼公子名讳！”

“……”

居泽木愣是没缓过神来，经她这一扑，脸红到脖子，咳嗽好了，打嗝却止不住了。

不出半刻钟，居府嫡子与一女子在书苑门前搂搂抱抱的事便传得满城风雨……

居老爷闻讯气势汹汹入院，他最重家府清白，居府的嫡子闹出了这事儿，他定是要问个清楚。

丽二娘紧随其后，明面上是来揽个好人牌，制止老爷，实则是不想错过这出好戏。

“老爷，”丽二娘作势要夺居老爷手中的家法棍，“定是外面乱传，泽木不像是做出这等事的人啊。”

“你起开，别帮这个孽子说话。”

“老爷。”丽二娘装得像模像样，要不是居泽木早已看穿了她的面目，怕是也被她这心切的神情骗了。

“泽木，你快向老爷解释清楚啊。”

阿陈身为一个下人，没有多嘴的份，只能在一旁干着急，生怕老爷一发怒，真要罚公子，这一棍下去，可怎么了得啊。

居老爷见居泽木无动于衷，端坐桌案前，越发生气，高举起家法棍，却还是下不去手。

要不是看在他身子羸弱，居老爷一定要好好责罚他！居老爷举起家法棍吼一声，扬手一挥，打碎足灯，甩袖离开。

丽二娘瞬间吓得瘫软在地，老爷真发起火来，当真谁也劝不住。

小喜扶丽二娘起身，拍掉丽二娘身上的灰尘。

丽二娘扶了扶挽髻，瞧了瞧泰然自若的居泽木，心中气不打一处来，亏她演了这一出护犊情深，他却一点反应都没有。

果真是养不熟的白眼狼。

丽二娘扶腰出屋，往青石板上啐了一口口水，要不是为了扮演慈母，她何苦受这个罪。

不过，那小丫头倒对她的胃口，既然那小丫头与居泽木已扯上关系，那不如将这关系坐实，让老爷对居泽木心灰意冷，这样她的其哥儿才会稳坐居府继承人的位置。

要是把那丫头招进府，定有趣极了。

02.

三日后，居府招了一批新婢女。

居府掌事训诫，进入居府，各司其职、各尽其责，不得有非分之想。

丽二娘躲在长廊拐角处，来回打量那些个婢女："个个杏脸桃腮，吩咐掌事，新来的婢女一律不准靠近老爷的书房，谁要是违令，就将谁杖责一顿，丢出居府。"

"小喜记下了。"

丽二娘摸了摸发髻上的朱钗，差点忘了在此偷瞧的正经事了："小喜，这里面谁是那个小丫头？"

顺着小喜一指的方向循去，便瞧见果子身着居府婢女的衫裙，丽二娘微眯起眼："身材干瘦，不过长得倒是一副水灵灵的模样。"

老爷要是知道与泽木闹出传闻的女子就在府内，定会怒火中烧，她倒要等着看，这戏会多精彩。

居府正院真是大呀。

果子跟在小喜身后，忍不住东张西望，暗暗惊叹。

从前，她以狐狸身偷入过居府，可也只去过居泽木的院子里。

世人都说居府好，果真名不虚传。

甬路相衔，青灰的砖石路面上扫得干净，瞧不见一片枯叶。

间隔排列的房屋真是画栋雕梁，居府真不愧是长屏城的绮户。

果子瞧得眼花缭乱，暗暗惊叹。

丽二娘从窗棂偷瞧果子，暗嗤一声，没见过世面的小丫头更容易掌控，只要她乖乖听话，她也不会薄待了她。

果子跟着小喜进了一间屋子，屋内香薰萦绕，惹得果子忍不住打了个喷嚏。

隔着一扇屏风，便听见丽二娘如黄莺般的嗓音。

“你叫果子是吧。”

果子抻着脖子想要瞧，却被小喜一搗胳膊，她眼珠子一转，恭顺行礼。

丽二娘绕过屏风，一双细长的眉眼忍不住打量起果子，瞧这柳眉杏眼，虽算不上绝色，但颇有灵气。

“从今日起，你就去嫡公子院里侍奉。”

果子一听，整个人都精神了。

丽二娘瞄见果子双眼冒光，心中便有了把握，看来这小丫头心还挺大，想傍上居府这棵富贵树，可惜哪，她打错了算盘。

丽二娘眸中闪过一丝狠意，她要借果子的手，拔了居泽木这个眼中钉肉中刺。

阿陈慌慌张张跑入屋内，还没将他打探来的主屋情报禀报公子，果子便不请自入了。

她双手背在身后，一副主人家的派头：“这屋真不错，东迎晨光，西望夕阳。”

果子四处瞧，目光倏地落在榻上。

她记得，她还在这榻上睡过觉呢。

居泽木手握着书卷，定定地瞧着她，似要看穿她的小心思。

阿陈急了，这丫头怎么这么不懂规矩呢？

阿陈与果子大眼瞪小眼，相看生厌，谁也不让谁。

眼见阿陈像头猛兽要扑过来，果子心中即有了对策：“哎，男女授受不亲，你要敢动手动脚，我就喊非礼。”

阿陈胆儿小，不经吓，伸出的手立马缩了回来。

果子正得意地理了理衣衫，一道黑压压的身影便压了下来，惊得她后脊背发凉。

她敛起闹市小混混的做派，一脸乖巧，她可没忘她入府可是为婢报恩的。

果子抬头，一双明眸直直撞入他的眼里。

“公子！”果子讨好一笑，有模有样地揖礼，“从今日起，我就是你的贴身婢女，果子。”

瞧着公子半晌未出声，阿陈努努嘴，因她刚才那句话，也不敢贸然动手，只得去院里寻了一扫帚，作势抱在胸前：“你要是再不知趣离开，我就把你打出去！”

“阿陈。”居泽木出声制止阿陈。

阿陈攥紧扫帚：“公子，你放心，我马上将她轰出去，绝不扰你的清静。”

“以后，她就留在这院里。”

“啊？”阿陈以为他听错了，“公子，这……”

“我说的话，你不听了？”

阿陈委屈地撇嘴，狠狠剜了一眼一脸春风得意的果子，抱着扫帚悻悻退下。

果子拍拍衣衫：“公子，果子定尽心尽力伺候你，以报……”以报当初你救我一命的恩情。

居泽木眯了眯眼，等着她的下文。

果子暗嘶一声，差点就说漏了嘴，偷瞄居泽木一眼，打哈哈道：“以报居府慧眼识果。”

“那你可不能负了让你进府的人的恩情。”

果子总觉得他说这话阴阳怪气的，可她又不知他是何意。

“以后，你就负责我的药，”居泽木掩面轻咳一声，朝屋外唤了一声，“阿陈。”

阿陈从院里匆匆入屋：“公子。”

“以后，她负责我每日的药膳，你好好教她。”

阿陈咬着腮帮子应下：“是。”

如果眼神是刀刃，果子早被阿陈的眼神刺了好几刀，刀刀皆刺要害。

她一来就抢走了为公子熬药的差事，真是人不可貌相哪，想不到看似憨傻无害，实则厉害着呢。

等着吧，他一定会让公子看清她的真面目，亲自将她赶出去。

阿陈心中暗暗发誓，便瞧见果子对公子赤裸裸的眼神，藏都藏不住，恨不能扑上去。

“你跟我学熬药去！”为免再出现长街上轻薄公子的戏码，阿陈只得先将她这头号危险人物带走。

果子一脸心不甘情不愿，自从上回无意扑入他怀中后，就贪恋居泽木身上暖洋洋的味道。

要知道狐狸呀，最是对气味敏感，也更容易深陷其中，无法自拔。

待阿陈和果子离开，居泽木眉心一跳，指节攥得发白，嘴角轻扯。

丽二娘终是按捺不住有所行动了吗？

知道他那父亲最重家门清白和名誉，她便借着照顾他起居的由头，硬塞一个与他闹过传闻的小丫头。

父亲官居正品，最不齿下人与主子苟且，丽二娘巴不得他对这丫头动心，若他看中了，她定有理由去告诉父亲，彻底断了他的前路。

只是，他早已不是当年那个任人拿捏的孩童了。

该走何路，该行何事，他自有分寸。

03.

翌日，院里一阵巨响，刺鼻焦煳味窜入鼻间，惊得半梦半醒间的阿陈猛地一弹起，流了一脸的哈喇子都来不及擦，便冲出屋。

阿陈被刺鼻浓烟呛得猛咳，吓得语无伦次：“来人啊，走水了！救命啊公子……救公子啊救公子！”

阿陈被浓烟遮了眼，根本看不见前方，像个瞎子似的乱撞，撞到一堵人身肉墙，他心急喊道：“谁啊，还杵在这儿干什么！救火啊！”

风起，吹散一院子的浓烟。

阿陈这才瞧清面前挡住他去路的人，双腿蓦地一软：“公……公子。”

居泽木双手背在身后，剑眉紧蹙，目光定定地落在灰头土脸的果子身上。

她毁了穆郎中的药膳不说，还想将他这儿也祸害了吗？

阿陈彻底被无视了，狠狠瞪着蹲在炉火前装可怜的果子。

好啊，原来走水假象都是拜她所赐！这个小祸害！真不知道公子为什么要将她留下，指不定哪天啊，真得拆了这院子她才甘心！

果子偷瞄着居泽木的神情，缓缓站起身，将蒲扇紧紧抱在怀里：

“公子。”

眼瞧下一秒他便要发火似的，果子蓦地丢开蒲扇，二话不说抱住居泽木的大腿，木炭灰蹭了居泽木一身，她硬生生地挤出两滴泪：“公子，果子错了！”

阿陈龇牙，用蛮力试图拉起跪地耍赖的果子，没想到她看着瘦弱，气力还不小：“死丫头，你还不给我松手？再不松手，可没你好果子吃！”

光天化日下，竟敢光明正大揩公子油！真是色胆包天哪！

居泽木本憋着一肚子气，可一看到这两个冤家聚头的闹腾景象，不知为何，嘴角忍不住上扬。

她这丫头虽然聒噪，可不能否认的是，她的出现让本死气沉沉的院子竟有了一丝丝的生机。

“好了。”居泽木稍敛笑意，咳出粗嗓。

一听公子发话了，阿陈利索地松手，愤愤告状：“公子，她差点烧了咱们院子！”

果子蓦地起身，双手叉腰，气得鼓起腮帮子：“我……我又不是故意的。”

“那你是有意的喽？”阿陈也不甘示弱，学着她叉腰。

果子被堵得无法反驳，只得让居泽木评评理。

一双纤手倏地挽住他的胳膊，惹得他浑身都不自在，耳根子红得发烫。偏偏果子还不自知，拼命往他身上靠。

居泽木努力压下要涌出喉咙的嗝意，不动声色地抽出手，故意板着脸：“将院子收拾干净。”

阿陈冲果子咧着嘴笑：“听见没，公子让你将院子收拾干净。”

“阿陈，你来收拾。”

阿陈生怕自己听错了：“什……什么？我收拾？”

阿陈耷下脸，对果子更嫌恶了。

果子偷偷朝阿陈扮鬼脸，一瞧居泽木转身，一瞬便换上委屈的脸，好似一副待宰羔羊的可怜样。

“你再去给我煎一碗药。”

果子瞥了眼药罐子里乌漆漆的药渣，重重点头，誓要挽回面子：“公子，你就放心吧！”

“记住，要是再搞砸了，我就让阿陈将你轰出府。”

果子拍着胸脯打包票：“绝不会再发生第二次！”

阿陈暗嗤了一声，他就等着轰她出府！

须臾，正屋那边派人来询问，方才的刺鼻浓烟是怎么回事？

阿陈费了好些劲才将那些问东问西的人打发走。

“公子，”阿陈进屋，“我照你的吩咐已将丽院二夫人派来的人都打发了。”

“好，”居泽木拧着的眉头一松，“知道我没事，她怕是又要气得砸东西撒泼了。”

“我这院与正屋不过一墙之隔，她事后才派人来，是碍于她居府二夫人的颜面，她巴不得我这院真走水，我葬身火场，她好演个未能及时救火，痛失过继嫡子的戏码，柳郡苑的戏都没她唱得好。”

“公子，”阿陈朝院外瞄了一眼，压低声音，“这果子是丽院二夫人亲自点名让她来侍奉公子的，其中怕是……”

居泽木往窗棂外瞧了一眼，果子正蹲在炉前，手执蒲扇，目不转睛地盯着药罐。

白气扑了她一脸，她脖子蓦地往后一缩，让他忍俊不禁：“这颗果子倒还有趣。”

既然是丽二娘强塞给他，便收下，他倒要看看丽二娘搬起石头砸了自己脚的那副模样。

阿陈惊得眼珠子都要蹦出来，公子……竟然说那丫头有趣？

那丫头是丽院二夫人安插过来的人，闹腾咋呼不说，还不知分寸，毛手毛脚，就是个惹祸精！

在院里的果子被烟熏得嗓子发痒难受，拼命挥着蒲扇，这熬药可比上树摘果子累多了。

果子忍不住往窗棂处瞧了一眼，正对上居泽木的目光。

世人都说狐狸天生是狐媚子，一双眼能勾人摄魄，可她觉得，谁也比不上她恩人那撩人心怀的目光。

他那双眼睛就好似会说话，像极了垂在枝条上惹她心痒痒的野果子。

果子回过神，猛地垂眸，佯装看炉火，可她的手忙脚乱已经出卖了她。

将午之时，果子终于熬好了一碗新药。

果子双手小心翼翼地捧着，像捧着珍宝似的，生怕摔了洒了：“公子，药好了，你快趁热喝下。”

闻声，居泽木微微抬头，便瞧见果子端着碗药左右歪斜，他微微蹙眉，生怕她毁了他的桌案，偷偷地将贵重的墨砚往桌角挪了挪，给她这碗药空出地来。

居泽木瞧着果子将药搁在桌案上，身子往后靠，鸡蛋里挑骨头：“上面漂的屑物你没瞧见吗？”

果子脖子往前伸了伸：“公子，那分明是药渣。”

"你是在反驳我？"居泽木眯了眯眼，他就想瞧她气急败坏的模样。

哪知她不按套路出牌，先是一怔，随后摇头否认："果子哪敢？"

"不过，都说不干不净吃了没病，"果子蹲下身，双手搭在桌案上，与居泽木视线齐平，"公子，你快将药喝了吧，凉了可就苦了。"

果子从袖里掏出一仔细包裹的丝帕："但是苦了也不怕，果子这儿有真的甜果子。"

居泽木目不转睛地盯着果子将丝帕揭开，里面是瞧着便让人垂涎欲滴的果脯。

"狸香果？"

果子一喜："公子你知道？"

居泽木敛了敛目光："略知一些。"

"这果子一般长在荆棘丛生的高树上，一年四季皆结果，不过呀，可不好摘。"

居泽木一蹙眉："你亲自摘的？"

"那是自然……"果子转念一想，她一弱女子，如何摘得这难遇的果子，只得转了话口，"自然不是果子摘的，是有缘人送与我的。"

"是吗？"居泽木垂眸，睫毛如扇，果子瞧着，微微愣神。

她的恩人长得真是好看，剑眉星眸，挺鼻皓齿。

果子可没忘了让公子喝药的事："公子，快趁热将药喝了吧，"果子将药碗往他面前推了推，再将她心爱的果脯递上，"若觉得苦了，吃一果脯就甜了。"

居泽木拿起一果脯来回地瞧，不由得想起当年的那只小狐狸，它为报恩趁黑送来的野果子。

也不知，那只小狐狸身在何处，过得可好？

04.

嫡公子别院里隔三岔五闹出动静，罪魁祸首皆是嫡公子的贴身婢女果子，惹得主府的下人纷纷猜测，却又百思不得其解。

嫡公子素来喜欢安静，怎会放任一个小小婢女这般？莫非……嫡公子与那婢女……

流言越传越离谱，假的都要成了真。

阿陈手握着墨砚，对公子的谋划大加赞叹：“公子，你真是厉害，现在府内上下都在猜你和果子那丫头的关系。”

“高，实在是高招啊，”阿陈一脸崇拜，“公子这一招就可以让丽院二夫人露出破绽了，到时还可以将果子这个眼线连根拔除。”

居泽木垂眸，心思不由得被院里的果子牵着，他绕过阿陈出屋。

在院里轻挥蒲扇打哈欠的果子全然不知自己已经被扣上了眼线的帽子，一粒火星子猛地一蹿，吓得果子往后一跌坐。

果子气得扬起蒲扇狠狠一敲不听话的炉子。

“累了？”

“累。”果子想都没想便脱口而出，熟悉的嗓音惊得果子猛地站起身，对上居泽木的目光，眉眼一弯，谎话说得脸不红心不跳，“公子，我一点儿都不累。”

居泽木一脸不信，自袖中掏出一包丝帕，缓缓开口：“既然你不累，那我这包珍藏的果脯也派不上用场了。”

居泽木佯装惋惜，哪知果子眼疾手快地抓住他的衣袖，急急出声：“派得上用场。”

“哦？”居泽木眉尾一挑，不知为何起了逗她的心思，“那你笑一个，我就将果脯给你。”

果子松了手，一扯嘴角，一口小糯米牙让人瞧了个真切。

居泽木愣怔半晌，试图以咳嗽拉回思绪。

见果子仍扯着嘴角，居泽木撒气似的将果脯塞到她的手里，走前还丢了一句话：“假笑。”

果子揉了揉笑僵的腮帮子，忍不住为假笑正名：“假笑也是笑。”

一瞧走远了的居泽木忽地一顿步，果子立刻认㞞改口：“那自然是不一样！”

果子紧护着果脯，暗叹一声，她可是堂堂一只狐狸，怎么㞞成这样？

不过，为吃到果脯，认点㞞又如何，女子身为小狐狸当能屈能伸！

夜深风凉，居泽木披一件外衫，独坐桌案前，瞧着天空中的一轮弯月发呆。

屋内未点灯，朦胧月光轻洒微敞窗棂，将他身上镀上了一层银白。

他喝了安神药，仍辗转难眠，只得起身独坐赏月。

府外的敲锣打更声日渐走远，居泽木敛了敛视线，正准备回榻歇下，不经意却瞥到从屋檐上一跃而下的身影。

为免被发现，居泽木蓦地往墙沿拐角灵活一躲，暗中窥探，待瞧仔细了，才发现是一只小狐狸。

居泽木怔了怔，莫不是当年的那只小狐狸？

瞧小狐狸熟门熟路，似是早已摸清府里的路，那条幽静甬道通向的是——后厨。

居泽木匆忙穿好外衫，轻手轻脚地跟上前去瞧瞧。

后厨内光线昏暗，可里头闹出的动静不小。

居泽木紧贴着后厨外墙，这明明是他的府，他为何一副做贼的姿态？

这般想着，他挺了挺脊背，未有丝毫犹豫推门而入，便撞上偷摸来后厨寻吃的果子，硬邦邦的馒头刚啃到一半便被居泽木逮了个现行。

果子不经吓，猛咳一声，塞了一嘴的馒头全数咳了出来，毫无身为女子的姿态可言。

“公……公子？”果子眼睛在居泽木身上来回打量，真是公子啊。

三更半夜不睡觉，在后厨堵她？有预谋，一定有预谋！

“公子，你鬼鬼祟祟干什么？”果子抬起袖子擦擦嘴。

先发制人？居泽木眼睛一眯：“我才应该问你，你鬼鬼祟祟干什么？”

“我……我饿了。”果子垂眸，肚子空落落的，她睡不着。

居泽木不言，低头瞧了眼滚落至他脚下的小半个馒头。

“公子，别动。”果子突然出声，身子往前一倾，害得居泽木身子一僵。

果子撣去他衣衫上沾染的蜘蛛网，她身为狐狸，在黑夜里眼神也好得很。

果子手指轻捏着蜘蛛网，还不忘在居泽木面前显摆：“公子，你瞧，你身上的蜘蛛网我替你拂下来了。”

果子将蜘蛛网吹落在地，拍拍手，肚子里就发出了一串咕噜声，惹得果子尬笑两声，忍不住朝地上的馒头瞄了又瞄。

“你晚饭没吃？”

居府的下人竟然吃不饱，这要是传出去，可真是笑话。

闻言，果子双手揉着咕咕叫的肚子：“吃了，可是又饿了。”

果子瞧着掉落在地的干馒头，掩不住的惋惜：“浪费粮食，可得遭天谴啊。”

居泽木瞧穿她还想捡起来继续吃的心思，眼疾手快地扼住她的手腕，一皱眉头：“你不嫌脏啊？”

“不干不净吃了没病。”果子睁着圆溜溜的眼睛。

居泽木皱紧眉头，她还真是好养活。

半晌，果子眨巴眨巴眼示意他，他才回过神，蓦地松开她的手。

果子见状，又要去捡那馒头，幸而居泽木眼疾手快拍开她的手，才阻止了她。

果子缩回手，心里委屈，她不浪费，多么美好的品德！

瞧着她这模样，他才不会承认他是心软了，才要为她亲自下一碗面，他是可怜她，没错，可怜她！

果子像个陀螺似的围着他打转，昏暗的烛火映得她眼亮晶晶。

“哇，公子，你好厉害啊，上得了厅堂下得了厨房，谁嫁了你是谁的福气。”果子连连赞赏，说得喉咙都发干。

待面捞起，果子忍不住轻嗅，真香啊。

“公子，这面真香。”果子手紧攥着筷子，香气窜了她一鼻子，惹得她不由得吞了吞口水。

瞧着她望眼欲穿的模样，居泽木嘴角不由得一弯。

“不过一碗再简单不过的阳春面罢了。”

果子边哼哼边摇头两下：“不不不，公子，这对你来说不过是一碗阳春面，但对果子来说，就是我肚子的救命稻草啊。”

果子拍着胸脯保证：“公子，你放心，这碗面的恩情我一并记着了！以后，我就是你专属的熬药婢女。”

居泽木学着果子，蹲在柴垛旁，定定地瞧着果子吃着面，看她这样子，似饿了好几顿，不知道的人还以为居府苛待下人，连碗饭都不让他们吃饱。

见她将面吃了个干净，还将面汤喝了个底朝天，他竟有种油然而生的满足感。

“吃饱了吗？”

“嗝——”果子打了一记饱嗝，憨憨一笑，“公子，好手艺！”

居泽木眉尾一扬，这才想起他来到这里的初衷，对了，那只小狐狸。

居泽木盯着她的脸，问道：“你方才没有瞧见什么？”

果子一脸疑惑：“没有呀，这里只有公子和我。”

“罢了。”兴许是他眼花瞧错了。

果子藏起心虚，公子这般问她是何意？莫非瞧见了她以狐狸之貌蹦跶？不不不，不会的，她腿脚麻利，小心仔细，应当没被人瞧见，果子安慰自己。

果子将碗轻搁在灶台上，下意识回头一瞧，她的狐狸尾巴也藏得好好的，应该不会让人抓到把柄的。

见她已饱腹，居泽木抖了抖衣衫下摆，准备起身回屋。

哪知果子突然拦在他的身前，将厨房门关了个严实，又吹熄了摇曳烛火。

“你……”居泽木话还没说完，便被果子捂住了嘴巴，被拉拽蹲下身，与她似做贼般缩在柴垛里。

“嘘。”果子微动了动耳郭，屋外的脚步声由远及近。

居泽木愣了神，鼻间是她身上少女自带的芬香，以及淡淡阳春面的味道。

他自小循规蹈矩，从未与女子有逾越之举，可此刻，他的心跳得又急又快，要不是黑灯瞎火，她怕是就瞧见他涨得通红的脸了。

府院夜巡的下人手提灯盏，走过场似的往厨房一瞄，便离开了。

果子缓缓松手，长呼一口气，忽地想起什么：“咦，公子，我们又不是贼，躲着干什么？”

居泽木紧抿着唇，脸烫得如烤番薯：“三更半夜，任谁看，都有猫腻。”

“我与公子清清白白，天地可鉴，谁要是不信，就剖开我的肚子，里面还有公子亲自为我下的阳春面呢。”

“……”居泽木脸染上淡淡红晕，不予理会，径自出去。

果子挠了挠发髻：“公子，你等等我啊。”

她这恩人哪儿都好，就是太不懂怜香惜玉了！她虽是只小狐狸，可好歹是个女子，他步子迈得又急又快，全然不顾她在后面小跑。

公子，你这样，很容易孤独终老的！

第四章 × 原来，她就是当年戴长命锁的小丫头

01.

临近上元节，居府各院甚是喜气，除了公子所居的别院。

院里冷冷清清，偶有残叶随风刮过。

果子端着药入屋：“公子，药好了。”

药香浓郁，飘满了整间屋子，果子偷偷从袖中掏出两颗新鲜的野果子：“公子若觉得苦了，就吃这果子甜甜口。”

喝药就果脯，乃是绝配，奈何果脯吃了个干净。

她为了公子，可是趁黑偷出府，去稜丘采野果子，要不是怕族人发现她的踪迹，她定多采些回来。

“公子，野果子还剩些，我已制成果脯了。”

居泽木忽视果子求夸奖的眼神，目光定定地落在新鲜的野果子上：“这是哪儿来的？”

“我早上一醒来，就瞧见炉子旁放着些许野果子。”

居泽木眉心轻拧，蓦地起身，宽长衣袖差点打翻了药碗。

“公子！”果子瞧着公子如阵风跑出屋，只得急匆匆跟上前，如今，阿陈染了风寒，无法侍奉公子，她可身负照顾公子的重任呢。

居泽木站在院中央，眼珠子恨不能黏在炉子旁。

果子食指轻蹭了蹭太阳穴，她好像不该这么说，这谎好像越来越不好圆了。

她急得恨不能刨洞磨一磨她的狐狸爪。

“公子，我们进屋吧，”果子瞅准时机开口，“药该凉了。”

居泽木垂眸，他这是怎么了，对一只小狐狸这么上心？

居泽木轻叹一声，一转头便瞧见牙根打战的果子，心中不忍：“进屋吧。”

“是，公子。”果子耸了耸肩，松了松腮帮子，为了哄骗公子进屋佯装冷也是不容易啊。

果子盯着公子将药全部喝完，细心地递上新鲜的野果子：“公子，这野果子可新鲜了，你尝尝。”

居泽木抿了抿唇，伸手拿起桌案上另一颗野果子塞到果子的嘴巴里：“我们一人一颗。”

随后，他拿着果子咬了一口，声音清脆，汁多味甜：“真甜。”

果子笑得眼眯成了缝，只要公子喜欢就好。

刚过晌午，公子正在午睡。

果子也正好偷个闲，坐在屋外靠着檐柱打个盹儿。

迷迷糊糊中，院门处倏地传来不小的动静，吵得果子耳朵疼，狐狸爪都微露。

一记尖且清脆如黄莺的声音刺得果子乍然一醒，揉了揉眼，还以为自个儿瞧错了。

丽二娘一袭娇艳衣衫，在一众小厮开道下，曳曳踱来。

细眉轻蹙，这一院子刺鼻的药味，惹得她以丝绢掩了掩鼻。

果子拍了拍裙角起身，行礼：“丽二娘。”

这是果子第二次见她，与第一次不同，这回她活生生将自己扮成了鹦鹉，瞧着竟有些喜感。

丽二娘眼神往屋里一探：“你家公子呢？”

怎么说她也是长辈，虽说无血缘关系，可她好歹是他父亲的妻，哪怕他再嫌恶她，这该行的礼也是要行的，他倒好，回回都让她的脸无地可搁。

这一回，她可是亲得了老爷的赏赐，一支鸣翠阁专属打造的绿翠金钗，虽说是她死缠烂打要来的，可也是老爷松口赏她了的。

她就是要借机来炫耀，硌硬他一番，这鸣翠阁可是他母亲生前最喜欢的饰铺。

小厮得了丽二娘的令，就要往屋内闯。

果子以身拦住他们的前路：“公子正在休憩，谁也不许打扰。”

丽二娘不敢相信，一个小小婢女竟然敢拦她？

“你这贱骨头，别忘了，是谁让你入府？又是谁让你做了他的贴身婢女。”

“我入府只为了公子，除了公子谁都使唤不了我。”

丽二娘挑了挑眉，嘴角因愠怒而微翘，嗓音拔高：“小喜，将这忘恩负义的丫头给我绑了。”

小喜得令，二话不说就要扑上来，幸而果子灵活，身子一闪躲过，小喜扑了个空，结结实实地摔了一跤。

丽二娘怒了，一个小小婢女竟然还敢反抗？

“好啊，胆儿真肥啊，一起上，将她给我绑了。”她就不信一个手无缚鸡之力的小婢女能翻天了。

果子吞了吞口水，寡不敌众，先溜为上！

丽二娘脸色缓和，手指轻抚了抚她发髻上的绿翠金钗，她就知道，进府不过月余的丫头怎么会忠心？溜得倒挺快。

正当丽二娘矫揉造作地提起衣摆要进屋时，果子蓦地挤开人群冲过来，提溜着一只黄仙直接举到丽二娘眼前。

丽二娘吓得形象尽失，要不是小喜眼疾手快扶住，她怕是摔得屁股都要开花了。

丽二娘虽说是以妾入府，可她好歹曾经也是小官的女儿，娇生惯养，要不是家道没落，她如何愿意嫁入居府为妾？

好在,她如今熬出头了,还有其哥儿这么一个健康的儿子稳固地位。

况且她在居府养尊处优这么多年，十指不沾阳春水，何时见过这些？

“来……来人！将这黄鼠狼给我拿开！”

凡间传言，黄鼠狼会附身，令人疯疯癫癫胡言乱语，小厮也不敢随意上前，最后小厮只得护着丽二娘狼狈离开。

果子笑弯了腰，有她果子在，她看谁敢欺负到她恩人头上！

谢过黄仙相助，果子就将黄仙放走了。

果子叉腰，很满意她的急中生智，方才这么大动静，公子不会醒了吧。

果子蹑手蹑脚至屋里，偷躲在屏风后头，踮脚探头瞧着榻上那抹侧躺的身影。

见公子仍在熟睡，暗松一口气，幸好，没吵到她的公子休息。

待果子走远，躺在榻上的人儿缓缓睁开眼睛，眉头舒展一笑。

以黄仙来吓退他们，还真是只有她能想出的法子。

不过以丽二娘的性子，怕是不会就这么算了，方才她以一己之身拦他们，他真怕她受伤了。

02.

阿陈染了风寒，吃了好几服药都不顶用，遂被公子勒令，从昨儿个起好好休息，不养好身子，不许他进府。

平日阿陈对公子是寸步不离，对果子也是千百个提防，生怕她生吞活剥了公子似的。

她可是一只修身养性、心地善良、知恩图报、人见人爱的小狐狸！

阿陈却将她看得像个母夜叉，真是毫无看人的眼光！

“你在干什么？”

居泽木突然出声，吓得果子手一抖，烛油滴在手背上。

果子委屈地伸手撢去手背上凝块的烛油：“公子，果子胆子小，不经吓。”

不明显吗？她这不是替阿陈点院里的灯嘛。

“我瞧你胆子倒挺大的。”正午时区区一小身板竟还敢与身强体壮的小厮对抗。

果子装糊涂：“公子这是拐着弯说果子呢。”

虽说她天不怕地不怕——轰的一声，无垠夜空中突响起一道闷雷。

惊得果子身子一怔，眼珠子上瞟，望了眼夜空，吞了吞口水，是……天不怕地不怕来着，可偏偏怕鬼又怕热。

居泽木瞧着木讷的果子，眼尾带笑，拿过她手里的蜡烛，将院里的灯点上，缓缓道：“以前，院里也不点灯的。”

果子想都没想便开口：“还是点灯好，从前我来时瞧这屋阴森森的……”

果子蓦地一闭嘴，自曝可还行？

感受到公子如鹰般的目光，果子憨憨一笑，试图蒙混过去：“我说我初来公子别院，来时没注意院里有盏灯……”

说着，果子忍不住上手摸了摸灯盏，找借口掩饰：“可能是这灯太暗了吧。”

居泽木眯起眼，目光里透露着不信：“可有假话？”

果子心虚地别过视线，猛眨着眼睛，嘟囔着：“假话也是话……”

“你说什么？”

“我怎么可能骗公子！”果子挺起平坦的胸脯，眼神异常坚定。

话音刚落，便闻轰鸣一声，天边滚过一记闷雷，果子愤愤攥拳，老天爷，你也太不给我面子了吧！

“老天爷都不信。”居泽木修长食指微指了指天，盯着果子气鼓鼓的腮帮子，嘴角一翘。

哪知果子突然抓住他的手腕，瞳孔里似映着两团小烛火，惹得他身子一颤，嗝意都要从喉咙里涌上来。

说时迟那时快，居泽木蓦地抽回手，果子一下没反应过来，身子一踉，眼瞅着就要脸着地！

果子身子一绷紧，一个没忍住差点就露出了狐狸尾巴。

“呀——”果子吓得紧闭双眼，可半晌她也没直挺挺摔在砖石路面上，她两只手缩在胸前，试探地往前刨了刨，咦？她没摔？

“你要是再不睁眼，我就松手了。”居泽木单手提溜着她的后衣领，她身子单薄，像拎了个空背篓。

平时见她吃得也不少，怎么就不见多长几两肉。

果子缓缓睁开一只眼，暗松一口气，蓦地站直身子，理了理衣衫：“公子真好！”

“我怕你摔残了，就不能替阿陈伺候我了。”

果子耷下脸，佯装生气，挺直脊背叉着腰：“公子，这就是你不对了，你怎么能自欺欺人呢。”

居泽木皱了皱眉，被果子这番要说教的架势惊到了。

“公子，关心人就要说出来，这样别人才能知道你的心意。”

居泽木忍不住轻咳一声，急得果子上前轻抚着他的背：“公子，你怎么还被果子的实话吓得呛住了呢。”

小小年纪，语出惊人，不知羞。

居泽木一甩衣袖，隔开了与果子的距离：“你就站在那儿，别动。”

果子满脸疑惑：“公子？”

居泽木将手里的蜡烛塞到她的手里：“你这小脑袋里真不知道装的什么，整天胡思乱想，难怪连碗药都熬不好。”

果子一脸委屈，脱口而出：“我整天想着公子啊，掐着公子起床的时辰，催促着公子用膳，为公子煎药……我天天围着公子打转呢，公子怎么能……”她偷瞥居泽木一眼，继续道，“怎么能说果子胡思乱想呢。”

她委屈！

果子反将蜡烛塞回居泽木手里：“公子这么爱点灯，日后自个儿点去吧。”

居泽木气得脸一阵白一阵红，紧攥着蜡烛，这小丫头胆子越来越大了呵！

竟还敢冲他使小性子？看来是对她太过纵容了。

果子双手环胸，蹲在院外的大树旁生闷气。

她对公子多好啊，这世上还不知能不能找出第二只像她这般救命之恩当涌泉相报的小狐狸了。

就算能找到，那铁定也不如她心细、善良、贴心！一定是这样！

果子抿着唇，不时偷瞧院里，院里烛火轻曳，唯独不见公子的身影。

嗬！果子急了，狐狸爪都要藏不住了，一双狐狸耳若隐若现，公子竟然不给她一点果脯甜头！注孤生，注孤生啊公子！

果子双手撑着脑袋，愤愤想着，她以后绝对不给公子牵红线！她可知道好几个待字闺中容貌姣好的狐狸姐妹呢！就让公子孤独终老去！

“心里骂够了吗？”

闻声，果子眉眼里掩不住笑意，偏偏故作矜持：“果子哪敢骂公子。”

“我喷嚏接连不断，真的与你无关？”

果子努努嘴，心虚地掩饰：“公子打喷嚏怎么会和果子有关，公子太抬举果子了。”

居泽木居高临下地瞧着她毛茸茸的一颗小脑袋，像极了树下长的一朵小蘑菇。

居泽木双手交叠，脊背挺得很直，将她的弱点拿捏得很准：“我备了一小坛野果子酒，还准备与你小酌几杯，”瞧了瞧她松动的肩膀，继续说，“阿陈都没这个福分尝一尝。”

果子耳郭一动，她动心了，野果子酒啊。

可面子还是要争的，果子稳住：“我不喝。”

“哦？”居泽木语调故意拉得很长，啧啧道，“那罢了，醇香入喉的果子酒我自己一尝其中滋味吧。”

果子被撩得心痒痒，忍不住吞了吞口水，理智告诉果子，要稳住稳住稳住！

一待公子回院，果子防线全崩了。

“野果子酒啊，”用狸香果酿出来的酒呀，果子急得狐狸爪都在树皮上挠挠，“果子也想尝尝……”

夜深人静，公子已经睡下。

月光下，一抹身影在窗棂下鬼鬼祟祟。

果子偷偷摸摸微掀绮窗，一双圆溜溜的眼睛乱转，瞧见公子卧在榻上的身影，她下意识别过视线，非礼勿视啊。

屋内未点灯，果子定睛一瞧，就瞧见桌案上一酒坛子，圆滚滚的身形，外壁泛着透亮的光。

野果子酒！果子心中一喜。

果子忽地幻化一狐狸模样，灵活一跃，爪子轻声落在桌案上，衔起酒坛子轻盈跃出窗棂。

背身而眠的居泽木忽地睁开眼，一偏头，便瞧见微敞的绮窗被缓缓关上。

居泽木努力压下微扬的嘴角，这丫头。

果子抱着一坛野果子酒，盘腿坐在树下，抱着酒坛子一阵肉麻。

“野果子酒啊酒。”果子忍不住哼起小调，解开麻绳，揭开酒盖布，鼻尖一动，嗅着了丝丝醇香。

“真香哪，”果子忍不住浅尝一口，咂咂嘴，“真甜。”

甘甜中带着透凉，让人心生醉意。

不知不觉，果子就喝了半坛子酒，忍不住打了个酒嗝，脸上飞上几朵霞云，眼前似有星星围着她打转。

果子伸手去捉，却什么都抓不到。

“酒呢，酒怎么没了？”果子摇着空荡荡的酒坛子，一脸疑惑，踉跄起身，抱着酒坛子摸路回院。

黑暗中有两道身影倏地飘来荡去。

果子耳朵灵敏，警觉往后一瞧，什么都瞧不见。

她紧紧抱着酒坛子回院，却被人拦了道。果子眯眼一瞧，那两人脸画得如白墙，像极了折子戏里的黑白无常。

果子冲他们打了个酒嗝，拍拍拦着她的人的肩膀：“借过借过。”

扮作黑白无常的两个人面面相觑，真是酒壮人胆，这都不怕？

罢了罢了，既然她不怕，那就直接绑走吧。

暗令一下，院外猛地窜出几个身影，将果子利落装入麻袋里，准备扛出府里，卖给人牙子交差。

果子酒劲上头，奋力挣扎着：“黑心的猎户！放开我放开我！不然……”她打了一个酒嗝，继续嚷嚷，“不然我就咬你们！”

正当他们艰难地扛着果子要出院时，居泽木及时出现。

“将她放下。”声音冰冷似利箭，虽然没有大吼，却足够威慑他们。

一瞧被嫡公子撞见，他们迅速丢下果子仓皇而逃。

虽说是丽二娘派他们装神弄鬼掳走嫡公子院里的婢女果子，可是嫡公子毕竟是嫡公子，老爷的亲生儿子，哪怕嫡公子身子不济，恐无法继承家业，但也是他们的主子，他们只是听令行事的下人，自然忌惮。

居泽木紧了紧腮帮子，眼神倏地犀利，竟然敢打他院里的人的主意，丽院那边还真是沉不住气。

月光洒下来，铺满了整个院。

地上的麻袋像条虫似的蠕动，猛地撞上院墙，疼得果子哇哇叫唤。

见状，居泽木无奈摇头，轻叹了一口气，她知不知道她差点就被掳出府了。

居泽木蹲下身，准确无误地按住果子不安分的脑袋，单手麻利地解开麻袋绳。果子蓦地钻出脑袋，大口呼吸着空气，她感觉她要窒息了。

一瞧她双手还紧紧抱着酒坛子，居泽木就来气，酒真是害人不浅。

居泽木硬生生掰开她的手指，抢走她手里的酒坛子。哪知果子撒起了酒疯："我的酒，想抓我不说，你们还想抢我的酒？黑心的猎户！"

果子打着酒嗝，眯了眯眼，仔细瞧了瞧居泽木的脸，酒气扑了他一脸，惹得他嫌弃地别开脸。

一瞧居泽木微拧的眉头，果子确信了："黑心的猎户！"话音一落，她猛地抓起居泽木的手，没有丝毫犹豫地下嘴！

居泽木暗嘶一声，这丫头还真是会找地方咬！偏巧咬的是从前那只小狐狸咬过的地方，这丫头，属狐狸的吗？

"起来。"居泽木垂手，他真不知道该拿这个丫头怎么办。贪酒贪得酩酊大醉，差点被别有居心的人卖了，身陷危险都不自知。

果子双腿抻直，酒疯耍得让人哭笑不得："咦？公子？"

果子仰着脑袋细瞧："真的是公子？"她左右一瞧，"公子怎么在我屋里？快出去快出去。"

果子边说边推搡，却扑了个空。

瞧她这样，醉得着实厉害。

居泽木忍不住伸手弹了她一个脑瓜崩儿："你要是再不回屋，我就把你屋里头的果脯都吃了。"

"果脯？"果子挠挠头，她屋里什么时候有果脯了？她可对天发誓，她从来没偷藏过一颗果脯！

"我数一二三，你要是再不回屋，我就明抢了。"

这招果然奏效。

果子踉跄站起身，身子左右歪斜，依稀辨得回屋的路：“我这就回我的窝，把果子藏好，谁也抢不走，我要藏好了，都留给公子……”

居泽木立在原地，笑意藏都藏不住。

待到夜风让人全身发凉，居泽木掖了掖衣袖，准备回屋，刚一迈步，就清晰地听见“咯吱”一声，似踩着了什么。

居泽木往后退了一步，借着朦胧月色，瞧见了青灰的砖石路上直挺挺躺着的物什。

瞧着眼熟。

居泽木蹲下身，才瞧清了这小物什——一把长命锁。

居泽木捡起来仔细地瞧，大拇指指腹轻抚过长命锁上镌刻的字样：应。

原来，她就是当年……戴长命锁的小丫头。

03.

翌日，果子睡到日上三竿，猛地一惊醒，急急冲出屋，便瞧见公子自个儿在熬药膳。

果子佯装平静，讨好似的凑到公子身旁：“公子，这种粗活，还是果子来吧。”

居泽木瞟了她一眼，沉默不语，自顾自地扇着炉子，烟熏了果子一脸，呛得果子胃里的酒都要被呕出来了。

“你怕是早就忘了我是主，你是仆。”居泽木手中的蒲扇一停，眼神示意果子。

果子懵懂扭头，顺着公子的目光一瞧，倒吸一口凉气，她……她怎么从公子屋里头跑出来？

莫不是昨夜她趁酒醉轻薄了她家公子吧？

果子偷偷低头瞧了一眼自己完好无损的衣衫，还好还好，战况不激烈。

酒真是害人哪！果子懊悔。

果子自觉认错：“公子，果子错了。”

“错什么了？”

“不该被野果子酒勾了魂，更不该对公子有非分之想……”

“咳咳……”因她这一句，居泽木耳尖忽地染了红，这丫头，真是口无遮拦。

要不是昨夜瞧她喝得烂醉，他才不会心一软，就由她蜷在榻下而眠。

这要是传出去，不知又会让多少人乱嚼舌根，于她名声也不利。

果子匆忙起身，准备去替公子拿一件大氅，虽说寒冬已过，可公子身子骨弱，更得小心仔细些。

果子脚一迈，脚下便踩到了什么，低头一看，她急得立刻捡起来，宝贝似的又是哈气又是揉搓，这可是阿娘亲手交到她手中，爹爹的唯一遗物。

她可得好生保管。

只是，她的长命锁怎么落在院里了？酒真是害人哪，她什么都想不起来了。

居泽木不动声色，佯装不知一问：“怎么了，捡着什么宝贝了？”

果子一惊，将长命锁迅速揣入怀里。不是她信不过公子，只是这缘由说起来可就长了，待以后有机会，她一定细细说给公子听。

“没……没什么，”果子脚下似踩了风火轮，“我去给公子拿披风！”

居泽木手一顿，望着果子的背影，眉头缓缓舒展。

原来，她就是当年那个在书苑门口敲锣号嗓，解他围困的小丫头……

“哐——”

丽院那边发出巨大的砸碗摔碟的声响，伺候的小厮丫头全都不敢说一句话，生怕一个不小心就惹恼了丽二娘，没有好日子过。

“没用的东西！”丽二娘嗓子细且尖，捏紧拳头，几个小厮竟然连一个小丫头都摆平不了！

小喜硬着头皮上前：“夫人，您别气坏了身子。”

丽二娘蓦地转过身，一脸怒意：“我怎么能不气？一个没有威胁的嫡子气我还不够，还来了一个小贱丫头？可不是谁都能踩在我头上的。”

“夫人，您消消气。”

丽二娘一把挥开小喜递来的燕尾蒲扇：“不除了他们，我这气咽不下去。”

“动作要快点了，得赶在老爷回府前，将阻我路的人，一并拔了，到时，我就能安心了，我的其哥儿也能过上无忧无虑的好日子了。”丽二娘眼神狠戾，冷笑一声。

外头小厮忽地来报，其哥儿溺水了。

丽二娘吓得六神无主，若不是小喜搀扶，她怕是腿软得一步都走不动。

“其哥儿，我的其哥儿！”丽二娘声嘶力竭，顾不得细想，跟着来报的小厮一路来到后院的池塘，发现其哥儿浮在池塘中央的水面上。

其哥儿的衣裳她识得，是其哥儿！她的儿子！

丽二娘急得要疯了，眼里染上血丝：“快救人哪！救人！快救我的儿子！其哥儿！”

丽二娘毫无形象，推搡着在岸上的小厮：“快去救我的儿子！我儿子要是有什么三长两短，你们都逃不了！”

小厮们回过神，一个个都跳入池塘去救人。

丽二娘站在池塘边，要不是小喜强拉硬拽，丽二娘怕是自己也跳下池塘了。

“夫人，您不会水啊！”

只要能救回她的其哥儿，她哪怕豁出这条命都愿意！

“我的儿子！”丽二娘吼得嗓子都哑了。

主屋那边很是混乱，果子在别院听得一清二楚，可不知是为何事。

果子翻墙，双手抠着墙沿，望着人都往同一方向跑去，心中焦急又疑惑，喊住一婢女，才知发生了何事。

其哥儿溺水了？这可是大事啊。

果子匆匆一跃而下，提裙奔至公子屋里，却寻不着公子的身影，急得果子直拍腿。

院外传来铃铛般的笑声，引得果子循声去寻。

“公子！”果子刹停步伐，站在院门前，瞧见了公子，也瞧见了公子身旁的其哥儿。

果子柳眉微拧，这是怎么回事？

不是说其哥儿溺水了吗？那其哥儿为什么会在这儿？

正屋池塘边，丽二娘哭花了妆，哭喊得撕心裂肺。

“不是其哥儿！”

小喜紧紧扶住丽二娘，一听小厮说不是其哥儿，她的心都落下了，安抚丽二娘：“夫人，您听见了吗，不是其哥儿。”

丽二娘手抚着胸口，一脸怀疑，直到瞧见小厮双手呈上来的“假人”，她整颗心才松了下来，直接瘫软在地。

丽二娘轻抹去脸颊上的泪水，先是笑了两声后露出凶狠的目光，究竟是谁，是谁心思这般狠毒！以麻袋伪装成肉身，再穿以其哥儿的衣服，让她一见其哥儿的衣服便乱了阵脚。

“夫人。”

丽二娘瞧着池塘边上聚集的下人，气全撒了出来：“滚！你们都给我滚！”

她这副疯婆娘模样，真是让他们这些下贱之人瞧尽了笑话。

“小喜，其哥儿呢？”丽二娘缓过神，“我的其哥儿呢！快去给我找！找！”

丽二娘在众人间寻找刚才来报的小厮，才发现那面生的小厮不见了踪影，看来，她中了计。

片刻，一小厮慌忙来报，说是在别院见着了其哥儿，其哥儿现在正和嫡公子在一块儿。

丽二娘心里一慌：“其哥儿和他在一起？”

丽二娘瞥眼瞧着地上的“假人”，瞬间了然，怪不得，怪不得用麻袋装神弄鬼！

居泽木，你真是好心计！

“夫人，夫人，您慢点！”

果子正蹲在地上与其哥儿玩扔石子，便听见小喜着急的声音飘入院。

丽二娘风风火火闯入院，一副要撕破脸的架势，果子瞧着着实心惊。

其哥儿一瞧见丽二娘，一下扑入丽二娘的怀里：“母亲。”

其哥儿这一唤，丽二娘的心理防线彻底垮了。

丽二娘蹲下身，仔细地打量她的其哥儿，发现他全然无碍，她心中的大石头才放下，眼泪在眼眶里打转，恨不能将他揉进怀里：“其哥儿，你没事就好，没事就好，你可让为娘担心死了。”

其哥儿一脸懵懂地替丽二娘拭去脸上的泪水：“母亲怎么哭了？”

“没什么。”

“大哥哥帮我取下了挂在枝丫上的风筝，他还分我糕点吃。”其哥儿忍不住向他的母亲炫耀，他的大哥哥虽然瞧着不喜他，其实可心疼他了。

丽二娘敷衍地回应他，随后吩咐小喜好好照顾其哥儿，切记寸步不离，不能再让有心之人有可乘之机。

丽二娘倏地恢复往常一贯嘴脸，狠狠地剜了不明就里的果子一眼，不过一个小小婢女，竟就惹得他这般？

见丽二娘要硬闯，果子以身阻拦。

“让她进来。”

既然公子都发话了，果子也只得放行。

丽二娘用肩膀狠狠撞开果子，当初她就不应该让这小丫头进来，想不到她就是一狐媚子，天生的祸害！

果子跟着丽二娘一同进来，却被公子勒令屋外候着。

“公子……”果子不情愿，她想留下来，以免这个丽院二夫人对公子做什么。

一接收到公子的眼神，果子也只得听令，在门外静候。

屋内，气氛僵到了顶点。

丽二娘终是按捺不住：“居泽木，你再怎么嫌恶我，也不能对其哥儿下手，他可是你同父异母的弟弟！你们身上可流着一样的血！”

“我没有理由伤害其哥儿，”居泽木将案卷往桌案角落里一扔，不惧迎上丽二娘凶狠的眼神，“他没有错，错就错在有你这样的一个母亲。”

“居泽木，你知道其哥儿是我的命，所以你才想出这一招，是吗？”丽二娘步步逼近，双手撑在桌案上，与他目光交汇，“就因为我动了那小贱丫头。”

居泽木面无表情：“她不是你安排进来的人吗？我为什么要帮一个你安排进来的人去害其哥儿？”

丽二娘落了下风，要是她说了，就是亲口承认了那丫头一开始是她安排进来，可要是不说，她咽不下这口气。

他可知，当她知道其哥儿溺水时的心境？

“你要是敢动其哥儿，我就让你不好过。”丽二娘整张脸狰狞着。

瞧着丽二娘咬牙切齿的模样，居泽木心里别提多痛快了，他身子往前一倾，眸里似藏着利刃：“现在，连一个假慈母的角色都不想扮了吗？”

“我早就扮厌了，”丽二娘沉下脸，“你不也看厌了吗？我们两个何必相看更生厌呢。”

“我还可以继续忍，哪怕再嫌恶你，我也能装得世人瞧不出来，就像祖母死后的这三年里，我们可以继续，相安无事。”

“好啊，你再也不是一个不堪一击的小孩子了。”丽二娘攥紧手，指甲都嵌入了肉里，既然已撕破脸至此了，也不必藏着掖着了。

在老爷回府前，解决了他这个麻烦，那她与其哥儿将会是一世无忧，一生无愁。

丽二娘步履缓慢，踏出门槛，便瞧见果子蹲在树下与一黄仙叨叨，好似她能与它通言语一般，瞧着便让人心烦。

果子将黄仙往后藏了藏，遵礼仪地朝丽二娘微微颔首行礼。

丽二娘翻了个白眼，一脸不屑，一个乳臭未干的小丫头想扳倒她，白日做梦！

一瞧见黄鼠狼从果子身后探出脑袋，丽二娘嫌弃地掩面离开。

待她找到机会，将他们一并除了，省得瞧着胸闷心烦。

04.

丽二娘离开后，公子便一直待在屋子里，不让人打扰。

果子端着刚熬好的药入屋，绕过屏风，便瞧见公子端坐在桌案前，认真地阅书卷。

今儿白日，她因与黄仙聊得投入，没有听见公子与丽二娘聊的什么，但瞧丽二娘离开时的神情，便知不是好事。

果子将药搁在桌案上，盯着公子将药喝下才放心。

“公子，吃一颗果脯……”

“不用了。”居泽木将苦药喝了个底朝天，眉头未皱半分。

果子定定地盯着公子，誓要将他的脸盯出个洞来才甘心。

虽然她不知道公子究竟是为何事烦心，可定与丽二娘脱不了干系。

她不懂何为情窦初开，可她却想让公子开心，为了公子，她愿付出她的全部，她有的都给他，没有的她也替他寻来。

居泽木书卷正翻至第二页，手腕便被果子紧紧扼住。

“做什么？”

果子眯眼一笑：“今儿是上元节灯会的最后一晚，果子自入府后还没出过府呢。”

居泽木早已瞧穿了她的心思，但揣着明白装糊涂：“所以呢？”

“所以……果子想出府瞧瞧。”

居泽木低头盯着果子不安分的手："你想去便去吧。"

居泽木垂眸，还没瞧清翻页上的第一个字，手中的书卷便被果子夺去。

"果子。"居泽木语调一沉。

她就是仗着他对她纵容，所以她才这般肆无忌惮。

"公子，你就和果子一起去吧，"果子装得楚楚可怜，见居泽木眉间有一丝松动，她立刻出击，"公子，你就当发发善心陪果子一起去吧。"

公子已经在屋里闷了太久了，她想让公子出去走走。

"要是果子被坏人盯上了怎么办？"果子眨巴着圆溜溜的眼睛，瞄着居泽木的脸色。

居泽木心软了，是啊，要是再发生昨夜那样的事，可怎么办？昨夜要不是他出现及时……他不敢再往下深想。

居泽木抬眸，与果子四目相对，她的明眸里倒映着他的身影，她那般纯粹，他不想她卷入肮脏的争斗里，他感谢那坛酒，让她忘了昨夜的糟心事。

临近上元节灯会落幕，长屏城的八角大街人潮散去，一眼瞧去，摊贩占据半条长街。

一整条街绢灯熠熠，果子东瞧西瞧，瞧花了眼。

居泽木缓缓跟在果子身后，看她一刻也不停歇，恨不能玩遍整个长屏城。

从前，他因身子羸弱，除了学堂，别地都不愿去，只愿待在别院里。

可现在，因为她，他想陪她一起瞧她喜欢的东西。

"公子！"果子停在一卖兔子灯的摊位前，冲居泽木招手呼唤，"公子你快来瞧，这兔子灯做得多精致啊。"

居泽木仔细打量，做工确实精致。

“公子，这兔子灯要是挂在我们院子里，定好看极了。”

“嗯。”半晌，居泽木偏头，便瞧见果子一脸期待的神情，他顿时了然，从袖里掏出几枚铜钱，“兔子灯要了。”

果子开心地将兔子灯抱在怀里：“公子你真有眼光！”

瞧着她对兔子灯爱不释手，居泽木嘴角不由得一弯。

虽说是上元节最后一晚，却也不失热闹。

猜灯谜，打太平鼓，划旱船，耍龙灯，耍狮子……

果子玩得尽兴，他瞧着她也开心。

要不是他拽着她，她怕是就钻进了耍龙灯的队伍里，她不待在他的眼皮子底下，他不放心，昨夜的事他仍心有余悸。

丽二娘素来有仇必报，他与她梁子颇深，却因有所顾虑，她不敢贸然对他下手，可果子就不一样了，果子不过是一孤身入府为婢的下人。

他要是不护着她，她还能靠着谁？

果子抱着兔子灯轻盈一跃，单脚立在河桥的桥柱上，瞧得居泽木心头一颤，忍不住开口：“下来。”

果子抱着兔子灯摇摇晃晃，欣赏着自己倒映在水面上的身姿，挥着爪子：“公子，你瞧见方才舞姬她们的曼妙舞姿了吗，可真美。”

果子忍不住掐了掐自己的腰，仰天一叹，真是不能比啊不能比。

桥上人来人往，无一不对果子行注目礼，哪怕民风开放，也不见哪位姑娘这般没有仪态。

居泽木回头，眼神冰冷似箭，逼退指指点点的人。

“公子,你瞧那月亮多圆哪,多像可口的野果子啊。”果子伸手去抓，却扑了个空，身子一晃，吓得居泽木心猛地一坠。

“你给我下来。”居泽木努力保持冷静。

闻声，果子旋转一跃，转过身，瞧着公子眉头紧拧，心中一喜：“公子，你担心我？”

居泽木甩袖，佯装淡定：“没有。”

死鸭子嘴硬！

不担心她？她可不信！果子眼珠子骨碌一转，临时起意。

“哎呀呀呀——”果子故意吼一大嗓门，生怕公子听不见似的，身子假装一晃，惊得居泽木不由得张开双臂上前，眉眼里满是担忧之色。

果子却一脸坏笑，趁机将兔子灯塞到他的怀里。

居泽木脸一沉，眉尾一跳，后知后觉，他竟然中了这小丫头的计！

果子眉眼中有藏不住的笑意，从桥柱上一跃而下。

她可是一只灵活的小狐狸，一根小小的桥柱怎么会站不稳？

果子围着居泽木打转，鼻尖轻嗅，狐狸习性微露：“公子，被我逮了个现行吧？”

她可是清清楚楚地瞧见公子眉目间流露慌乱神色，她就知道公子担心她。

瞧着公子涨得通红的脸，果子不忍也不舍逗公子了，讨好似的轻拽了拽公子的衣袖，试探一问：“公子，你生气了？”

居泽木不语，耳朵红得似能滴出血，这么拙劣的伎俩，他竟然会被骗。

居泽木将兔子灯塞给果子，疾步离开，他不是生她的气，他是气自己，被她拆穿心思，心中郁悒。

果子顿觉自己玩大了，手捏了捏兔子灯硬邦邦的耳朵，瞧着公子的身影，忍不住一喊：“公子，等等果子！”

第五章 × 原来，她就是那只小狐狸

01.

已近亥时，长街行人寥寥无几。

果子抱着兔子灯亦步亦趋跟在居泽木身后，盯着居泽木的背影思忖，如何能让公子大人不记小人过。

果子小碎步跑到公子身侧，偷瞄着公子：“公子，果子错了。”

“错哪儿了？”

果子没想到公子居然理她了，还问了她这么难的一个问题。果子一时语塞，支支吾吾说不出个所以然。

瞧着公子要迈步，果子急了：“错在——不该打趣公子！”

居泽木眉心一拧，盯着忸怩的果子，心软道：“下次要再犯了……”

“就让果子没有好果子吃！”

居泽木忍俊不禁，这丫头话接得倒挺快。

见公子绽了笑颜，果子暗呼一口气，看来公子不生气了。

“公子，果子替你探路吧！果子愿做你的引路灯！”

居泽木瞧着在前面抱着兔子灯旋转的果子怔了怔，要是一直这么过下去，那日子还真有盼头。

听着果子一路碎碎念，居泽木耳朵都要起茧子了，没想到小身板的她竟比书苑的李师堂还啰唆。

不过，得她的福，不知不觉就到了居府。

果子非常周到地替他打开门，做出一个请的手势，待公子一入院，果子利落关门，抱着兔子灯绕过公子，活像个兔子在院里乱蹦跶。

居泽木不自觉露出宠溺一笑，他这公子在她面前越做越没了气势。

院里忽地发出一阵窸窸窣窣的声响。

惹得本就耳尖的果子顿步，循声便瞧见一黄仙倏地从墙角一窜，往院子中央窜去。

果子眼尖，一眼就瞧见了院子中央摆放了一物件，中间放着番薯块，果子对这物件无比熟悉。

从前那些黑心的猎户便是在稜丘山上摆了这东西，想着以此来捕获他们。

“小心——”居泽木也瞧见了，他怎么也没想到他的院里竟然会摆上这打猎夹子！

居泽木话音还没落，果子已经奋不顾身冲上前，成功在齿夹的血盆大口中救下了黄仙，可她却被齿夹的锋利齿牙狠狠咬住，鲜血一瞬便染红了她的襦裙。

黄仙哪见过这等场面，一待果子松了手，便仓皇逃了个没影。

居泽木急得步子微踉，半蹲在果子身侧，盯着她被齿牙狠狠夹住的小腿，佯装冷静，实则早已乱了阵脚。

果子紧攥着早已摔坏的兔子灯，强忍着痛。

瞧着果子疼得满头大汗，居泽木竟一时不知该从何下手来解开这咬人的夹子。

“忍着点。”居泽木紧紧盯着她，试图给她安慰。这齿夹虽不大，可杀伤力很强，要是动作再不快点，果子的腿难保不会落下伤残。

情急之下，居泽木根本来不及考虑太多，直接上手强硬地掰开这吃人的齿夹，不忍再瞧果子受这份罪。

“公子！”果子猛地抓住居泽木的胳膊，这齿夹这般锋利，会伤到他的！

“别乱动！”居泽木低喝一声，整张脸挣在一起，用尽了全身的气力，手上的青筋凸起，刺眼的猩红淌过他的指缝。

只听“咔”的一声，吃人的齿夹一松，居泽木利落抽出果子的腿。

果子带着哭腔，她瞧着公子那双握笔翻书的手被齿夹伤得血肉模糊，难掩心疼：“公子，你的手……”

居泽木无暇顾及自己，将果子直接打横抱起，她伤了腿，察看伤势才最要紧。

居泽木将果子放在榻上，燃了烛火便蹲在果子面前。

他丝毫未有男女有别的顾虑，二话不说便脱下了果子脚上的鞋，果子一惊，紧紧握住公子的手。

居泽木抬眸，瞧了眼她疼得煞白的脸色，开口：“现在不是忸怩的时候，保住腿才最重要。”

公子说得对，她可不想做一只瘸腿的狐狸呢，那多丑呀。

见果子松了手，居泽木干脆地脱下她的足袜，将她被血浸染一大片的衣裳卷至膝关节，被齿夹咬了的地方，皮开肉绽，血痕清晰。

居泽木伸手捏了捏她的小腿胫骨，惹得果子痛嘶一声：“万幸，骨头没断。”

“那……果子不会瘸腿了吧？”

果子没头没脑的这一句，着实让居泽木又气又好笑，她被齿夹伤了，竟还想着这个？

居泽木起身离屋，待回来时，手里抱着好几个瓶瓶罐罐与干净的白色布条。

果子害怕地往里榻缩了一下，却被居泽木抓住未受伤的那条腿拽了回来。

“别乱动。”

小腿胫骨上的皮肉瞧得果子不由得吞了吞口水，紧紧盯着公子被血染红的手指：“公子。”

“没事，”居泽木语气难得温柔，用浸湿的白色布条轻轻擦拭伤口，将未干的血迹擦干净。

瓶瓶罐罐斜倒在榻角，果子安静地坐在榻上，定定地盯着公子将药涂抹在她的伤口处，瞧得微微愣神。

“这里的旧伤口是怎么回事？”

闻声，果子慌乱回过神，腿一动，不小心扯到了伤口，疼得果子红了眼眶。

居泽木皱眉，不动声色按住果子的腿，以免她再乱动，伤了自己。

果子皱着小脸：“真疼。”

“知道疼，就别乱动了。”居泽木紧紧扼住她的小腿，低着头，果子瞧不见他的神情。

可公子手上的动作很轻，生怕弄疼了她：“你还没告诉我，你腿上的旧伤怎么弄的？”

居泽木直勾勾地盯着被齿夹咬伤的部位向左一寸，那是一旧伤疤，经年累月，早已结痂，可仍能看出伤口极深。

果子心虚：“这伤……是果子贪玩才弄伤的。”

“是吗？”居泽木敛回视线，抬眸盯着果子，盯得果子心里发慌。

果子干笑两声：“是——是啊。”

他虽医识浅薄，可跟着穆郎中这几年，也识得几味药材，也能瞧得出是如何伤的。

她这伤口，明显是被箭所伤，她却撒了谎。

她究竟想瞒什么——她入府为婢，要不是她醉酒掉了长命锁，他也不知她竟是那日解他围困的敲锣小丫头，今日，她不顾自己安危救下黄仙，伤了腿，要不是他为她上药包扎，他也瞧不见她腿上的旧伤。

可她却没有说出实情。

一个小姑娘，腿上怎么会无缘无故有箭伤，还是一箭刺穿了小腿胫骨——等等，他当年救下的那只小狐狸，腿上受的也是箭伤……

居泽木眉头越皱越紧。

瞧公子这样，果子难免慌乱，欲抽回腿，却发现被公子钳制得无法动弹，声如细丝：“公子，你的手也需处理啊。”

居泽木不以为意，倾身抱起果子将她放平在榻上。

果子被吓了一跳，欲半坐起身，却被居泽木一摁脑袋，直接躺回榻上。

“公子，”果子不明白公子是何意，“这是……干什么呀？”

居泽木不语，拉过里榻的丝被，避开她受伤的腿，轻盖在她身上。

“今晚你就在这儿休息。”

果子急了，她只是一婢女，怎么能忘了身份歇在公子榻上呢？这是万万不可的！

说着，果子便要起身。居泽木倾过身，单手按住她的肩膀，居高临下地瞧着她，语出惊人：“又不是第一回歇。”

上回，她还是一只狐狸时，就已经歇过了。

居泽木连眼都不眨一下，试图在她的脸上找出破绽，瞧着她一脸心虚的模样，他心中对猜测更确信了几分。

果子紧张得全身冒冷汗，不由得往里挪了挪，公子这番话是什么意思？莫不是对她从前的旧伤心生怀疑了？

不不不，不会的，常人怎么会将她与一只狐狸挂上钩呢？定是她想多了。

见公子仍像盯着书卷似的认真瞧着她，她脸上不由得飞上几朵霞云，乖巧地揪住被角，遮住下半张脸。

多说多错，她现在还是老老实实装个哑巴吧。

居泽木暗暗攥了攥手，眉头缓缓舒展，将事情一桩桩一件件地想通了。

她为何会知道狸香果，为何他循着狐狸的身影去后厨瞧见的却是她，今夜他明白了——他救下的那只小狐狸，衔果来报恩，后又变成戴着长命锁的小丫头解他围困，如今入府做他的婢女……

原来，她就是那只小狐狸。

借着橘红的烛火，居泽木抬起手，瞧着被咬的地方旧痕添新伤，不知为何，嘴角微扬。

02.

“果子！”

果子正睡得香甜呢，却被一记嘶吼惊得魂魄都要散了。

阿陈气得脸红脖子粗，双手叉腰：“你怎么睡在公子榻上？”

他不过是休养了一小段日子，一回府便瞧见果子没大没小地占着公子的榻，他能不动气吗！

“你给我下来！”自上回果子吓他，他要敢对她动手，她便喊非礼后，阿陈再也不敢出手了，哪怕心中压着气，也只能干吼几嗓子。

果子作势掀开丝被，吓得阿陈猛地转身，他可不想瞧见什么不该瞧的：“你……你赶紧给我下来！”

果子轻挪着受伤的腿，坐在榻边：“阿陈，扶我一把。”

果子头也没抬，直接搭上递来她眼前的手，一声谢还没来得及说出口，便听居泽木问道：“腿感觉如何？”

果子猛地抬头，便对上居泽木深不可测的眼神，结结巴巴道：“公……公子。”

阿陈在一旁瞧着这画面，心中郁结，捶腿懊恼，恨自个儿为何偏偏身染风寒，给了果子这丫头可乘之机！

居泽木扶果子起身，果子像个初学走路的孩童，傍着公子，才觉心安。

瞧她一瘸一跳下青榻阶，居泽木道：“你这腿需要好好静养。”

“不行，果子还要给公子熬药呢。”

“这些事阿陈会做，你就不要操心了，”居泽木偏头，吩咐阿陈，“阿陈，今日起，煎药的活儿还是你来做。”

阿陈撇着嘴，一副失宠的可怜样：“是，公子。”

待阿陈出了屋，果子悄悄问道：“公子，你这是罚阿陈吗？”

居泽木露出像瞧傻子一样的眼神瞧着一脸天真的果子：“在你看来，我在罚阿陈？”

迎上居泽木的目光，果子心虚一笑：“不……不是吗？”

居泽木心中郁悒，他这是关心她，她还真是个榆木脑袋，他蓦地撒手，果子毫无准备，差点没站稳摔了。

果子鼓起腮帮子，双手叉腰，她现在可是伤患，都快成一只瘸腿的狐狸了！

可这些撒气话，果子也只敢想想，话到嘴边也只好改口：“公子，你松手怎么也没和果子说一声哪，虽说果子是灵活些，可现在好歹是带伤在身哪。”

居泽木一语不发，她竟然连他对她好，想要她没有顾虑好好休养都看不出来，真是……真是一只傻狐狸。

主屋那边，丽二娘发了好一通火，下人都不敢贸然出现在丽二娘跟前，生怕自己成了丽二娘发泄怒火的靶子。

小喜将房门掩了掩：“夫人，您因找不到一个下人阿福而发这么大的火，恐会让人怀疑啊。”

丽二娘坐在红木镂空圆凳上，白皙玉手紧攥拳头，狠捶在圆木桌上：“现在老爷不在府中，我这个夫人当家做主说了算。”

“那是自然，”小喜双手紧捏一块，“会不会……是嫡公子那边……”

丽二娘神色一紧，她怎么就没想到呢，那嫡子瞧着一副病弱的样子，实则城府深、心机重。

不过小喜倒给她提了个醒，她命阿福去居泽木院里放猎夹子，如今阿福下落不明，她担心：“小喜，阿福嘴巴严吗？”

“严着呢，他对夫人可是忠心耿耿，只是不知怎么回事，现下寻不着他人了。”

丽二娘试图冷静，她可不能先乱了阵脚。

瞧着时辰，快到其哥儿回来用膳的点了，她得去门口迎她的心头肉。

丽二娘缓缓起身：“你继续盯着他们找阿福，要是找到了立刻来告诉我。”

“夫人，夫人！”

丽二娘刚迈出屋，便瞧见一小厮神色匆匆地跑来。

小喜拦在丽二娘身前，责问小厮道：“你急急慌慌，冲撞了夫人可怎么好？”

“什么事叫你这么惊慌？”丽二娘心里有一种不祥的预感。

小厮口干舌燥，话说得断断续续，可丽二娘还是听得清楚——

阿福被伤了手脚，打发回老家了。

小喜扶住微靠门墙的丽二娘：“夫人。”

丽二娘哼笑一声：“小喜，你听见了吧，阿福手脚不干净，以借放打猎夹子为由入嫡公子别院偷窃，东窗事发，便伤了他的手脚，随便打发回老家了。”

“夫人，嫡公子竟用私刑，我们要不要将这事告诉老爷。”

“这事我们不占理，告诉老爷，只会将这事闹大，老爷本就因当年祖老夫人的事不待见我了，我何必惹他不快？不过一个下人，就让他这个嫡公子长长威风吧。”

“这可是明摆着打夫人的脸，他明知阿福是夫人您的人。”

“那又如何？他何时尊我这个长辈过？”丽二娘怒容显现，“没想到他动作竟这么快，不过一夜的工夫，他便能找出并治了阿福，可真是小看了他。”

“夫人。”

“真是可惜了，伤的不是他的腿，反伤到了那小贱丫头的腿。”丽二娘手指紧紧抠住雕花门沿，“看来这丫头在他心里不一般，一伤到那丫头，他就急了，谁动那丫头一分，他便还那人十分，真真是费尽心思护着她了。”

要是他知道祖老夫人的死是因为她，她还真不知道他会做出什么来呢。他就像是养在身边的豺狼虎豹，随时会反咬他们一口。

真是留不得啊。

别院里，炉里冒出的浓烟似阿陈的怨气，用蒲扇挥都挥不散。

真不知道果子给公子灌了什么迷魂汤，让公子竟然对她这般好，他陪伴公子十余载，风寒刚好全，公子就忍心他干活，偏心！实打实的偏心！

阿陈挥蒲扇的间隙忍不住朝坐在门前舒适晒太阳的果子剜一眼，拼命摇着蒲扇，恨不能让公子瞧他一眼，也心疼心疼他！

居泽木轻咳嗽一声，手拿一书卷踱到门前，居高临下地瞧着闭眼假寐的果子："舒服吗？"

果子轻点着头："舒服真舒服呀。"说着，双手还轻拍了拍肚子。

"休养期间扣月例。"

一听要扣月例，果子就差一个鲤鱼打挺起身了，奈何她脚上缠着厚实的布条。

"扣钱？"果子睁着圆溜溜的眼睛盯着公子，"我……我这也算因工受伤哪。"

阿陈竖起耳朵仔细听，这果子胆子越来越肥了，竟敢和公子这般说话。

居泽木双手抱在胸前，眯眼瞧着她："因何工受伤？"

见公子这般认真细问，果子蔫了，她是为救黄仙而受的伤，似乎与工伤沾不上分毫关系。

见这招不好使，果子倏地扮一副楚楚可怜的模样，试图蒙混过去，阿陈瞧得直翻白眼。

奈何公子不为所动。果子只好作罢。

阿陈装模作样地扇蒲扇，心中一悦，他就知公子不会轻易被果子这丫头迷惑。

阿陈外出采买，别院里徒剩果子与公子。

果子双手撑在铺了毛绒毯的躺椅扶把上起身，一瘸一跳地进了屋：“公子。”

闻声，公子从堆叠如小山坡的书卷里抬起头：“怎么了？”

果子挠了挠脑袋，虽说她受伤了，可她不过一小小婢女，真让她歇着，她心中过意不去啊，况且，还因此赔上她的月例，这买卖，多不值当。

“公子，你有什么事，尽管吩咐果子，千万别怕因使唤受伤的果子而落下一个待下人不宽厚的罪名，就不让果子做事了。”

居泽木眯了眯眼，缓缓放下手中的书卷：“既然你这么想做事，我自然要遂你的意。”

见居泽木起身，走至身后的一整扇贴墙书橱前，抱下一整摞书卷，果子心里不由得打起了退堂鼓。

瞧着公子抱着一整摞书卷朝她走来，果子身子踉跄了一下，下意识地接过如半人高的书卷。

居泽木故意拂袖一挥，书卷上的灰尘蓦地在空中旋飞，害果子被呛个满怀。

“将这些书都抱出去，也好让它们晒晒太阳。”

果子咬着牙口，略显吃力：“放心吧，公子。”

盯着果子像个街头耍杂艺的人，抱着书卷一瘸一拐出了屋，他悠悠敛回视线，嘴角的笑意却怎么都收不住。

须臾，居泽木听不见院里的动静，忍不住起身去瞧瞧。

便瞧见果子抱着书卷在太阳底下偷懒小憩呢，她眉心轻皱着，似因太阳刺着了眼睛，睡得不安稳。

居泽木鬼使神差地蹲下身，抬袖轻遮着她的眼帘，瞧着她眉心缓缓舒展开，眉眼里不自觉地溢出了笑。

采买回来的阿陈前脚刚踏入院，便瞧见这番刺痛他心的画面。

他偷摸躲在围墙后探出一个脑袋，恨不能与果子干一架，以泄他心里的怒火，嘴上虽念念叨叨，可身体却忠心得很，四面环顾，为公子放风，生怕被有心之人瞧见了，闹出不好的传闻，毁了公子的声誉。

夜幕降临，别院里倏地传出阿陈的一记吊嗓。

阿陈不解，委屈地原地转圈圈：“公子，我的屋子怎么能让给果子呢？”

果子抬手摸摸鼻尖，不说话，以免惹得阿陈心里怒火更盛，不过住在与公子只有一墙之隔的屋子，想想，心里还有一丝小雀跃呢。

阿陈瞧见果子脸上挂着的笑，就更委屈了，公子再也不是以前的公子了！

居泽木几句话安抚好阿陈，随即转过身：“今晚你就搬过去。”

果子重重点头，求之不得！

夜深人静，果子趴在软绵绵的被子上，神情惬意，狐狸尾巴舒服地在半空中摇啊摇。

果子翻过身，胳膊垫在脑袋下，隔着一堵墙，能清晰地听见公子的心跳声。今夜，她将会做一个香甜香甜的梦。

03.

果子虽化身成了凡人模样，可她乃是一只狐狸，伤口愈合能力自然非比常人。

不过两三日，果子腿脚便好得利索了。

阿陈不可置信，心中猜测，莫非她不是人？阿陈忽觉背脊一凉，不敢深想。

倒是公子，对果子从未生疑。

果子腿脚一好，便从阿陈手里接回了替公子熬药的活儿。她可是打过包票，熬药的活儿都包在她身上，一言既出驷“狸”难追。

果子端着药入屋：“公子，药来了。”

居泽木头抬也未抬，将磕碎了一角的墨砚与破损了书页的书卷轻推至桌案边角，给她挪出空地来。

药碗刚搁下，院外便传来阿陈的一记尖叫，惹得果子与居泽木纷纷出屋去瞧。

阿陈脸色煞白，从院外跑进来，结结巴巴：“公……公子。”

“什么事？”居泽木心里咯噔一声，有一股不好的预感。

阿陈一股脑说完，果子就冲在前头，阿陈拉都拉不住。

居泽木随即跟了上去，便瞧见院外搭杆上晒了一剥好的黄鼠狼皮，眉心骤然一拧。

丽二娘贴身伺候的小喜算准时机出现，礼数周到：“嫡公子。”

居泽木未予回应，小喜自顾自道：“近些日子，这些下贱牲物乱窜，扰得府里不安宁，夫人特让人清个干净。”

小喜话顿了顿，又道：“夫人又知嫡公子身子弱，特命人剥了这牲物的皮，给嫡公子做个暖围物呢。”

“够了。”居泽木瞧了瞧果子微变的神色，忽地开口，截了小喜的话。

一瞧居泽木面色一沉，小喜自觉噤声，她只是得夫人令，借剥皮一事来硌硬嫡公子一番。

既然目的达到，也不再多口舌，引起不必要的麻烦。小喜行过礼数，便离开了。

居泽木眸里闪过一丝狠戾，却因果子的一声抽噎换上一副只待她的温柔神情。

居泽木毫无顾虑地将果子揽入怀中，任由她将眼泪擦在他的衣衫上。

他本想将所有的肮脏事都处理干净，让她见不着一点腥，却没料到腌臜人心思卑鄙，竟直接将这脏事暴露在她面前，让她瞧了个清楚。

这笔账，他记下了。

丽二娘躲在暗处，将他们的一举一动收入眼底。

她这个过继嫡子呀，动了心，就有了软肋，有了这个小贱丫头在，除掉他，只是时间问题。

一副剥好的皮不过是一份微不足道的礼，后头礼可多着呢。

夜深，整个居府都陷入了寂静。

打更声还未走远，居泽木便从噩梦中惊醒，血腥画面在他脑子里似走过场。

日有所思夜有所梦，白日瞧见被剥好的皮，让他忍不住想起那些让人后怕的往事。

居泽木定了定心神，睡意全无，披衫欲去院里散散步。

手端着一盏灯，他一开门，远远便瞧见一抹身影蜷在院里的树下。

居泽木皱眉，拿着灯盏前去细瞧，发现果子皱着小脸，瑟缩在树下。

放着舒服的屋不睡，缩在这儿做什么？

他心里虽这么念叨，却解下自己的外衫，轻盖在她身上，动作很轻，生怕吵醒了她。

果子小巧的嘴巴紧抿着，不时呓语着什么，他一句都听不清，可他好似能猜出什么，她这样子，定是因为白日瞧见了那令人发噩梦的场景睡得不安稳。

居泽木就地而坐，与她不过一拳之隔，偏头便能瞧见她的脸，凌乱青丝随风拂至她的脸上，惹得她不由得伸手一挠，靠着树干的身子一歪，惹得居泽木急忙凑过身，献出肩膀。

果子脸在居泽木肩膀上蹭了蹭，找了个舒适的姿势继续睡。

居泽木吹灭灯盏，以免光线扰了她的美梦。

一入夜，月色越发浓。

居泽木没有丝毫困意，将夜空上的星星来回数了个遍，今日瞧见黄鼠狼被剥皮让他不由得想起他儿时养过的一只小猫，不过眨眼工夫寻不着，便被黑心的人扒了皮，自那回后，他再也不敢养。

之后，他终于懂了，不是因为他养小猫，而是因为他自己，他对谁越好，就是害谁。

打着关心的名号，不过是为了掩他们丑陋的嘴脸、内心的贪欲。

居泽木低头瞧着她如扇的睫毛，心里都不由得柔软起来，他是活在阴冷潮湿里的刺猬，遇见她后，敛起一身的刺，走到了阳光下。

04.

翌日，天色微亮。

果子迷迷糊糊地醒来，环顾四周，她记得她昨夜特意守在院里，以免坏心的人再故技重施，怎么好端端又在屋里了？

果子匆忙出屋。蹲在炉前熬药的阿陈一瞧见果子，立马将手上的蒲扇塞到她手里，醋意满满：“你一个婢女起得比公子还晚，公子竟还纵着你。”

“公子……起来了？”果子语气顿了顿，将阿陈上下打量了一番，从他这语气，看来她回屋和他没有半分关系，莫非是……公子？

阿陈脸色难看，瞧见果子还有意偷懒，心中越加不平，催促道：“还不快点给公子熬药去。”

自从她入府后，公子似变了个人，对他越加不闻不问，所有的心思全给了果子这丫头！他能不嫉不妒不恼嘛。

果子端着药蹑手蹑脚入屋。

“鬼鬼祟祟做什么？”公子一出声，害得果子身子一颤，她动作这么轻，公子都听得见？真是丢了她身为狐狸的面儿呀。

果子瞧着起身披衫的公子，讪笑一声，心虚地将药搁在桌案上。

“公子,你这是……要出门？”果子瞧着公子一副整装待发的模样，好奇一问，公子平日除了书苑，哪儿也不去？今天也不是去书苑的日子啊。

“今日我要去屏隽诗会。”

居泽木绕过桌案，走到果子面前，果子下意识地替公子系上披风带：“诗会？”

听起来就很高雅，想必去的人也多，公子最不喜热闹的地方了，怎么会突然……

居泽木紧紧盯着仔细替他系带的果子,眸里带着笑,耐心解释:“今日是长屏城每年一季的诗会，王权贵胄、各家公子、满腹诗才的文人都会在此一聚。”

果子明白了：“就是有权、有势、有钱财、有才华的人聚在一起吟诗作乐？”

“你说得对。”居泽木眼里都是宠溺。

他何尝喜欢去这种地方，假借吟诗作对，高雅至极，实则以寻乐子为主。

果子轻皱眉，将药端至公子面前："公子是去出风头？"

"出风头有何不好？"居泽木将凉了的药一饮而尽。

他去参加诗会，出风头是其次，最重要的是为了打压丽二娘，她不是以为他身骨弱，闭门不见人吗？那他要让她好好看清楚，若他想，他便能在重重荆棘里站稳脚跟。

屏隽诗会每年一季一举行，诗会青年才俊云集，去的可都是城中有头有脸的大户少爷，谁要是拔得头筹，便会名声大噪，一时风头无两。

今年诗会夺魁的人，谁也没料想到竟是居府的嫡公子！

居府嫡公子在诗会上一路过关斩将，一举拔得头筹，不过半炷香的时辰，便在长屏城内传遍了。

闻此讯，丽二娘急赤白脸道："这病子竟这般招摇了？"

他从不爱凑这热闹，如今怎么转了性，偏往人多的地方凑？是她将他逼得太急，欲寻一条出路？

不不不，丽二娘揉了揉太阳穴，稳了稳心，一定是哪里出错了，他可不是那种锋芒毕露的急性子。

"是那丫头。"丽二娘思来想去，攥得指节泛白，"自那丫头入府后，他事事与我对着干，要不是被那丫头迷了心窍，他怎么会不知自己斤两？一个不受老爷重视的病弱嫡子，还妄想着争什么。"

丽二娘锦袖一甩："他什么都争不过我的其哥儿！他是嫡子又如何，一条腿迈入地府的人，竟还想着争？"

"夫人。"小喜生怕被有心之人听了去，百害无一利啊。

"马上将那丫头给我绑了，卖去我瞧不见的地方。"

"夫人，您先消消气，别中了计。"

丽二娘被一语点醒。是啊，她得镇定，不能中了计，他现在这么护着那丫头，要是那丫头出了事，从而彻底激怒了他，他不顾手足之情对其哥儿下手可怎么办。

她可就其哥儿这么一个宝贝儿子了，她不能冒险，她得想个万全之策。

果子蹲坐在院门口，等着公子回来。

公子才华出众，一举夺魁，整个长屏城都传遍了，真是出尽了风头呢，可是，他怎么还没回来呢，都到用午膳的点了。

果子百无聊赖地数着门沿上的细丝纹路，听着肚子传来的咕咕声，独自生着闷气。

再不回来，她就将公子埋的那几坛果子酒都喝了，一滴不留。

“果子！”阿陈冲在前头，怀里抱了好些物件，“快帮我拿！”

闻声，果子猛地站起身，远远地一瞧见公子，直接擦过阿陈向公子跑去，气得阿陈好一阵嘟囔，只得悻悻抱着满怀的物什先回了屋。

“公子，你回来了！”果子小碎步跑到居泽木跟前，眼睛里似盛着星星。

居泽木解下披风，径自盖在果子脑袋上：“回屋。”

果子慌乱扯下披风，理了理额前的一绺发丝：“公子，你等等果子！”

瞧着公子长腿几步一迈，便入了院子，急得果子双手抱着披风紧跟上，忍不住好奇地问道：“公子，诗会好玩吗？”

“好玩。”

“有多好玩？比上元节灯会还热闹吗？”

“自然热闹。”

“那下回公子也带果子去呗。”

“……”

“公子，公子……”别不理果子呀！

瞧着满桌子的菜肴，果子双眼都冒光。

阿陈将筷子递给公子："公子，你先请。"说着将清蒸鱼往公子面前推了推，瞟了一眼吞口水的果子，嫌弃地皱了皱眉，身为一个婢女，上不了厅堂下不了厨房，有何用？

可气的是，偏偏公子还纵着她。

哪户大人家公子会让一个小小婢女与其同坐入膳？也只有公子心善才这般！

公子一举夺魁，风头正盛，各家公子争相邀约公子一同入席，却被公子一一婉拒，他起先还不明白，现在可算是瞧明白了，公子呀，是为了果子这丫头！

居泽木夹了一块烧鸡放到果子的碗里："多吃点。"

听着公子温柔的语气，阿陈心里酸溜溜，像灌了两坛子老陈醋。

公子，你真将阿陈抛诸脑后了！

第六章 × 原来，她就是公子瞧上的姑娘

01.

因居泽木在屏隽诗会一展才华，欲与居府结亲的人派来的媒婆都要踏破居府的门槛了。

这亲事，乃是父母之命媒妁之言，丽二娘深知自己身份，总不好一人私自做主，特请老爷回府决断。

待居老爷回府，已是两日后。

这两日里，说亲的媒婆前前后后都来了七八个，可论门当户对，当属修编文书官家的李小姐与将军府的孟小姐。

外头的流言传得可猛了，说是居府喜事将近。

果子一点都不明白，怎么公子去了趟诗会，就惹出这么多朵桃花？

瞧果子一脸郁悒，阿陈忍不住往果子的心窝戳刀尖子：“公子俊逸出尘，哪家小姐瞧了不心动？我看哪，咱家公子婚期将至，咱们院里就要多一位夫人了。”

果子不知怎的，心里烦躁得很。瞧阿陈笑得那么开心，她心里就不舒服，狠狠踩了阿陈一脚便跑了。

留下阿陈皱眉捂脚，忍不住嚷喊几声。

居泽木正认真盯着书卷，哪知果子风风火火冲入屋，利落地抓起贵重的墨砚，一副要砸的架势。

居泽木气定神闲地合上书卷：“发生什么事了？”

果子脱口而出：“公子，你瞧上哪家小姐了？”虽说公子结一段良缘，她应当开心才是，可她为何心里觉得酸涩酸涩的。

瞧着公子“扑哧”一声笑出来，果子心虚了，紧紧攥住墨砚：“公子，你笑什么？”

“我没瞧上哪家小姐，”居泽木定定地瞧着腮帮子鼓鼓的果子，“但我，真瞧上了一个人。”

果子心一怔，公子有心上人了？

果子喉咙哽了哽，好似吞了一个大野果子，吐也吐不出来，吞也吞不下。

“那……公子会与那个人成亲吗？”

居泽木眼神很坚定：“会。”

果子心一沉，不知道为什么心里堵得慌，眼眶也湿湿的。为免公子瞧见她的狼狈样，果子将墨砚放回原处，落荒而逃。

居泽木盯着缺了角的墨砚半晌，敛了敛目光，他真瞧上了一个人，瞧上了一个还没开窍的小丫头。

果子一整日都怏怏的，提不起精神。本来还一肚子气的阿陈，瞧见她那惹人心怜的模样，不由得担忧，平日没心没肺，今儿突然深沉，让人难免在意。

“公子，果子那丫头生病了？”阿陈偷瞄着院里那身影，着实猜不透。

“她是病了。”

“啊？”阿陈急得结巴起来，“那……那要不要去请郎中？”

“不用。”居泽木看不进只字，索性将书合上，这傻丫头真是让他没辙。

“阿陈，你留在屋里，没我的令，你不许出来。”

“啊？”阿陈糊涂了，可公子说了，他便乖乖留在屋里。

居泽木佯装轻咳一声，惹得果子心里一着急，都忘了自己生的哪门子气了，忙不迭起身，一脸担忧：“公子，你没事吧？”

居泽木嘴角一弯，偷着笑：“我没事。”

被公子紧紧盯着瞧，果子止不住脸红到脖子根，忽地想起她正生他闷气呢，步子不由得往后一挪，与之保持距离。

居泽木将她的举动都瞧在眼里，明知故问：“生气了？”

“我……我……”果子抬起头，话到嘴边却硬生生咽回了肚子。仔细一想，她没资格生气，她不过是一只来报恩的小狐狸，入府为婢实为报恩。

“我没生气。”果子口是心非，低头不去瞧公子的脸。

居泽木自袖中掏出一枚金银木花簪：“要与我成亲的人，她当是以身相许。”

“以身相许？”果子发蒙，才华出众的人说话都这么绕弯子的吗？

“如果有人救了一个人的命，她无以为报，该当如何？”

果子下意识便答：“无以为报，唯有以身相许。”

居泽木眉尾一挑，紧了紧手中的花簪。

待说完，果子的脸唰地就红了，连连摆手，话都说不利索了：“不是，我……公子，这话不是我说的，是折子戏，对，折子戏里都这么说。”

“我又没救过你，你怎么以身相许？”

这一反问，问得果子话到嘴边又生生吞了回去，心想，你真救过果子命呀，当年她现狐狸真身被猎户一箭射穿小腿胫骨，要不是公子，她怕是早被猎户逮了剥皮叫卖。

瞧着她藏着掖着的模样，居泽木手指轻轻摩挲着金银木花簪：“我瞧上的那人，还在路上。”

“路上？”果子忍不住打探，“她已经来了？何时到？”

居泽木走近，将金银木花簪轻别入果子的发髻里：“这簪子是我给她挑选的，她既还没来，那你便先戴着。”

他瞧上的人哪，还在开窍的路上呢。

“啊？”果子彻底糊涂了。虽说她糊涂，可他人的物件，她也是不好收着的。

说着她便要拿下簪子，却被居泽木倏地截住：“你先戴着，到时物归原主也不迟。”

果子嘟囔：“我戴着，到时可要无赖不还了。”

被公子留在屋内的阿陈，躲在绮窗偷瞧，啧啧摇头：“完了完了，公子真被果子那丫头灌了迷魂汤了，看来不管是与李家还是孟家，婚事都成不了了。”

02.

“长能耐了！”

祠堂内倏地传来家法棍摔地的声响，惊得在外候着的小厮婢女身子抖了抖。

居老爷气得吹胡子瞪眼，甩了甩衣袍叉着腰：“不肖子！”

跪在列祖列宗牌位前的居泽木面不改色：“不过是不允父亲替我

议的亲事，便成了不肖子，这名我还真担不起。”

“要不是你去出什么风头，闹得姑娘家争相要结亲，我何故来替你收这摊子？”

“原来父亲关心的不是我的亲事，关心的是我的事扰了父亲您的清静。”

“你还敢驳我？”居老爷松了松眉头，“这些年，看来是我对你疏于管教了，连孝道都忘了个干净。”

“父亲何时对我有过管教？”居泽木抬了抬眸，凝眸瞧着祖母的牌位，喉咙一哽，“若说孝道，我也是从父亲您那儿学来的。”

瞧着他不知悔改，居老爷彻底奓毛了，捡起地上的家法棍，作势又要一棍下去：“你说什么？”

“父亲心里清楚。”

居老爷握着家法棍的手紧了紧，心里闪过一丝愧意，嘴唇因抑着怒意而微抖：“列祖列宗前，你莫要胡言乱语。”

“父亲说，我将孝道忘了干净，父亲何曾不是，忘记了身为人子的孝道。”居泽木双手攥紧，“祖母死了，可害死祖母的人仍在逍遥法外。”

“住口！”居老爷狠狠打了居泽木一棍子，那棍子落在背上，敲的声音闷却重。

居泽木紧了紧腮帮子，继续道：“让一个害死祖母的人日日在祖母面前祈福诵经，多么可笑。”

居老爷面色一变，握着家法棍的手微颤：“你……你都知道什么？”

“我全都知道，知道您的二夫人害死祖母，您为了居府偏袒放任凶手……”

居老爷将家法棍狠狠往门上一砸，冲外头嘶吼：“你们都给我滚！”

闻声，外头站着的小厮婢女作鸟兽散。

随即，居老爷狠狠扇了居泽木一巴掌。

居泽木被扇得脸一偏，红色指痕倏地一现，嘴角嘲讽一勾：“父亲您在怕什么？您是怕在祖母牌位前羞愧吗？”

居老爷压低嗓音，瞳孔里布满血丝，几乎是咬牙切齿：“记住了，这件事以后莫要再提。”

居泽木迎上父亲的目光：“真相总会大白。”

见居泽木如此顽固，居老爷蓦地举起手，却又缓缓放下手，背对着他，话锋一转：“明日，你同我去将军府的家宴。”

居泽木嘴角一扯，缓缓起身。

“站住！”居老爷转身瞧着他的背影，“谁让你起身，谁又让你离开了？”

居泽木垂眸：“父亲这番匆匆回来，想必也累了，我就不打扰了。”

“站住，你怎么就成这个样子了？”

话语里满是痛心，可在居泽木听来，却着实讽刺。

“父亲回来，本就不是为了我的亲事。”居泽木语气疏离，“一个病弱嫡子出尽风头，让父亲怎好将家业交到一个还是孩童的庶子手中，父亲最重颜面，生怕被人说偏颇身子健全的庶子。”

“你胡说什么。”居老爷眼皮子猛跳。

“父亲心中有数，深知我身子羸弱不堪挑起家业重任，可我这风头一出，引得人上门议亲。”居泽木冷笑一声，“将军府的家宴为何会让我们去？父亲怕是心中早已有了宏图，若我与孟将军的妹妹成亲，那居府也能顺理成章地攀上孟将军这高枝。”

“孽子！孽子！”居老爷气得身子都抖，甩袖拂掉高台上第一排摆放的白烛，“你竟敢这么对你父亲说话？是想活活将我气死？”

“父亲，您气不是因为我对你这般说话，气的是我将您心中所想说了出来。”

“滚！你给我滚。”居老爷左右一探，双手抓起高台上的烛台就朝居泽木扔去，他丝毫未避。

“自我搬出主府，唯有请安我才过来，”居泽木对居老爷九十度鞠躬，“日后，怕是请安也免了，也让父亲得个清静。”

居泽木推门离开,徒留居老爷拼命抑住喷薄而出的嘶吼,愤愤跺脚。

特意在长廊尽头候着的丽二娘，瞧见他脸上的红指印，心里别提多高兴了。

见居泽木无视她，她着急开口：“与孟府的这桩亲多好啊，多少人想得都得不到，偏偏孟将军那位妹妹啊，被你迷住了。不然，以你这身子骨，哪家愿意将姑娘嫁过来，等着守寡呢。”

“你若觉得这门亲好，那便让给其哥儿好了。”

“你……”丽二娘压下心中的怒气，“可别不识好歹，自古亲事都是父母之命媒妁之言，你以为你自己能做得了主？”

“做得了做不了都是我的事，也不必你假惺惺地操心。”

“你……”一听祠堂那头传来动静，丽二娘也没工夫在这和他掰扯了，偌大居府还是老爷做主，她得好好哄得老爷开心了，她的其哥儿在居府才争有一席之地。

丽二娘一入祠堂，便瞧见满地的狼藉，可见方才老爷有多恼怒。

“老爷，小心您自己的身子啊。”丽二娘拧眉上前，攥着丝帕轻抚着老爷的背，“有什么话与泽木好好说。”

“他那倔性子怎么听得进去？”

“他深居府里这么多年，身子又弱，与我们置气的次数手指头数都数得过来。”丽二娘瞟了眼怒意未消的老爷，从中挑拨，“泽木是个寡言又沉稳的孩子，近日不知道怎么，总是事事要出头似的，好似听了谁人教唆般。”

居老爷眉心一拧，在意地问：“你瞧出什么了？”

丽二娘造作叹气：“不光是我，整个居府的下人都瞧出来了。老爷，您还记得曾和泽木闹出传闻的那丫头吗？”丽二娘忽换上愧疚的表情，“不过，这事都怨我，是我将那丫头招入了府，才让那丫头有机可乘。”

居老爷紧抿着唇，仔细一想，难怪！难怪他那般顶撞自己，还推了将军府的家宴，原来他被那丫头灌了迷汤！

见老爷狠捶着高台，丽二娘脸上扬起一抹狠意。

方才她躲在祠堂后边的绮窗，可将居泽木与老爷间的对话听得清清楚楚，没想到啊，原来他竟全部知道，还能不动声色地藏在心里这么久？

以他的性子，怎么甘愿佯装不知？丽二娘不敢细想，她只有一个念头，那就是尽快除掉他，她才能心安。

03.

居府嫡子与将军府的孟小姐好事将近，长屏城内传得沸沸扬扬，听说双方生辰八字都已备好，居府还派媒人下了聘礼。

自上回公子从主府回来后，精神都恹恹的，公子嘴上不说，可府里早已传开了，公子与老爷在祠堂吵得不可开交，老爷差点掀了祠堂。

况且公子脸上的巴掌印可清晰了，果子瞧着都心疼，老爷真狠心下这么重的手！

果子紧握着金银木花簪，公子总说，他瞧上的姑娘在路上，可她至今都没瞧见那姑娘的影儿，莫不是听闻公子与孟小姐的婚事，半道折返了吧。

阿陈从郎中的药铺一回来，便瞧见果子在公子屋门口鬼鬼祟祟，一瞧就不安好心。

阿陈蹑手蹑脚上前，使了全力，一把将果子推了进去。

动静不小，惹得居泽木抬头一瞧，便瞧见站姿奇怪的果子，对着屋外挤眉弄眼。

“怎么了？”

果子一瞬敛起发怒的神情：“没事呀。”

果子攥着金银木花簪刚凑上前，阿陈便没有眼力见地号嗓着进屋。

见阿陈将一做工精致的雕花妆匣搁在桌案上，果子佯装好奇，边问边偷偷伸出罪恶之手，拧了拧阿陈的胳膊肉，谁让他寻机欺负她来着。

阿陈龇牙瞪了果子一眼，找准空隙便溜了。

果子敛回盯着妆匣的视线，将金银木花簪递到公子眼前：“公子，这簪子果子收不住。”

公子瞧上的姑娘还没来，她就想将这簪子占为己有，若那位姑娘来了，她不愿将簪子还回去可如何是好，所以这簪子还是公子自己保管最为妥当。

居泽木定定盯着她：“为什么？”

“没……没为什么呀。”

“是这一根簪子不够贵重？”不待果子开口，居泽木就将妆匣推至她面前，明明是命令的口吻却有着一丝丝宠溺，“打开瞧瞧。”

果子乖巧地打开妆匣，里头珠翠珍宝瞧得人心动，这金钿翠珠一瞧就值不少钱呢。

无事献殷勤非奸即盗！果子才不上当呢。

果子将妆匣猛地盖上，圆溜溜的眼睛盯着他：“公子，你这是收买我？”

“如果是呢？”

没想到公子这么实诚，果子不知该如何招架了。

“这些你都收下，随你处置。”

果子深觉公子不对头，莫非是药喝多了，喝出病了？

上回送她胭脂，说什么女为悦己者容，上上回送她衣裳，上上上回带她去长屏城最贵的酒楼点最贵的酒菜……

这收买她的代价也忒大了吧。

“公子，你究竟是收买果子干什么呀？”除了上刀山下油锅，果子通通为公子去！

果子爱不释手地拿着一对珠翠玉耳坠子瞧，忽地回了神，公子拿钱贿赂她，是觉得她身为婢女，无银两傍身吗？

不给公子开口的机会，果子凑过脑袋，小心谨慎地开口：“公子，今晚果子带你去一个地方。”

瞧着果子的神情，居泽木不免好奇。

月黑风高，果子拉着公子偷摸入主府，避开巡逻的小厮。

生怕公子因夜里风凉受寒，她可是拔了她身上的坎毛给公子做了一保暖坎肩呢！为何不做外披？自然是外披耗费坎毛多，她可不想秃！

主府真大，光前院里的主厢房便有七八间，还不算上后院里的十几间客房，假山塘水环绕，真像座聚人的山。

果子与居泽木绕过前院巡逻的小厮，穿过假山里的石子径道，一路顺利来到了靠山北的偏僻一处。

居泽木也不知道他究竟抽了什么风，竟在自家偷摸扮贼。

主府偏僻之处，未点绢灯，一片漆黑，居泽木瞧不清楚，蓦地拽住果子的衣袖，被阻了力的果子皱着小脸：“公子，你拽我袖子干什么？”

她的小金库就在前头了！

居泽木死活不松手，半晌才开口：“我看不清路。”

“哎呀！”果子急了，她真想借一只狐狸眼给公子，省得他瞧不见前路，还拖慢了她的步子，“抓紧我。”

居泽木脸带着笑意，可出师不利，脚下被石子一绊，连带着拽着果子一同摔了。

居泽木下意识地将果子护在怀里，背着地，尖锐石子磕得他痛呼一声。

果子紧闭着眼，缩靠在公子的怀里。

周遭一瞬很安静，鼻间是冬潮渐褪、青草树芽冒出的气息，耳畔却是跳得如鼓点般密密的心跳声。

“你没伤着吧？”

闻声，果子蓦地睁开眼，手忙脚乱欲起身，却因公子压着了她的头发，不由得叫唤。

居泽木眼疾手快地捂住她的嘴巴：“你是要将府里的人招来？”

果子摇头，她伸出手指轻戳了戳公子的胳膊，含混不清道：“公子，你压着果子的头发了。”

居泽木不自然一咳，捂住她嘴的手一松，转而双手撑着她肩膀，将她提溜起来，细心地替她拂去衣裙上的灰。

果子一脸享受，幸好公子夜晚视线不好，不然，她的脸可就像丢进了沸水里的果子，熟透了。

“你究竟要带我瞧什么？”居泽木站直身子，仗着比果子高一个多头，居高临下地盯着她圆圆的脑袋瞧。

“嘘！”果子抚了抚跳得扑通扑通的心，小心翼翼地环顾四周，压着声音道，“公子，小声点。”

瞧着她这般小心谨慎，他不免好奇。

果子踮脚用手掩着眼，轻声道：“因为是公子，我才带你瞧一瞧我的小金库。”

居泽木眯眼，小金库？这丫头竟还藏着私房钱？

居泽木站在树下替果子放风，忍不住瞟一眼正认真刨土的果子，熟练的手法，生怕别人不知她是只小狐狸。

果子整张脸都在用力，刨得泥土乱溅，要不是公子在这儿，她何苦用纤纤手指刨土？她真想念她的狐狸爪与泥土厮扭呀。

半炷香后，果子长吁一声，大功告成！

见果子从洞里头掏出一酒坛子，将她攒的银两都摆在公子眼前，特自豪地冲公子一扬下巴，她可是有银两傍身的富狐狸！

居泽木瞄了瞄那能见到树根的洞坑，可真能折腾：“这洞是你徒手刨的？”

果子摸着碎银子，脱口而出：“当然！”在狐狸中，刨洞她可算得上一把手呢！

待反应过来，果子找补：“我平日可是要刨很久呢，今日因为公子在，超常发挥了。”

居泽木笑，也不拆穿她，蹲下身，视线与她齐平，用自己的袖子替她拭去手上的泥土。

风扬起果子耳畔青丝，撩拨了她的心。

果子敛回炙热的目光，蓦地抽回自己的手，指着自己的小金库，一脸骄傲地冲公子炫耀一番：“公子，你瞧。”

银子虽不多，但将小金库选在此地，也难为她那小脑袋了。

“那你觉得你这小金库与我那妆匣比，如何？”

瞧着公子如墨般的瞳孔，果子有一瞬的失神，实诚开口：“自然是公子那妆匣贵重了。”

“那作为聘礼如何？”

“啊？”果子一脸讶异，聘礼？人间嫁娶习俗她虽不知，可这聘礼与嫁妆，她倒懂个一二，别人她不知道，可于她而言，那是绝对够了！

“公子，你瞧上的那姑娘，到底何时来呀？”瞧着公子聘礼都准备好了，她真怕公子空欢喜一场。

居泽木望了一眼果子，挥挥袖起身，语气里透着丝无奈：“我也不知。”

“啊？”果子更疑惑了，公子要与之成亲的人，公子怎么不知呢？

“公子，你不会是被骗了吧？”果子一脸着急，“公子，这年头，虽说安定，可骗子不少呢？骗财骗色……”说着，果子忍不住上下打量公子一番，偏偏她家公子有钱有颜还有才，能不让人动心吗！

“如果是我瞧上的那姑娘，我愿意一辈子被她骗。”

果子醋意一起，拦在公子面前：“公子，你得擦亮眼睛。”

听着果子絮絮叨叨，他只觉得心里欢喜。他平生所求，不过一个人，与之相伴，将他从深宅内的明争暗斗里拉出来。

院里的灯夜夜都留着，终于等来了那只小狐狸。

居泽木瞧着抱着妆匣打瞌睡的果子，心里一软，这个傻丫头，嘴上说着今夜陪他一起等他要等的那位姑娘，却自顾自地睡着了。

借着清冷月光，居泽木瞧见她的嘴唇旁生出一绺银须，忍俊不禁，一条白色的狐狸尾巴招摇而摆，生怕别人不知她的身份似的。

居泽木无奈摇头，脱下自己的外衫披在她的身上，将她罩了个严严实实，为免别人瞧见，生了事端。

04.

好景不长，府内竟传出有下贱婢女勾引嫡公子妄图上位的流言，字里行间都直接指向果子，果子是嫡公子院里唯一的婢女，要说走得近没人能和她比。

不知是谁乱嚼舌根，此等莫须有的传言竟在长屏城内传得沸沸扬扬，自然传到了将军府里头。

出身战场的孟将军性子急，家中无高堂，他身为一家之主并未娶亲，唯有一亲妹妹，势要为自己的妹妹讨个说法，不将那下贱婢女赶出府，这桩婚、这门亲就此作罢！

丽二娘扮作好人，好一顿巧言好语安抚，才顺了孟将军的气，说定寻个时间与老爷亲自登门拜访将军府，才未惹出大祸事。

待送孟将军离开后，丽二娘才喘了口气，小喜体贴地递上一杯茶："夫人，您歇歇。"

丽二娘轻啜一口新茶："真是累死我了。"

"是，夫人，您受累了。"小喜附和道。

丽二娘将茶推给小喜，伸手扶了扶发髻："这演戏着实累人，更何况我扮演的还是一个慈母呢。"

"夫人，瞧今儿这样子，孟将军是真发怒了。"

"真发怒就对了。"丽二娘撑桌而起，瞧着与主府一墙之隔的别院，心中就来气，"这回，可不能全怨我，谁让老爷打心眼里也厌恶那丫头呢，要怪只能怪他自己，要不是他，那丫头何苦遭这罪儿。"

"夫人说的是。"

"一山不容二虎，既然有我的其哥儿了，那这居府，便容不下他了。"丽二娘情不自禁笑出声，这一回，她倒要看看，他要如何掰回这一局。

别院里，果子因流言气哉，绕着院子里的金银木树疾走好多圈。

阿陈瞧着心急，这传言究竟是谁闹出来的？

“公子，这到底怎么回事？”阿陈来回磨着墨砚，他怎么都琢磨不明白。

居泽木将书卷一丢，蓦地起身，惊得阿陈身躯一震：“公子，公子你去哪儿……”

眼睁睁瞧着公子踏出屋，他忽地明白了，传出此等流言，最受人唾骂的便是果子，公子这是，去哄她了呢。

罢了罢了，他还是默默地替公子磨好这墨吧，省得去瞧了心里郁闷。

果子一脸哀怨地蹲在树底下，提不起精神，不知情的人将她骂得可难听了，偏偏她耳朵又尖，想装听不见都难。

“在想什么？”

果子耷着脸，如实回答：“在想他们怎么能编造出那么虚假的传言，还传得有鼻子有眼的。”

居泽木理了理长衫，蹲下身：“怕了吗？”

果子迎上他的目光，摇头：“不怕，只是听着怪让人心里难受的。”那些难听的字眼，她就算在市井待了三年，也没学会半点。

居泽木暗暗下定了决心：“今夜，我在八角大街的回廊桥等你。”

果子不明所以地眨巴着眼：“公子。”

“说定了，戌时一刻，我等你。”

瞧着公子好看的眉眼，果子鬼使神差地点了头。

待入夜，果子在床铺上翻来覆去，恨不能捶醒自己，她今儿白日究竟是怎么了？怎么就答应公子夜晚幽会了呢？

幽会？果子被自己潜意识的想法吓了一跳，她竟然想与公子幽会？

她一介婢女想勾引居府嫡子上位的传言已在长屏城内传了个遍，她还敢答应公子光明正大地在八角大街相会？她一定是受传言刺激太深了，才会一时糊涂，对，没错，她不去！

她要不去，谁去告诉公子一声哪，免得公子傻傻苦等啊。

果子翻床而下，走到门前却又缩了回来，不行，快刀斩乱麻！犹犹豫豫怎能行？

可她与公子清清白白，为什么要怕这流言蜚语！

果子陷入了焦虑，来来回回踱了好几圈，依旧没有想出万全之策。

“咣咣咣！”

敲门声大得出奇，吓得果子差点爹出一身狐狸毛。

“果子，你在屋里头做法哪？”

果子回了魂：“阿陈，你别理我！”

阿陈翻了个白眼，他以为他像公子稀罕她一样呢！哌，要不是看在公子的面上，他才懒得管。

“这都快戌时一刻了，你怎么还不去？”阿陈醋味飘了一院子，“公子可是好早便去了，你想想，你好意思让公子等你吗？”

果子恨不得缩成一团冬眠：“公子他，什么时候去的？”

“反正比你早，你可快点，别让公子等久了。”阿陈说完后，忍不住又重重捶了几下门，解解气。

果子瘫坐在地，她真的不知道该怎么办才好了？

居泽木站在回廊桥上，手里还拿着一只完好的兔子灯，自他在屏隽诗会一举夺魁后，长屏城内无人不识。

桥上行人瞧见他，均窃窃私语，他不听也知道，如今围着他的传言无非只有两个，一是他与将军府孟小姐的亲事，二便是他与自己府内婢女的情事。

居泽木无暇去管，他只想在这儿等，等他的小狐狸。

居泽木瞧了瞧映在水面的月，敛回视线一偏头，便瞧见了他等的那个人，嘴角情不自禁微扬。

果子一袭薄纱覆头，将脸掩了个严严实实，这身装扮想在人群中不显眼都难。

居泽木摇头轻叹，掩耳盗铃呀。

果子东瞧西瞧，小碎步跑到居泽木面前，将手里的披风塞到他怀里：“公子，春日的夜风也凉，你别冷着身子。”

居泽木掩住眼里的笑意：“你关心我？”

“当然了。”果子回答得干脆。

居泽木顺势将披风丢回给她：“你给我披上。”

果子手拽了拽薄纱，生怕被人瞧见了模样，二话不说，就替公子披上披风，怕来迟，她可是跑来的，一路磕倒了扇子铺，撞倒了一屉馒头，碰掉了一小孩的糖人，她膝盖不仅受了伤，还赔掉了她好几块碎银子呢。

“兔子灯！”果子终于瞧见了公子手中的兔子灯。上回那兔子灯被压毁了，她还心疼了许久呢。

“喜欢吗？”

“喜欢！喜欢！”果子接过兔子灯，开怀一笑，眼都眯成一条缝了。

居泽木抬手，轻掀开她的头纱，瞧着一股异域风情更引人注意。

果子一惊，忍不住环顾四周，此地不宜久留！

“公子，跟我走！”果子当机立断，跑！手蓦地牵紧公子的手，根本无暇去想是否得体，她只想逃离他们的视线，不让人瞧见她与公子夜晚相会，别人给她冠上恶名，她虽气也恼，可她最怕的是因为她而毁了公子的清誉。

阿娘说过，滴水之恩当涌泉相报，她不敢怠忘。

可不知何时起，公子在她的心里，早已不是担着恩人名号的人了，她心里会因他受伤而担心，会因他心有所属而郁结，一桩桩一件件，让她不由得想到了阿阮。

那时阿阮告诉她，自己喜欢上了一个人，她却听不懂。现在，她才懂了阿阮的那句话，情之所起，心之所向……

果子牵着公子一直跑，穿过汹涌人潮，踏过染尘砖路。

居泽木任由她牵着他在人群中穿梭，绢灯的光亮铺满了整座长屏城，八角大街小贩叫卖声、孩童嬉闹声都不敌他此刻的心跳。

他等的那个姑娘终于来了，她能带他逃出这一片黑暗沼泽，奔向太阳底下。

不知跑了多久，果子带着他一路窜进了一条漆黑窄巷，却发现是个死胡同，果子不由得摸了摸鼻尖，掩饰尴尬。

居泽木偷瞄了眼紧紧相握的手，心里就像吃了果脯似的甜。

待果子后知后觉松了手，居泽木眼眸一垂，有些失落。

“公子，我们待到长街人潮散些，我们再出去吧。”虽说这窄巷漆黑甚至还有点潮湿，但比去长街上让人指指点点要好。

“为什么？”居泽木皱起了眉，难道和他在一起这么让她难堪吗？

“自然是怕三人成虎，毁了公子清誉呀。”

居泽木眉头缓缓舒展，眸里染上笑意，居高临下地盯着抱着兔子灯，蹲在旮旯角落里歇息的果子。

正当果子要全身放松时，手腕倏地被公子扼住，她只觉自己身子似要腾空了般，被公子一瞬拽入怀里，耳畔倏地一道清脆声，一块磨损的青瓦片坠落在她的身后。

果子下意识地揪住公子的衣衫，他们贴得过近，怦怦乱跳的心都分不清是谁。

居泽木后怕地紧紧揽住果子，幸好，她没受伤。

“公子，果子要喘不过气了。”半晌，果子嗫嚅道。

居泽木手上的力度小了些，仍没有松手。果子微挣了挣，她与公子如此不成体统。

“我和你说过，我瞧上了一个姑娘。”

果子耳郭一动，脸上红晕渐褪。

“我在等她来。”

果子抿着唇，挣扎得越发厉害了，话里带着酸意：“那公子便等她来吧，果子先走。”

果子见挣脱不开，生闷气似的逮着地方就咬，咬了一口居泽木的胳膊。

“我瞧上的姑娘怎么那么爱咬人？”居泽木眉心拧了拧，一脸无奈，可又能如何，自己瞧上的小丫头，只能宠着了。

一语惊人，果子脑袋轰地就炸开了，公子方才说什么？

果子紧紧盯着公子生得好看的眉眼，有惊有喜。这一刻，她仿佛真正明白了阿阮所说的那种如得了珍宝的心情。

“公子，你再说一遍？”果子声音低如蚊蚋，生怕自己会错了意。

居泽木将她的娇羞全部收入眼底，声音前所未有地温柔：“我瞧上的姑娘，是你。”

果子嘴都快咧到耳根子了，脸如火烧般，手紧攥着兔子灯。

原来，她就是公子瞧上的姑娘。

第七章× 她不是区区一个婢女，她是我要娶的妻

01.

翌日，主府那边闹出了大动静，其哥儿找不到了。

丽二娘梳洗后去其哥儿屋里找不到人，急疯了，嚷着让全府下人都去找，仔仔细细地搜府，就连书苑、沿街都别放过。

其哥儿是多么乖巧的孩子，从未缺过书苑的课，就算要去哪儿也会同她说一声，今天是怎么了？要是他有个什么，她可怎么活呀。

“夫人，您先别着急。”

丽二娘发怒似的推开小喜：“我怎么能不急！”其哥儿是她身上掉下来的肉！

“一定是居泽木，一定是他做的！”丽二娘不管不顾冲去别院，对着居泽木就怒骂道，“你不是人，是人就不会对自己的弟弟下手！他还是个孩子！还是个孩子！”

果子闻声拦在发疯的丽二娘面前，却被丽二娘使力一推，撞倒了

足灯，灯盏啪地坠地，摔了个稀碎。

一见果子被推，居泽木坐不住了，丽二娘却抓起桌案上的墨砚发狠似的朝居泽木一扔，居泽木本能地以身护着果子，墨砚重重砸上居泽木的右肩，落在地上，裂成两半。

“公子！”阿陈一入屋，便瞧见丽二娘像头发狠的野兽，阿陈忙上前，却被小喜扯住衣服。

见小喜和阿陈厮扭在一起，丽二娘一副兴师问罪的架势，居泽木恼怒一吼：“住手！”

阿陈和小喜被惊得同时收了手。

居泽木扶着果子起身，吩咐阿陈：“阿陈，你带果子先出去。”

果子一急，紧攥住公子的衣袖，丽二娘这般怒气冲冲也不知为何，方才还伤了公子，她不放心。

居泽木眼神安抚道：“放心，你先和阿陈出去。”

丽二娘瞧着这画面就觉得恶心：“还在我面前卿卿我我，真让人作呕！”

“不许你这么说公子和果子！”

阿陈护短回嘴，却被小喜回骂：“你一个下人怎么和夫人说话！”

丽二娘缓缓神：“上梁不正下梁歪，一院子的人都是一个德行。”

“我真是可怜其哥儿，难得的好苗子却因为有你这样的母亲而要背着一辈子的污点。”

丽二娘被点起了火：“你胡说！其哥儿将来是要继承居府偌大家业的！你就是嫉妒他，嫉妒他身子健康，嫉妒他独得老爷宠爱！”

瞧着他紧凹着腮帮子，强压着怒气，丽二娘心里就觉得痛快：“最好你与其哥儿不见没关系，不然，我一定要你付出代价！”

小厮慌忙来报，找到其哥儿了。

丽二娘一喜，差点摔倒在地，也顾不上其他，一心只想奔去其哥儿那里。

丽二娘一走，别院忽地清静了。

“公子。”果子上前，刚才墨砚砸得那么重，一定很疼。

阿陈将裂成两半的墨砚捡起来，皱了皱眉，这是公子最喜欢的墨砚啊。

“公子，发生什么事了？”要不是出了什么事，丽二娘不会这么发疯似的来兴师问罪。

居泽木轻握住果子的手，眉目紧锁，抿唇不语。

丽二娘怎么也没想到其哥儿竟然会来祖老夫人的院里头，祖老夫人过身三年多，她从未踏足过这院子，一是心里头有疙瘩，二是根本不想踏入。

当年她过门，祖老夫人看不起她的出身，对她百般嫌弃，就连其哥儿出世了，祖老夫人都没来瞧过她和孩子几眼，一心扑在居泽木身上。

要是祖老夫人不那么偏心，她何故做到此地步？

小喜打头阵，门吱呀一推，灰尘扑了一脸，潮味很重。

“其哥儿，其哥儿！”丽二娘提裙满屋子找，终是在祖老夫人的主屋里头寻着了其哥儿。

其哥儿皱着小脸，抱着一个木头小马缩在角落里，丽二娘瞧着都心疼。

“其哥儿。”

其哥儿一瞧母亲来，抱紧木头小马，抽噎一喊：“别过来！”

一听其哥儿让她别过去，丽二娘眼泪便在眼眶里打转：“其哥儿，发生什么事了？快，快到娘这里来。”

"我不要和害死祖母的人在一起！我不要！"

丽二娘迈出的步子一沉，声音都发颤："其哥儿，你说什么？"

小喜扶着丽二娘，生怕她摔了："夫人。"

丽二娘鼻头泛红，缓缓靠近，盯着他手里的木头小马："其哥儿，你听谁说的？谁胡言乱语？"

见他不语，丽二娘冲上前，撒气似的夺过他手里的木头小马一扔。

其哥儿一急："那是祖母送我的！"

丽二娘被激起了怒火，她才是他的亲娘！三年了，还念着祖母对他的那一丁点好！

"祖母祖母祖母！"丽二娘狠狠攥着其哥儿的肩膀，"祖母对你一点都不好！我才是那个全心全意为你好的人，我是你的母亲，你是我的儿子！世上对你最好的只有我！"

见夫人不对劲，小喜忙拉着夫人，生怕夫人盛怒伤着了其哥儿："夫人。"

其哥儿找准间隙挣开丽二娘，抱起木头小马就冲出了屋，留下丽二娘踉跄起身去追："其哥儿！"

一路上，小厮与婢女做人肉墙妄图拦住乱跑的其哥儿，可生怕让其哥儿伤着碰着，不敢真下手。

一小厮猛地抱住其哥儿，却因丽二娘的一声别伤着分了神，让其哥儿狠咬了一口，一嘶痛松了手。

其哥儿铁了心似的冲出府，仗着身子小轻易躲过小厮设的屏障，跑出了府。

见其哥儿出了府，丽二娘整颗心都悬起来了，他哪次出府不是带着一群小厮婢女照料的，就连去书苑，都有小厮背着。

长街人多繁杂，其哥儿还这么小，怎么能独自离府呢！

“快，快去追！别让其哥儿丢了！”丽二娘也顾不上仪态了，狼狈地紧跟上去，生怕自己的其哥儿有什么闪失。

一众的小厮追上去，丽二娘被狠狠甩在后头，要不是小喜扶着她，她怕是直接瘫软在地了。方才其哥儿用一种看杀人凶手的眼神看着她，看得她心惊又心寒。

一定是居泽木，一定是他蛊惑了其哥儿！

“小喜，别管我，你快去追其哥儿，别让他受伤！”

小喜心里虽放不下夫人，可当务之急是去追其哥儿。其哥儿是夫人心头的肉,要是其哥儿有个什么,夫人就算是铁打的身子也会倒下来。

今日八角大街人潮格外拥挤。

走南闯北的商队经由长屏城去北漠，高大壮实的马儿脖上挂着七彩铃铛，每走一步都摇一记清铃，好似警醒的钟声。

街上突然一阵骚乱，一众家眷推搡人群，行事无礼，大嗓门吼得见惯暴风狂沙的马儿一惊，嘶鸣一声，一呼百应，整条商队的马儿都附和，领头的马儿脑袋左右摇摆，前蹄高高举起，偏偏赶巧，一名孩子霎时穿过。

商队的带头人一瞧，立即喝止马儿的动作，奈何他在商队尾部数货，待他冲到前头，为时已晚。

那名孩子已倒在血泊中，手中还紧攥着木头小马。

寻影而来的小厮拨开人群，倒在血泊中的人儿不正是其哥儿吗！

他们面面相觑，谁也不敢去向丽二娘回禀，谁也不敢担这个责。

小喜后脚追上，使尽了气力挤入人群中，吓得惊呼一声，半晌才回过神：“其哥儿！”

小喜手都发抖，扯着嗓门大喊：“还愣着干什么！找大夫找大夫啊！”

待丽二娘赶到，她看到一地的血，和倒在血泊中毫无反应的其哥儿，心瞬间凉了，撕心裂肺喊道：“其哥儿！我的其哥儿！”

眼前一黑，丽二娘便不省人事了。

“咣——”

药碗打碎在地，药淌了一桌案，顺着桌案的角滴落在地。

见状，果子忙将公子的书卷拿起，以免毁了公子的书卷。

阿陈闻声，从院里跑进来，一瞧满地的碎瓷片，立刻上前收拾。

果子要帮着阿陈收拾，阿陈不让，眼神示意果子去看公子，今日自丽二娘来后，公子更加魂不守舍了。

好似，要发生大事了。

“公子，你没事吧？”

居泽木愣了愣神，给了果子一记笑容，生怕她想多：“没事，可能是这几日歇息不好，所以精神难免颓些。”

果子总觉得事情没那么简单，可公子不说，她也不问。

“公子——”果子话还没说完，就听主府那头闹出动静，一路似还在叫喊着什么。

果子心中一紧，居泽木起身，轻握了握果子的手：“别担心，我去瞧瞧。”转头吩咐阿陈，“阿陈，你陪果子留在屋里，没什么事，别出来。”

阿陈愣愣点头。

居泽木心中有种不祥的预感，还没踏入主府，便听见有人喊，虽没头没脑，可他听明白了——其哥儿被壮马踢伤不省人事，丽二娘晕倒。

居泽木眉心一拧，紧攥拳头，怎么会这样？

02.

闻此消息，居老爷快马加鞭赶回来主持大局，其哥儿昏迷多日，大夫说其哥儿脑袋伤得重，能保住性命已是大幸。丽二娘因其哥儿一病不起，脑子也有些混沌，总是会胡言乱语，扰得府里不得安宁。

居老爷下令让丽二娘在别院里好好休养，可丽二娘偏不听，像变了个人似的，与居老爷对着干，大庭广众下对居老爷好一顿痛骂。

下人全都看在眼里，谁也不敢上前分说一句，生怕惹祸上身。

府里全都在传：丽二娘疯了。

不然怎么天天叫嚷着，痛骂居老爷没心没肺，诅咒嫡公子早点去死，连过身的祖老夫人都没幸免。

几个身强力壮的小厮都扯不过丽二娘，虽说老爷将丽二娘关在别院，可小厮哪敢动真格呀？好歹她也算是居府的女主人，要是哪一天又有权了，他们可都吃不了兜着走。

“你们知道我是谁吗？我是居府的夫人！老爷的妻！其哥儿的娘！你们都给我松手！”丽二娘脸色难看，劲儿也大得很。

小喜在一旁瞧着都心里难受：“夫人，您别这样。”

居老爷适时踏入屋子，轻轻一抬手，小厮得令下去。

小喜向老爷行礼，随即搀扶住丽二娘，提醒道：“夫人，老爷来瞧你了。”

丽二娘虽化了妆，可也难掩面容憔悴：“老爷？”一瞧见老爷，她猛地扑上前，“老爷，您终于来看我了。”

居老爷皱眉轻扯开丽二娘的手，一脸不耐烦：“你瞧瞧你现在的样子，在下人面前丢尽了颜面，没一点样子。”

丽二娘双手轻抚着自己的脸：“老爷嫌弃我年老色衰了？”

丽二娘笑着哭：“老爷，您怎么能嫌弃我呢？当初我不顾他人对我的冷嘲热讽，执意嫁入居府，忍受老夫人的白眼，受尽下人的苛待，我为老爷您生下过一女两子，您怎么能嫌弃我呢？”

“你在胡说八道什么？”

小喜察言观色，拽着丽二娘的袖子：“夫人，您忘了，二小姐与三公子早殁了。”

丽二娘步子一踉，是啊，她想起来了，她那苦命的一双儿女没那个福分。

不，她还有其哥儿，她的其哥儿是她全部的希望。

“老爷，我的其哥儿呢？”话语一出，丽二娘便觉不对劲了，她的其哥儿受伤了，伤到了脑袋，“我的其哥儿受伤了，我得去瞧他，我是他的母亲，我得陪在他身边。”

居老爷猛地拽住要出屋的丽二娘，力道一甩，丽二娘便栽倒在地。

“你还有脸要去照看其哥儿？”

丽二娘脸上挂着泪痕：“老爷。”

“其哥儿变成今日这样，都是你的罪过！”居老爷双手背在身后，“他一个小小的孩子，怎么能承受得住，怎么能接受得了自己的母亲是一个害人凶手？”

“老爷，”丽二娘匍匐至老爷的跟前，手轻拽着他的衣角，“不怪我，这不怪我啊！是有人故意的，有人故意为之！是……是泽木，是他，是他！他嫉其哥儿身子健全，天资聪颖，深得老爷宠爱，恨自己身子羸弱，不受待见，所以……所以他才想出这法子！要杀了我们的其哥儿啊！老爷。”

“住口！”居老爷扯回衣角，“你还有脸怪别人？要不是你做了此等下贱的事，怎么会让人抓住把柄，究其原因，是你！是你坏事干尽，不留余地，所以全都报应在我孩子身上！”

丽二娘哭喊，不，不是这样的！是那个病弱嫡子，是他干的好事！他见不得别人抢走他的东西！

“你在这儿给我好好反思！没我的命令不准踏出这屋子半步！其哥儿自有人伺候，你无须操心！”

丽二娘哭求：“老爷，我什么都不求了，您就让我照顾我的儿子吧。”

居老爷狠心不应。

丽二娘被逼急了，气得行为古怪，掀翻屋里的桌椅：“居胜材，你不是人！其哥儿是我身上掉下来的肉！你怎么能让我们母子分离？”

小喜在一旁拉都拉不住，只能由着丽二娘惹得老爷更怒。

居老爷不与她计较，几步就离开了她的视线里。

丽二娘靠着歪倒的桌子坐下来，哭得额头青筋暴出：“居胜材！”

他从来不顾他们，他只爱自己，只一心为居家！哪怕她害死了他的亲生母亲，他也可以为了居家的颜面与他的仕途一语不发、沉默到底！连他发妻留下的唯一一子，他也能不管不顾，不过是因为那孩子身子羸弱无法继承居府家业，他就将他视为弃棋。

从前，她那么疯狂地妒忌过居泽木的生母，如今想来，都是笑话！他们在他心里，什么都不是！他心中唯有他自己的前程和这居府的颜面！

争了半辈子，她其实什么都没争到，连她的孩子也一并赔了去！她恨！她怨！

“啊——”屋里传来丽二娘一通哭天喊地，听着让人痛心。

03.

其哥儿已经昏迷了三日，丽二娘也因神志不清被居老爷关在屋里。

居府一时冷清无比。

果子端药入屋，便瞧见公子单手撑在桌案上小憩，脸色难看得紧，眉头紧蹙。

自其哥儿受伤昏迷后，公子便夜不能寐，心中烦闷，如若可以，她真想替公子担了这份苦。

听着动静，居泽木蓦地一醒，眼睑下覆着一层青灰，面容憔悴。

“公子，是我。”

“果子。”居泽木缓缓起身，从她手里接过药碗，以免她担心，将药一口饮尽。

果子自袖里掏出一绣帕，抬手轻拭他的嘴角。

虽然公子嘴上不说，可她明白，公子心里是真担心其哥儿的，哪怕公子与丽二娘是势不两立，但对同父异母的其哥儿是真心疼爱的。

居泽木轻握住果子的手：“我没事。”

瞧着她这几日消瘦的小脸，他知道，她担心他。

“公子，其哥儿吉人自有天相，他一定没事的。”

居泽木眸光一暗，将果子轻拥入怀里，覆着她肩膀的手指不由得抓紧，其哥儿变成如今这样，他也有错……要不是他为了扳倒丽二娘，而利用了其哥儿，其哥儿也不会遭到这种祸事……

“公子！”阿陈猛地入院，上气不接下气，“不好了！”

居泽木身子一绷紧，心中有不祥的预感。

“其哥儿……不好了！”

果子蓦地睁大眼睛，担忧地瞧向公子，只见公子脸色忽地煞白，一脸不可置信。

大夫明明说过了危险期，明明说性命保住了……怎么会……

居泽木心急要去主府一瞧究竟，果子和阿陈紧随其后。

刚入主府，便听见阵阵号啕大哭，一入屋，流涕痛哭的声音更甚。

几位伺候其哥儿的老嬷嬷与婢女纷纷跪在床侧，早已泣不成声，其哥儿面无血色地躺在床榻上。

居胜材背手站在绮窗前，阳光给他镀上了一层金灰，本是身躯凛凛，却一瞬苍老了许多。

其哥儿是他最宠爱的次子，如今这般殁了，他虽不动声色，可心里终是悲痛万分。

未见其人，便闻丽二娘歇斯底里的哭喊。她是其哥儿的生母，哪怕她有千错万错，如今，也只是一个失去孩子的可怜人罢了。

丽二娘身子都站不稳了，手攀着床榻沿跪在床头，瞧着面色泛着青紫、嘴唇苍白发干的其哥儿，心都碎了。

“其哥儿！我的儿子！”

小喜跪在丽二娘身侧，伤心抹泪。

居胜材沉默，任由丽二娘在屋里，抱着其哥儿的身子号啕哀恸。

丽二娘哭了许久，哭得身子都乏了，可一瞧见居泽木，便倏地换了一张脸，面带泪痕，眼底红血丝瞧着都瘆人，此时的她根本顾不得仪态与身份，朝着居泽木就扑了上去。

她狠狠扇了居泽木一耳光，力道大且重，挤满了人的屋里都似有回音。

丽二娘面目狰狞：“是你，是你害死了我的儿子！”

要不是下人拉着，丽二娘怕是要杀了嫡公子。

“你怎么忍心！他还那么小啊！你怎么狠得下心！”丽二娘吼得嗓子都嘶哑了，四肢早已无力，可仍拼着心里的怒气奋力挣扎。

“你这个杀人凶手，是你杀死了其哥儿，是你，是你！”丽二娘已濒临癫狂。

趁事情还没有发展到不可收拾的地步，居老爷甩袖怒号：“住手！”

在下人面前，闹成这般，还嫌不够丢人吗！

居老爷命人将发狂的丽二娘带下去，目光落在居泽木以身护着的果子身上，脸上乌云密布，眸里的怒气彻底爆发。

04.

须臾，居府管事带着一众小厮鱼贯而入，本就拥挤的屋里越加水泄不通。

小厮二话不说，直接上前拿下果子。

居泽木眯眼，语气骤然一冷：“你们做什么？”

“是我的命令！”居老爷定定地盯着居泽木，目光阴冷，没有好好管教过这个嫡子，是他的失责，让人轻易将他蛊惑，是他的错！今日，他就将错纠正过来。

“将这下贱婢女杖打五十，逐府发卖！”

“我看你们谁敢动她！”

居老爷与嫡公子剑拔弩张的气氛让众人大气都不敢喘，一边是居府当家之主，一边又是老爷的嫡公子，任给他们几个胆，哪方也不敢肆意得罪呀。

见双方僵持，居府的姜管事只得出来打个圆场：“嫡公子，这是老爷的命令，近来居府大事小灾不断，定有人作乱，您院里的婢女甚有嫌疑，要是无罪，也是能保了一条命，要是有罪，那正好逐出去，也能为居府积福，也告慰……其哥儿之灵。”

“事情与她无关，她不用做这替罪羔羊。”

“反了你！”居老爷真动怒了，没想到自己的嫡子竟然在下人面前公然驳了他的威信。

“区区一个婢女，至于你这么百般维护吗？”

居泽木迎上居老爷的目光，一字一句：“她不是区区一个婢女，她是我要娶的妻。”

一屋子的人，除了阿陈，都万分讶异。

堂堂一个居府的嫡公子，竟不要与将军府门当户对的姻缘，而要娶一个下贱婢女？这要传出去，真是天大的笑话！

居老爷一脸盛怒：“还不快将这婢女带下去！”

居府的姜管事面露为难：“嫡公子，还请您别为难我们做下人的，我们也只是……奉命行事，望嫡公子莫要怪罪。”

得到恕令的小厮蜂拥而至，一时乱作一团。

果子哪见过这样大的阵势，来势汹汹，就为了要处置她。

阿陈以一人之力挡在公子与果子前头，惹得姜管事皱眉低呵：“主子的家事，你竟还敢拦住？”

小厮得令不许伤了嫡公子，可没说不许伤了阿陈，阿陈被一众小厮围殴，打得鼻青脸肿。

“你们给我住手！”居泽木急红了眼。此时的他分身乏术，顾不了两全，若是他放手了，那果子定会有难，可他要是不应允，阿陈怕是会被活活打死。

屋外忽地响起一记闷雷，屋脊上滚过几片硕大乌云，声音之大，惊得众人身子皆是一颤，好好的天，怎么说变就变了呢？

果子心里一震，这不是狐族长老摆阵入凡世的号响吗？莫非……

居老爷气急了，一群人竟拿不下一个小小婢女？

他气得摔了镂空圆高凳上的一个大花瓶：“你们都是死人吗！一个小婢女都拿不下，看来居府白养你们了！再不将这婢女带下去，你们也不必留下了！”

“谁也不能动她！”居泽木以一己之力护她，却寡不敌众，劣势尽显。

他身有居府嫡子一个虚名，嫁娶不能随心所欲，似个被扯着线的傀儡，如今，连自己在乎的人都护不住，着实让人笑话。

小厮将果子硬生生从公子手中掰扯过来，一个劲使过头了，竟将嫡公子推搡了出去，害得嫡公子右胳膊狠狠撞上了屋内那盏古灯。

“公子！”

“公子！”

果子与阿陈后怕出声，阿陈咬牙愤愤，恨自己怎么这么没用！

果子顾不了那么多了，奋力挣开他们的钳制，脚下却被囚了力，猛地摔倒在地。狐族长老已踏凡间，她身上的气力都被狐族长老所引了去，全身的力气都被抽干了似的。

一小厮见状，狰狞着脸，不知从哪儿抽出来一根木棍，在居泽木的制止声中重重地落在果子的后脖颈处。

果子吃了一闷棍，鲜血一瞬浸染了她的衣襟。居泽木急红了眼，倏地一喊，吓得手拿木棍的小厮双腿瘫软在地。

一见血，怕闹出人命，小厮纷纷认㞞，自动给趺撞起身走来的居泽木让道。

居老爷将一切收入眼底，一语不发，大拇指上的扳指摁得咯吱作响，强压着怒火：“一个婢女罢了，你这样儿女情长，如何能管治居府？”

居老爷索性摊牌，他话里的意思很明白，舍了果子一人，便能成为居府偌大家业的继承人。

居泽木将果子一个横抱，漠视地瞧了自己所谓的父亲一眼，径自离开，阿陈踉跄起身，紧跟了出去。

居老爷立在原地，眸里有说不清道不明的情绪。

果子只觉天旋地转，身子乏力：“公子。”

居泽木喘着气，声音微抖，早已体力不支，却仍强撑着：“忍着些，我这就带你去穆郎中那儿。”

刚迈出居府正大门，天空一记闪电便狠狠劈中居泽木的后背，刺得居泽木手臂发麻，全然无力，蓦地摔倒在地，连带着果子也翻摔了出去。

“公子！”阿陈强忍着疼痛。

居泽木咬牙也要匍匐过去：“快，去看看果子有没有事！”

阿陈得令，脚刚下台阶，还未靠近果子半分，便被一道闪电击得猛地一后退，摔在台阶上。

第八章×自此，她是应南枝

01.

长街狂风大作，掀翻了摊贩的货摊，风沙被卷在空中，迷得人视线不清，各家各户闭门不待客，以躲这场突如其来的狂风暴雨。

一根千年木的拐杖在砖石路上敲得叮咛作响，每一声都敲在果子的心上，每敲一下，果子心口便如被啃噬了一般。

狐族长老裹一身墨绿破烂长衫，凝眸瞧着蜷在地的果子，面上没有一丝神情，他们狐族之人，与凡人扯上关系，便已是万劫不复。

纵然有前车之鉴，又如何？仍不能与凡人划清界限。

“长老。”果子声音很小，肢体无力，艰难地匍匐至狐族长老跟前，她有不情之请，明知狐族之人万不可逾矩，更不该与凡人有来往，阿阮亦是如此，才被关进了藤牢。

可是，她已答应了做他的妻，她不想离开。

居泽木半个身子都已麻木，毫无知觉，可仍咬牙强忍着：“果子。”

狐族长老面无表情地瞧着居泽木从青石台阶挪下来，他这一杖雷击，可不是凡人所能承受的，他不过一区区凡胎肉体，竟还能强撑着身子站起身，这毅力着实让人心惊。

“我想与她结为夫妻，望成全。”居泽木眼神坚定。

果子无父无母，果子既尊称面前的人为一声长老，那这人便是她的长辈，他虽不喜欢繁文缛节，可该有的礼数他也会顾到。

狐族长老皱眉，握着千年木拐杖的手指屈紧，他最厌凡人，信誓旦旦，最后背弃誓言，可怜他的阿阮，因爱自毁本身，为爱神伤。

如今，果子亦是如此，难道她要步她娘亲的后尘吗？有前车之鉴，仍飞蛾扑火，真真是给狐族丢脸！

狐族长老眼里闪过一丝狠意，不为所动，高举起拐杖，聚雷击为引，眼见那一下就要打在居泽木的身上，果子根本来不及去想，飞身扑在居泽木身上，替他挨了这一击。

雷击乃是惩戒不可饶恕的狐狸，一击下去，元神尽散、修为尽失。

狐族长老看在居泽木乃是凡人之躯，才将雷击之力收了一半，哪料到，果子竟不顾性命之忧替那男子挡下这一击，真是愚蠢！

这一击震得果子身子蜷缩，狐狸本心珠破裂，猛地呕出一口鲜血。

居泽木整颗心都悬了起来，手托起果子的脑袋，急红了眼：“果子。”

瞧见公子没事，果子不由得忍痛微扯起嘴角：“公子没事就好。”

狐族长老气得白狐络腮胡布满了半张脸，吓得闻声跑出来一探究竟的小厮直接瘫软在地。

居老爷一脚踹开瘫软在地的小厮，一心都在居泽木身上：“泽木！”

姜管事虽被吓着了，可本着忠心，仍带着一众小厮冲上去，护着嫡公子。

狐族长老何惧这些凡人，千年木拐杖一挥，小厮受不住力被击飞倒地。居老爷护子心切，也顾不上害怕了：“你要是敢伤我儿子分毫，我定要你加倍偿还！”

如今，他只剩下泽木这一个孩子了，他绝不能让居府的香火就此断送，不然，他如何面对居府的列祖列宗！

见事态发展越来越不可控，果子开口：“长老，狐族与人间各自为界，您今日若伤了他们，那必定有反噬啊。”

狐族长老眉心一松，虽然他咽不下这口气，但他知道事情轻重。他本就不是为了与这无知凡人斗法才入凡间的，他来，只是将犯了稜丘禁忌的果子抓回去惩戒！

狐族长老蹙眉举起拐杖，一狠心，将果子打回了原形。

众人何时见过这番情景，一瞧见活生生的人变成了狐狸，所有人散的散，晕的晕，一时混乱异常。

居老爷瞪大了双眼，他简直不敢相信自己的眼睛！一个下贱婢女竟是只狐狸！原来他的儿子这般忤逆，都是被这狐媚子惑了心智。

“竟是一只……狐狸！”居老爷抚着胸口，什么大风大浪他没见过，可如今，真瞧见了这不敢想的画面，怒火中烧，顺不了气，直接晕了过去。

“果子！”众人皆逃，唯剩居泽木。

阿陈吓得双腿发软，艰难爬至居泽木身旁：“公……公子。”

狐族长老蹙眉，他真没想到，这个凡人竟还能守着此地！他见了太多弃爱而逃活生生的例子，连他的爱女也遭受背叛，凡人，不可信！

狐族长老懒得多言，直接举起拐杖，一杖狠落在居泽木的身上。

阿陈见状，哪肯让公子受半点伤，替公子结结实实地挨了一杖，疼晕了过去。

雷击起了作用，禁锢了居泽木全身的力，他只能眼睁睁地瞧着果子被狐族长老带走，却无能无力。

“果子,果子！”居泽木发狠地猛捶着没有知觉的腿,他真是没用！

02.

居老爷昏迷，居府大乱，丽二娘趁乱跑出去，所有人都无心阻拦，纷纷为保自己的命而四窜。

丽二娘循声跑出府，站在居府正门口，远远地就瞧见了在泥泞的砖石路爬行的居泽木，瞧着真是狼狈。

乌云密布，好似要下一场暴雨了。

丽二娘缓缓走下台阶，瞧着他的身影，她就恨不得将他碎尸万段，替她可怜的其哥儿报仇！要不是他，她的其哥儿根本不会死。

她脚下忽地踩着了什么东西，引得居泽木回头，四目相对，各怀心事。

丽二娘往后退了一步，捡起落了尘灰的簪子，瞧着这金银木花簪，好生别致。

“将那簪子还我。”

听着他气若游丝的语气，丽二娘嘴角勾起一抹笑，将簪子紧紧攥在手中：“朝不保夕了，还顾一支簪子作甚？”

丽二娘回头瞧了一眼居府，反正她没了其哥儿，也没了指望，无所顾忌地指着居府的牌匾，红了眼道：“我的大半生，都耗在了这宅子里。”

“你的母亲，也耗在了这深宅里，”丽二娘苦笑，“争来争去，什么都没落着，还赔上了我的孩子们，他们不应该死的，就算死，也是我死才对，他们有什么错，错就错在生在了居府，入了我肚里。”

丽二娘攥着簪子步步逼近，眼里布满血丝：“你早该死了，就应该和你的母亲一块去见了阎王，也省得你母亲在地下孤苦伶仃。”

“其哥儿是替你赎罪，你难道还不知悔改？”

丽二娘动容了，一想到她那苦命的孩子，她的心就抽疼。反正她余生也没指望了，索性将她藏在心里的秘密说出来，一起痛苦坠入地狱：“居泽木，我落得如今这个地步，就实话告诉你吧，你祖母是我害死的！是我命人在马车上动了手脚，哪知她命数如此，怪不得我心狠。”

瞧着居泽木气急了的脸，不知为什么觉得痛快，现下他和残废人有什么区别，这么恨她，却还不了手。

“就算我杀了你祖母又如何，你的父亲、居府当家之主，明知是我做的，却还是包庇了我，在他心里，什么都比不过他的前途和这偌大的居府家业！哪怕丢掉性命的是他的亲生母亲！”

“够了！”居泽木拼尽全力吼了一声，气急攻心，猛咳出一摊鲜血，衣襟被浸染。

居高临下地盯着居泽木抬手轻拭去嘴角的血，丽二娘脸上挂着嗜血的笑：“为了那小贱丫头，你想活下去？我告诉你，你让阿陈替你去求的新药，我早掉了包，你喝的都是索你命的慢性毒药！”

居泽木面无表情，脸色煞白，自知命不久矣。

瞧着他这副嘴脸，丽二娘没来由地气，下定了决心，猛地冲上前，双膝跪在居泽木的面前，将簪子一头猛刺入居泽木的胸口，鲜血倏地将他的丝绸锦衣染红了一大片。

一见血，丽二娘突然慌了，跌撞起身，走走停停，忽地又大笑，全然疯癫的状态：“死了，终于要死了！”

居泽木眉头紧皱，咬牙拔出了花簪，脸色煞白，望着乌压压的云，却连说话的气力都没有了。

他这一生，所求不多，却什么都得不到。

那他便求……来生。

03.

稜丘藤牢，阴冷、潮湿、晦暗。

果子不知被关了多久，全身被缚于藤柱上，早已没了知觉。

唇边递来一片藤叶，浸湿她干裂的嘴唇。

果子缓缓抬眸，便瞧见不复往日青涩的阿阮，她眸中染上惊喜：“阿阮。”

阿阮命人替果子松绑，眼睁睁地瞧着果子瘫软在地，脸上没有半分波澜：“你的狐狸本心珠裂了。”

狐狸本心珠一裂，便再也没有伤口自动愈合的能力，除了长生不老，与凡人无异。

阿阮递上一碗药，她深知情爱的痛苦，倒不如忘了：“来，将这药喝了。”

果子警惕起来：“这是什么？”

“喝了便能忘记情爱之痛。”

“不，我不喝，”果子艰难地挪至角落里，“我不要喝。”

阿阮恼了，端着药碗的手微微怒抖：“为什么不忘，情爱是这世上最无用的东西！”

果子凝眸盯着阿阮。阿阮和以前不一样了，她不再是那个为了情爱寻死觅活、不顾一切的人了。

阿阮红着眼，将药猛地灌入果子的嘴里，仍一直念叨哄骗着果子：“情爱只会让人伤身又伤心，你喝了，就不会感到痛苦了，快喝了，喝了它。”

可果子一口都不喝，全吐了出来。

阿阮气得直接将药碗一摔：“我这是为你好！你不忘，受苦的是你自己。”

她为爱伤身，她远在狸林山的琉缊姑姑，不过一雪狐，也是为爱丢了性命，如今，她曾当作好姐妹的果子，也为爱伤透了身子，她怎么能眼睁睁地看着她再步她的后尘。

瞧着果子毫无血色的脸，阿阮鼻头泛红，整个身子都在颤，可只是转瞬，她便抬手抹去了溢出眼眶的泪，嘴角挂了一抹残忍的笑：“你的心尖人已经死了。”

果子身躯猛地一震，不可置信：“你说什么？”

阿阮达到了目的，眼里闪过嗜血的光芒：“他早已轮回转世了！”

果子眸中蕴泪，原来，人间已经过去十八年了。

瞧着果子颓丧的模样，阿阮心上一计：“果子，我们是好姐妹对不对？我放你走，好不好？”

果子抬眸：“放我走？”

阿阮看穿了果子，猛地握住果子的手：“你和我做个交易，我放你走，你将你的七窍玲珑心给我，如何？”

七窍玲珑心乃是永葆青春的秘诀，阿阮为了情爱丢了七窍玲珑心，若非以药蓄养，她这副容颜早已保不住了。

如今，她不求情爱，只求永葆青春。

“果子，难道你不愿意以你的一颗七窍玲珑心换一世凡人的生活吗？你不是心心念念着他吗？”

果子垂眸，她是舍得的，要能再和他遇见，她什么都舍得。

狐族每九百年有一次祭火大奠司，阿阮买通了守卫，待祭火大奠司开始，狐族所有人全部聚在稜丘祈林洞中，以狐狸本心珠护稜丘之灵性，以祈狐族香火延绵，果子便可以离开。

狐狸本心珠既毁，七窍玲珑心既失，她空有狐狸躯壳，却早已不是狐族中人了。

没了狐狸本心珠，自然也就没有了狐狸皮毛御寒。

阿阮得了七窍玲珑心，容光焕发，看在果子与她曾经的交情上，她赠果子一言：世上最无用的便是可笑的情爱。

果子知道，曾经的阿阮再也回不来了，她为情爱舍了太多，到头来却落得一场空，已耗尽了她的心神。

果子拒绝了阿阮好心送来的药，一碗入肚，俗世情爱皆可忘。

可她不想忘，他已轮回转世，若她再忘了，那他们真的不剩下什么了，她舍不得。

阿阮问她，不悔吗？

她不悔，从未悔过。

白雪覆了整座稜丘，寒风凛冽，果子不由得攥紧了阿阮给她披上的毛大氅。

下到稜丘最北山脚处，却见狐族长老守在人狐界碑处，长须上沾满雪粒，看来等候多时。

“长老。”

狐族长老手执千年木的拐杖，面露威严。

“狐狸本心珠已毁，你又将你的七窍玲珑心奉了出来，自此，你再也不是稜丘的一族之人了，从今以后，你生死与稜丘无关。”

闻声，果子眸中划过一丝惊愕，声音微颤：“长老。”

“凡世到底如何好，让你和阿阮都飞蛾扑火……”狐族长老哀叹一声，他终究是不忍，果子与她的母亲皆是稜丘中人，他身为长老，却未尽到职责。

狐族长老从怀中掏出一把长命锁：“物归原主。”

果子伸手接过，紧攥着长命锁。

长命锁原是深巷老匠精心铸就，巧手雕上“应”字，乃是果子父亲的姓氏。

果子的父亲应南山乃小有名气的举人，应府虽说不上是大富大贵，可也是书香门第世家，应南山本已定亲，却与果子的母亲禄娘互许终身。

应南山暗下了决心，定要明媒正娶禄娘过门，绝不让她受半分委屈，奈何世俗眼光棒打鸳鸯，生生拆散了应南山与禄娘。

禄娘怀有身孕，应南山决意为禄娘与他们未出生的孩子忤逆一次，留下一封书信毅然离开，却被捉了回来，关在屋内，任何人都不许见。

应南山相思成疾，病情日益加重。禄娘夜深偷入府见应南山，哪知却成最后一面，府内早有准备，布下了陷阱，就等禄娘自投罗网。

禄娘怀有身孕又不敌众人，被棒打火烧，差点丧命在应府。兴许是老天垂怜，狂风卷起沙尘，惹得众人纷纷一散，她才逃过这一劫，身子却在那时落下了病根，为日后殒命埋下了祸根。

禄娘无路可走，只得挺着肚子觍着脸回到稜丘，求狐族长老发慈悲，收留她与她肚子里的孩子，这是她爱人唯一的血脉，她定要护住才行。

哪怕族人对她指指点点，她也要苟活在世上。

应南山特意为自己的孩子打造了一把长命锁，全是他对自己孩子的祝福，无论是男是女，皆取名：应南枝。

04.

原来，她叫应南枝。

步子微踉跄，她穿梭在人潮中，身无分文，连件大氅都丢在了稜丘。

众人见她衣衫褴褛，瘦弱病姿，都避而远之，好似她身染瘟疫。

阿阮给了好处，向地府的人打探到了居泽木投生的人家，辜府，乃是长屏城中数一数二的大户人家，他是府中嫡子，名言桥。

她不知走了多久，走到整座城都点起了绢灯，她缩着身子，没了狐狸皮毛，她根本没法御寒。

徒步来到一扇朱漆大门前，匾额瞧着好生气派，两盏灯笼随风轻摇，雪花轻落在她的肩头。

卯时，长街冷清得似一座空城，薄雪轻覆，夜深出现的野猫轻踩上雪，留下脚印。

她抱膝瑟缩在檐柱旁，眉心紧拧，睡得极不安稳。

厚重漆门闷声一敞，一抹身影迎着寒风走近，盯着她好半晌。

她闻声抬眸，便瞧见来者一袭天青色长袍，一条雪白祥云宽边锦带束在腰间，一枚通透牙白美玉在朦胧月光下泛着剔透微芒。

他的模样熟悉到骨子里，她喉咙发干发涩，嚅唇微启，嗫嚅道："公子……"

公子这般，果真是翩翩少年郎，哪像她？现下衣衫褴褛，身无长物，活像个乞丐。

任谁瞧见了，都恨不得离得远远的！

他蹙眉，听不真切，弯腰凑近："你说什么？"

见她欲言又止，他知，她怕是冻僵了，现下也问不出什么，遂唤了自己贴身侍童来，命他去寻一件皮毛大氅和沏一杯热茶来。

等侍童来的空隙，他忍不住细细打量她，虽瞧着衣衫破烂，可这衣服质地倒也非寻常人家。

“你叫什么名字？”

她强撑住身子，驱赶睡意：“应南枝，我叫应南枝……”

侍童刚取来大氅便瞧见自家公子竟不顾自个儿身子，横抱一来路不明的姑娘入了屋，这要是传出去了，不仅有损公子的面，也坏了辜府的名声哪。

侍童没辙，只得小碎步跟上公子：“公子，您慢点儿。”

虽说全城都知公子心善，可也不能随意就领一不知其底细的小丫头进府呀！这要是让最重家风的老爷和随时随地抓公子小辫子的二房夫人知晓了，定是要闹出一番风波呀！

可公子性子也是真倔，只要他想做的事，就没人能劝得动他！

见公子抱着那姑娘直接进了屋，侍童有眼力见地替公子捋好被褥，公子的床榻何其金贵，也不知这姑娘什么来历，竟让公子舍得让出自己的床榻。

“阿瑞，再去拿一被褥来。”瞧着她牙根打战，嘴唇冻得青紫，他心里不知为何一刺。

阿瑞偷瞄公子一眼，今日公子有些反常，但公子吩咐的事，他定照做。阿瑞悄无声息地退出屋，去准备被褥了。

炭火烤得屋内暖烘烘的，床榻上的人儿翻了翻身，醒了。

她偏头便瞧见坐在圆凳上，单手抵着太阳穴的人儿小憩，浓眉、挺鼻朱唇，果真玉质金相。

她缓缓起身，着足袜踩着地，取下搭在矮刺绣木屏风上的大氅，踱到他身侧，正准备替他披上大氅，哪知睡着的人儿蓦地一睁眼，眼疾手快地擒住她的手腕，眼神倏地锐利：“你干什么？”

她哑着嗓子，一时竟忘了抽回手：“怕你……着了凉。”

他眯了眯眼，眸中满是怀疑，自她见到他，她的一举一动很是奇怪。

阿瑞抱着一床被褥进屋，眼尖地瞧见这画面，急匆匆地跑到跟前：“公子！”紧接着看向她，一脸敌意，“公子，要不要我将她这个小乞丐赶出去。”

“不用，”他抿着唇，心中有了打算，“从今日起，她留下来。”

阿瑞一脸震惊，结巴得连话都说不利索：“公……公子，她来路不明，你怎么能……能将她留下来呢！”

辜言桥瞧向阿瑞：“怎么，你是公子还是我是公子？”

阿瑞的怒气瞬间一散，低低应了一句：“阿瑞自当听公子的。”

“应南枝，是个好名字，”辜言桥端起桌上凉了的茶抿了一口，“日后，你就留在我屋里。”

“谢……谢公子。”

她以应南枝入府，自此，她是应南枝。

第九章 × 许是……一只小狐狸托梦吧

01.

辜言桥是府中嫡子，生母礼氏因难产而殁，继母冯氏深得辜老爷宠爱，在府内风头无两，又为辜府添了一子，名言庚。

自礼氏难产香消玉殒后，冯氏便坐稳了辜府夫人的位置，府中下人虽按礼唤一声二夫人，可他们心中都知道，冯氏在辜老爷心中的位置，谁也不敢冒犯了冯氏。

冯氏对嫡公子可谓是嘘寒问暖，样样都顾得周到，在外人来看，她是将嫡公子当亲生的孩子来养。

这不，冯氏为其操碎了心，说是为嫡公子物色了一个通房丫鬟，硬是要塞到嫡公子屋里头。

冯氏携着一水灵灵的小丫头，不待阿瑞通传，便笑盈盈来到辜言桥的屋里头：“言桥啊，你瞧二娘给你挑的这丫头……”

一入屋，她便眼尖地瞧见了换上辜府婢女衫裙的应南枝，脸上的笑瞬间一凝，忍不住仔细打量："言桥，这婢女瞧着眼生哪？"

辜言桥不动声色地瞧了一眼跟在冯氏身后的丫鬟，揖礼："二娘，她叫应南枝，以后会留在我屋里。"

冯氏脸上堆着笑，不经意地剜了一眼不作声的应南枝。

"都怪言桥太过心急，没有告知二娘一声。"辜言桥扬袖轻咳一声，佯装虚弱病态，"负了二娘的好意。"

冯氏抿了抿唇，瞧了瞧应南枝，又望了望身后她精心挑选的通房丫鬟，她真是白折腾了，不过心思倒没白费。

本想着给他塞一通房丫鬟，让他无心学业，沉迷女色。现下他自个儿找了一个婢女，只要能达到最初目的，通房丫鬟谁都可以，只是一点不好，不是她的人，不受她管控，她还怎么让她听话呢？

瞧着冯氏脸上的情绪起伏，辜言桥扬了扬眉，更加剧烈地咳嗽起来，咳得肩膀都在抖。

冯氏回了神，瞧着他这般，嘴上虽说着关切的话，可步子却未挪。倒是应南枝忙端起沏好的热茶，却因慌乱打翻了杯子。

热茶溅到了冯氏的衫裙上，冯氏差点破口大骂，要不是看在辜言桥的分上，她才不会这么算了，她定要好好责罚这丫头！

"向二娘赔罪。"辜言桥语调倏地一冷。

应南枝正要开口，却听到冯氏不计较地开口："没事儿，下人难免有毛手毛脚的时候，不过，她现在既是你屋里的丫头了，规矩可要好好学学了。"

她一双眼直勾勾盯着应南枝，话里带了几分威胁："好生伺候嫡公子，要是再出现今日的事儿，就算是嫡公子宠你，也保不了你。"

说完，她忽地换上一张笑脸："行了，那我也不打扰了，祠堂那边还有事要做。"

辜言桥撑桌站起身，行礼：“二娘慢走。”

一出母子情深的戏，任谁瞧，都逼真得很，只有两人心知肚明，不过不说穿罢了。

冯氏带着她精心为辜言桥选的小丫鬟悻悻离开。

不识好歹，真是晦气！

瞧着二夫人灰溜溜地离开，阿瑞眉毛飞舞，外人瞧不出这做戏，可他阿瑞自小跟在公子身边，二夫人的演技出神入化，众人皆被她的伎俩蒙骗了。

应南枝低头瞧着摔碎一地的杯子，心中一急想要收拾，却被辜言桥眼疾手快地拦下，虽是关心的话，语气却疏离冷漠：“你还生着病，处理这些杂事不急于一时。”

阿瑞吸了吸鼻子，有眼力见上前：“我来收拾。”说着便瞧了应南枝一眼，宣告主权似的，“我是公子的贴身侍童，这些我做便好了。”

待冯氏彻底走远，辜言桥松了松眉头，生怕被她瞧出破绽。

“阿瑞，备马车。”

阿瑞收拾到一半，经公子一开口，才想起正事，公子的奶娘还被扣在相府呢。

“是是是，阿瑞这就去备马车。”阿瑞飞快地收拾完，便利落出屋，听公子令去备车。

见辜言桥起身要走，应南枝蓦地紧跟上，辜言桥皱了皱眉，不解她的举动。

应南枝稍敛了灼热的视线：“我……”

“你与我同去吧。”辜言桥发了话转头便走了，没有瞧见她眸底的那丝复燃的光亮。

他留下她，不过是为了有一个由头可以推拒冯氏硬塞过来的人，得一时安宁，既然将她拉下了水，那就将她留下吧，瞧她这模样，也无地可去。

02.

一出府，差点迎面撞上风风火火闯来的一个人。

辜言桥出手拽了应南枝一把，才让应南枝及时避开了这一难。

来人艰难地刹停了脚步，裁剪得当的锦绣衣衫衬得她英姿飒爽，很有精神头。

“辜言桥，你不拦下我就算了，还躲开？是想看我摔倒狼狈的样子是吗？”

辜言桥叹了一口气，拿她没办法：“珞裳，你怎么没点闺秀的样子？”

一语被噎住，苏珞裳拍拍衣裳不应声，她虽为女子身，却有一颗男儿心，她不爱琴棋书画与女红，偏爱箭术、骑马……真真是恨不能生为男儿身。

辜言桥上下打量她，一身男儿装扮，皱了皱眉：“你又扮作男子去书堂了？”

见被看穿，生怕再被辜言桥念叨，苏珞裳佯装服软。

一眼瞧见了跟在辜言桥身侧的应南枝，她露出狡黠目光，话锋一转：“辜言桥，几日不见，你长本事了？”

辜言桥皱眉，太惯着她，越发没大没小了。

平日不近女色，屋里头除了阿瑞一个下人伺候，其他下人皆不可随意进出，她每回来，都像一个误闯了和尚庙的，知情的人明白辜府嫡公子是因为身子虚，怕人多闹得心烦，不知情的人嘛，都在暗暗猜测辜府嫡公子与独受其宠爱的贴身侍童有何见不得光的事儿……

如今，屋里头突然多了一位不算倾国倾城，但长得还算清秀的婢女，让人很难不猜度。

苏珞裳友好地伸出手:“我是苏珞裳,辜言桥的……”语气特意一顿,“好妹妹。”

虽说两家有意撮合他们,可他们两人只有兄妹之谊,他对她无爱,她亦对他无意,相敬如宾地过日子,她也是不愿意的,她要嫁自然要嫁她所爱之人。

应南枝瞧了辜言桥一眼,得体地向苏珞裳行礼:“我是公子的贴身婢女,应南枝。”

“南枝,”苏珞裳自来熟地握住应南枝的手,“以后我便叫你南枝吧。”

瞧着面上划过一丝异样的辜言桥,苏珞裳心里偷笑,她可从来没见过他这般不自然的神色呢。

“你脸色瞧着不好,是不是辜言桥薄待了你?”苏珞裳昂起下巴,“以后,我罩着你。”

辜言桥轻扬了扬衣袖:“我现在有事要出府,你自便。”

苏珞裳拧着细眉,她这一来,他就将她晾着呀!整个辜府,她就与他能说得上几句话,与旁人无话可说。

“你去哪儿?不会……是要去向我阿爹告状吧?”阿爹虽宠她,可若真生起气来,也是要狠狠责罚她的。

“我去相府。”辜言桥示意阿瑞让车夫将马车赶至府门前。

“相府?”苏珞裳眼睛忽地冒光,“我陪你去吧。”

众人都说相府独子才貌双绝、温文尔雅,她想去瞧瞧,是不是众人吹捧出来的。

“辜言桥,你带我一同去呗。”

辜言桥不应,他不是去拜访相府那么简单,要不是相府借为相国公做寿，排面颇大，人手恐不够，遂仗着祖上太奶奶一辈关系好，厚着脸皮来辜府借个得力之人——自小陪在祖母身边的常嬷嬷。

借人是假，绑在府里做人质倒是真，近来朝廷风云有变，父亲与相国公各站一方，两人不和早已尽人皆知，表面虽风平浪静，可暗地里早已暗流涌动。

他今日去，就是去接回常嬷嬷。

“你待在府里。”辜言桥毫不留情地回拒了她。

苏珞裳叉着腰，佯装蛮不讲理的样子：“今日你必须得带我去，”伸手拉过一旁沉默的应南枝，“不然，她也不许去。”

辜言桥拧着眉，瞧了一眼站着有点飘的应南枝：“她身子受了寒，那你照顾好她。”

阿瑞已在马车前候着了，一见公子微提衣衫下台阶，忙上前扶。

苏珞裳跺着脚，孤冷傲慢自作主张，她怎么……怎么就和他攀上关系了呢。

辜言桥还未上马车，便瞧见一辆奢华的马车从远处嗙嗙而来，马车勒停在辜府门前。

小厮搬下一只玉石凳，绸帘轻掀，一抹身着合身刺绣的月白长衫款款而下，面容俊美，却又不失阳刚之气，英挺剑眉下是一双细长且深邃勾人的黑眸，削薄唇形，棱角分明，自带了一种儒雅温柔却又冷傲孤清。

来人正是相国公独子席延。

相国公乃是皇室忠臣，早年征战沙场，为保国家安定，自愿扎在南漠北疆守一国安宁十二年，待平复南北战乱，收回疆土才荣耀归国，光宗耀祖。

当今天子也敬他、礼让他三分。

相国公老来得子，自然对席延宠爱有加，也好在席延争气，天资聪颖，十三岁便中了举，才子之名传开，是相国公的骄傲。

席延步子稳健，举止有礼。

辜言桥一时不知他在打什么主意，自上回棋苑一事，辜言桥总觉得，他不似别人瞧见的那么简单，待何人都彬彬有礼，却疏离又有分寸，天资极高，却又展露得恰到好处。

“不知小相爷亲自前来有何事？”辜言桥抬手掩着咳嗽。

席延让小厮递上一请帖，也不绕弯子：“过几日便是家父的寿宴，我特亲自来送请帖，望来相府一聚，热闹热闹。”

辜言桥亲自接过，瞧着请帖上遒劲的笔法：“小相爷的笔法张弛有力，上回棋苑我瞧见你亲自为棋苑题字，果真是好字！”辜言桥将请帖给阿瑞收着，“上回未好好一叙，这回相国公寿辰，是大喜事，我与家父理当去拜贺。”

席延揖礼：“那说定了。”瞧了辜言桥一眼，忽地开口，“对了，辜府的常嬷嬷还需在府中操持琐事，虽说相府不缺做事的人手，可像常嬷嬷这么能干的人，也是不容易挑的，还请辜府理解，待家父做完寿辰，我定亲自送常嬷嬷回来。”

辜言桥弯起嘴角：“我辜府的老人儿能帮上相府，是我们的荣幸。”

“阿瑞，代我送送小相爷，”辜言桥猛地咳嗽几声，做足了戏，“我身子自小羸弱，多有不周，还望小相爷莫见怪。”

“怎么会。”席延的目光一敛，倏地锐利，可只是一瞬。

“今日多有不便，便不请小相爷入府喝茶了。”辜言桥眼光毒辣，“瞧小相爷今日这装扮，像是有约了。”

席延眸中难得闪过一丝光亮：“的确，我有约了，那我便不多留了。”

苏珞裳与应南枝就站在辜府门前，眼睁睁地瞧着席延离开。

苏珞裳忽地反应过来去追，却已经追不上了。她方才瞧得出神都忘记上前露个脸了！气人，着实气人！

应南枝三步并作两步跑到辜言桥跟前，刚才她见他咳嗽得很厉害，如今又是寒天，他的身子可禁不住这般冻啊。

“公子，天寒地冻的，你可得小心着身子啊。”

阿瑞在一旁瞧着，不由得翻了个白眼，她这刚来还没一天呢，就这么光明正大和他争起了公子的注意！他阿瑞可是自小陪在公子身边的，他怎么会照顾不周到呢！

阿瑞吃醋了，蓦地挡在应南枝面前：“你担心个什么劲啊，公子身子好着呢……”

话一出口，阿瑞就后悔了，整张脸都皱着，深知自己犯了大错。

辜言桥狠狠剜了一眼口无遮拦的阿瑞，阿瑞眼珠子一转，打个圆场：“公子身子能不好着吗，你怎么不盼着公子点好啊。”

应南枝面无血色，瞧着让人不由得心怜。

“阿瑞。”辜言桥忽地出声喝止，以免他再说出些没轻重的话。

瞧见朱漆大门后边的一抹身影，辜言桥脱下自己的毛皮大氅，在阿瑞与苏珞裳惊诧的目光下，将大氅披在应南枝的身上。

应南枝眸中忽染上一层光亮。

苏珞裳双手环胸，津津有味地瞧着这一出，她可从没见过辜言桥对哪个女子如此体贴。

待躲在朱漆大门后的人影一退，辜言桥蓦地敛起笑脸，又恢复了一股子淡漠，眸中藏着逼人的寒气。

冯氏对他仍旧很上心，事事都要窥一眼、插一脚。

他留下应南枝，也是为拒冯氏硬塞的丫鬟，明面是为他选了一通房丫鬟，实则是为了监视他的一举一动。

此计不成，她定会想别的法子。

要不是他佯装身子羸弱，她怕是早就按捺不住出手，他们根本不可能在同一屋檐下相安无事这么多年，她精心替他准备的药，他怎能不喝？他就是要让她误以为，他对日日喝的药从无怀疑，打消她的疑虑，再给她致命一击。

03.

被雪笼罩的长屏城有说不出的意境美，穆双溪一袭白毛大氅站在拱桥上，望着极富烟火气的八角大街，手中握着一锦盒，脸泛红晕，等着她的少年郎。

席延站在青瓦砖墙处偷望已有半炷香时辰了，小厮耐不住冷，暗暗搓了搓手："小相爷，咱们还过去吗？"

小厮鼻头冻得通红，为今日这一约，小相爷早上在府里焚香沐浴，换上了一袭新衣裳，临出门前还对自己的仪态不为满意，可出府前，夫人差人来请小相爷过去，小相爷去了一趟后，便变了个样子，心事重重。

现下，都到了这儿，硬是远远地瞧着，不上前。

相府与穆家可是早定了亲，小相爷与穆家小姐乃是佳人才子，相配得很！

席延抿紧唇，手暗暗攥成拳。

他离她不过几步，却注定了背道而驰。

"奉舜，走吧。"

奉舜一脸惊诧，可也不敢多问。小相爷行事向来有他的道理，小相爷对穆家小姐有情，可怎么好端端的……

席延转身就走，没有丝毫犹豫。

穆双溪不经意偏头，好似瞧见了席延的身影。

“小姐！”单儿身为小姐的贴身婢女，忙拦住失了魂的小姐，“小姐，你怎么了？”

穆双溪紧攥着锦盒，如丢了魂似的：“我好像瞧见他了。”

兴许，是她看错了，他要是来了，怎么会不来见她？

转过弯弯绕绕的街，席延径自上了马车：“回府。”

奉舜心中存疑，明明都来赴约了，却突然转身就走，小相爷心里究竟打着什么主意？

席延端坐在马车内，闭眼听着车夫挥鞭驾车的声音，脑海里却是她在拱桥等他赴约的身影。

他蓦地睁开眼，无声地扬手捶着腿，恨自己为何偏偏生在相府，连真心爱一个人护一个人的权利都被剥夺得残渣不剩。

他自小天资极高，学何事都快，可上回在棋苑比试一事，他遇到了他强劲的对手辜言桥，虽说辜言桥身子羸弱，可才学不在他之下，布棋高超、步步为营，足以见辜言桥高深智谋。

他是相府独子，绝不能输给任何人，让别人看了他的笑话。

只要辜言桥在，就会有人永远压他一头。

辜府与苏家有意结亲，苏家垄断了全城的绸缎布料生意，资产雄厚。

原本与辜言桥有婚约的穆家做的是茶叶生意，早先财力着实雄厚，父亲为他觅得这一亲事，也是看中了穆家的财力，亲家的家世是结亲的必要条件。

本是一段锦上添花的良缘，奈何穆家内部分歧，导致意见不合，账目亏空，家族逐渐走下坡路。

母亲今日见席延，便是对他说此事。他们乃是朝廷大功臣，是堂堂相国公府，虽不用亲家帮衬扶持，可亲家的家世总得拿得上台面呀，不然，整座长屏城的人都会在背后笑话他们。

夜深了，奉舜端了杯热茶给小相爷，自小相爷回府后，就一直待在书房，随手翻开的书只字未读，心事重重。

席延指节攥得发白，他时刻记着他是小相爷，父亲威名忠心远扬，他定不能让父亲丢脸，自小母亲对他严加管束，便是盼他成大事，如今，他怎能为了儿女私情不顾相府呢？

“奉舜。”

奉舜蓦地回了神，双手交握：“小相爷。”

“明日，帮我送封帖去穆府。”

奉舜也不多言，直接应下，很有眼力见地先退下。

04.

阿瑞鬼鬼祟祟躲在门后正想瞧个真切，被突然凑近的公子吓了一大跳，差点就去见阎王了。

幸而辜言桥眼疾手快捂住阿瑞的嘴，才没让他大声嚷嚷。

辜言桥食指轻抵在唇上，示意阿瑞噤声，并让他无声退下。

阿瑞心中顿觉委屈，愤愤一跺脚，走了。

留下辜言桥一脸震惊，看来是他平时太惯着他了，所以他才这般没大没小的。

辜言桥甩了甩袖子，偏头瞧着站在院里的应南枝。

她对她从哪里来闭口不言，她既然不想说，他也不逼她。

“咳——”他佯装咳了一声，她这警觉性也太差了，他都走到她身旁了，还毫无察觉。

应南枝敛回视线：“公子。”

辜言桥顺着她的目光望去，仔细地打量院里的这盏灯：“这灯有什么好瞧的？”

应南枝抿了抿唇，不知该从何说起。

又是这副默不作声的样子，辜言桥叹了口气，他这是捡回了一个装哑巴的小乞丐？

见公子转身要回屋，应南枝急了：“公子，我……南枝有一个问题想问你。”

辜言桥顿下步子，不知为何，他自第一眼见到她，就有一种熟悉的感觉，好似在他心里生了根。他本不是一个善心的人，却将她带了回来，阴错阳差地将她作为挡冯氏的挡箭牌。

“院里……这盏灯……”话还没成句，应南枝便红了眼眶。

虽然她说得断断续续，可辜言桥听明白了，她是想问院里这盏灯。

辜言桥抬眸瞧着孤零落在院里的这盏灯，心里头闷着一口气，他也不知道他为什么会吩咐阿瑞夜夜在院里留盏灯，可这灯亮着，他心里头便舒坦。

“许是……一只小狐狸托梦吧。”辜言桥嘴角一弯，也不知怎的，他突然就随口编了这么一出，“小狐狸”三个字他脱口而出，自己也惊到了。

应南枝身躯一震，红了眼眶，别过身，不让他瞧见。

辜言桥敛回目光：“今晚你暂先睡下，待明日阿瑞收拾出偏屋，你就搬进去。”

应南枝喉头哽了哽，点头轻应。

应南枝点着烛火坐在桌前，出了神。

辜言桥便是居泽木，他的样子丝毫未变，可性子却大有不同，更加沉着与冷静，心思也更为缜密，让人猜不透。

她稀里糊涂地被他领进了府，成了他屋里头的婢女。冯氏与丽二娘更是一个模子，做派也分毫不差，今日带着一水灵灵的小丫鬟入府，被辜言桥三两语一噎，便悻悻离开，其中定与她有关。

只要她能为他所用，只要她能留在他身边，她怎么样都没关系。

梦里，耳畔是狐族声讨之鸣，她虽是狐族唾弃之人，也被狐族长老所放弃，可她骨子里，流着一半的狐狸血。

应南枝从梦中惊醒，额头上布满细密的汗珠，脑海里始终回荡着狐族长老对她所说的话。

应南枝从怀中掏出长命锁，借着窗棂前的微弱月光，紧紧盯着它。

她的阿爹是凡人，她的阿娘与凡人相恋并怀有凡人的骨肉，违了狐族之禁，才遭狐族之人厌恶。

狐族长老对她的警告，字字诛心，若她再一意孤行，欲与凡人再续前缘，那阿阮与她阿娘便是她的结局。

狐族长老一直坚信，狐族之人要与凡人扯上关系，轻则伤身伤心，重则丢了性命。

她狐狸本心珠已毁，七窍玲珑心也已给了阿阮，她没有一张能魅惑人的皮囊，更没有永葆芳华的资本，上一世，她懵懵懂懂的爱刚开始便结束，这一世，她只想做个平凡之人陪在他的身边，直至地老天荒。

第十章 × 他好似在哪儿见过她

01.

自上回冯氏在辜言桥这儿吃了瘪，已好几日没来了。

不过补品与书籍是样样没少，回回都差身边的贴身婢女阿角送来，偏还回回多逗留，似要将他这屋子隔一日的摆设全记下。

辜言桥不动声色地将桌案上的笔往左移了移，抬眸便瞧见阿角的目光追随。

阿瑞端着药故意轻撞开阿角，谁让她做冯氏的眼线，天天借着送东西的由头来监视公子。

汤药泼溅到阿角衣衫上，阿角愤愤剜了一眼阿瑞，碍于嫡公子在这儿，她可不敢冲他发脾气，只得拂了拂衣衫上的汤药渍，行礼离开。

待阿角走远了，阿瑞才收回视线，将手里的汤药往外一倒，被应南枝撞了个满怀。阿瑞生怕应南枝会去打小报告，坏了公子的计划，朝应南枝嘘了一声，并将他小心藏着的粽子糖全掏出来贿赂：“别乱说话。”末了，又补了一句毫无威慑力的话，“不然就将你赶出去。”

应南枝视线停留在地上的汤药渍上，自她入府以来，她从未见他喝过一滴汤药，况且阿瑞每回煎药，那药味特意扇得满院子都是，生怕人闻不见似的。

他身子健朗，不是外人眼里那股子羸弱。他装身子弱不过是掩人耳目，府里的人除了阿瑞全都瞒过去了，可为什么偏偏没瞒她呢？

所有事都摊在她面前，对她没有一点防备，叫她怎么能不多想？

阿瑞偷摸凑到公子跟前：“公子，她都瞧见了。”

辜言桥眉峰一动，轻应一声。

虽说应南枝是他在府门口捡回来的，可她出现的时机着实奇怪，偏偏赶在父亲出城听民声，相府借相国公过寿冲辜府借走一位老嬷嬷后出现。

难免让人怀疑。

他故意这样，就是为了看看，她会不会将她所见之事告诉他人，若是他没喝药的消息走漏，那定是她放出风声。

“阿瑞，明日就是相国公的寿辰了，你替我去备一份厚礼，我明日要登门去贺寿。”

阿瑞知公子心思，待相国公寿辰之事忙活完，要是相府还不放常嬷嬷，那便是有意扣着辜府的人了。

“是，阿瑞这就去办。”

阿瑞退下，与进屋的应南枝迎面撞上，阿瑞有意回避应南枝的眼神，毕竟他与公子下套，等着人家往里跳呢，心里多少会有点不自在。

望着端坐在桌案前的辜言桥，应南枝轻抠着自己的手指：“公子。”

“嗯？”辜言桥抬头，迎上她氤氲的眸光。不知为何，见到她这模样，他心里头像扎了一根刺，时不时地刺痛一回。

她，究竟是什么人？

“怎么，那屋睡得不习惯？”

应南枝摇头，那屋很好，四面采光，寒风被很好地隔去，比那不见天日、阴冷潮湿的藤牢不知要好多少倍。

“公子，你的身子……”

辜言桥眯了眯眼，他走的是一步险棋，牵一发而动全身，他全都押在眼前的人身上。

“我身子无碍，汤药也不见得全是补药，喝多了难免身虚疲乏，不如断了。”他仔细地瞧着她脸上的神情，似要瞧出些什么来，

可惜，不知是她演得太真，还是他瞧不出，他总觉得，她对他并无二心，她出现在辜府门口，是因为真的走投无路，而不是有计划地靠近他。

也许，真的是他多心了？

辜言桥从木屉里掏出一包油纸包好的果脯，这是长屏城最好的一家果脯铺子，甜而不腻、酸甜可口。

他不知自己是怎么了，去学堂路过这间果脯铺子，竟鬼使神差地进去买了这一包果脯，阿瑞几次三番想吃，他都婉拒了，好似……特意给她带的。

“这是别人硬塞与我的，阿瑞不喜酸甜，便给你吧。”

应南枝紧盯着辜言桥手里的那一包果脯，胸口似有什么要跳出来，手颤颤接过，从前她与公子因果脯之间的事像洪水般急流涌来——

公子就着果脯喝药，还会拿果脯哄她。

如今，公子模样未变，可他不是曾经的居泽木，他如今转世为辜言桥，身骨不弱，也不是压抑隐忍之人，事事考虑周到、深谋远虑。

“谢公子。”

瞧着她那陷入思绪的模样，辜言桥不知怎么，心中一阵烦闷，本就是特意给她买的，话到嘴边却变了。

他真的……好似在哪儿见过她。

02.

鞭炮声声响，锣鼓戏腔很是热闹。

今日，是皇室忠臣相国公的寿辰，朝廷中各派皆来拜贺，来人络绎不绝。

相国公着一身新服，携独子席延亲自在府门前相迎，席延待人有礼，说话有分寸，都夸赞他这个相府独子，说他来日必定出人头地。

与各方周旋中，席延抬眸，一眼就瞧见了从马车上下来的穆双溪，一袭丁香色襦绣衫衬得她越发娴静，姿态翩翩。

奉舜得小相爷之令，带着穆小姐从偏门入后园子，席延早已在后园子等她。

一树梅花开得正好，他一袭牙色长衫立在梅花树下，清新俊逸，好一幅水墨画，轻缀几朵嫣红梅花。

“席延。”唯有人后，她才能唤他一声席延。

人前，他是堂堂相府的独子，她不过是小小穆府的小姐，她得恭敬唤他一声小相爷，众人都说他们与相府结亲，那是烧了高香才攀了高枝。

父母心底里也是知道，能与相府那样的大户做亲家，真是上辈子攒下的福气，对她更是千叮咛万嘱咐，切不可有任何差池。

如今，穆家生意亏空，父亲是讨了许多面子与填进去不少老底才堪堪补上，穆家已不复当初。

虽说父亲与母亲嘴上没对她说什么，可他们的心思她知道，盼着她仍能好好嫁入相府，靠着相府的荣光与实力重振穆家。

她都知道，哪怕别人都说穆家要傍着相府，哪怕被人说得难听不入耳，说穆家卖女儿来重振穆家，她也心甘情愿，因为，她心里是真的有他。

他与旁人不一样，与那些低看商贾之家的人不一样，他待人温和谦逊有礼，对她更是不一样，他们虽从未袒露过自己的心意，可早已心照不宣。

那日，他没来赴约，定是被其他的事绊住了脚。

席延接过她递上的锦盒，打开瞧了一眼便将其塞到了奉舜手里，将她眼里的失落全部看在眼里，喉结上下滚了滚，却什么话都没说。

见小相爷如此冷待自家小姐，单儿担忧地瞄了小姐一眼。那是一珠七彩石手串，世上难见的七彩石是小姐费了好大劲才找到的，一针一线全部自己动手，手指头上不知被针扎了多少回。

可小相爷都没细看，真是糟践了小姐的心意。

今日小相爷如此冷漠，一点都不像写信来让小姐先来相府住下直至完婚的人儿。

假山后传来一记黄莺般的嗓门，一抹俏皮身影在一众婢女的拥簇下跑来，一瞧见席延，便像没了束链的鹦鹉："席延哥哥！"

"公主，公主慢点！"

可那女子丝毫没听见婢女的声音，仍踩着轻快的步子猛地扑上席延，仰着一张纯净无害的脸："席延哥哥，可算找到你了。"

相国公的寿辰，虽说是得大贺，可她对这种事向来不知如何招架，要不是父皇非带着她同行，她才不愿意来，除了席延哥哥，她谁也不认识，倒不如躲在殿里斗蛐蛐喂喂鸟。

“敬莲，你是公主，要注意体统，不然，你五哥又要骂我一通了。”

闻声，敬莲站得笔直，甩了甩衣衫袖，一派公主的风姿：“席延哥哥，我好不容易出趟宫，你还说我。”

话落，敬莲这才瞧见站在一旁的穆双溪，将穆双溪上下左右地打量了一番，狐疑地又瞧了席延一眼。

“这位是……”

“我叫穆双溪。”穆双溪行了礼，“见过公主。”

敬莲愣了神，没想到她长得好看，声音也这么好听，举止得体、谈吐优雅，与她的席延哥哥着实相配。她的席延哥哥如此优秀，就该配上这么一位佳人。

“那是什么？”敬莲蓦地瞧见奉舜手里做工精致的锦盒，不待人答，便直接上手了。从锦盒里拿出那一珠手串，反复细瞧，惊叹连连，她身在宫中，什么稀罕物没见过，可这手串真真是吸引人，虽不似金银珠翠那般惹眼，却瞧着人心里一暖，好似寒冬里的一抹暖阳。

“真漂亮，”敬莲爱不释手，“席延哥哥，这送我好不好？”

要不是穆双溪拉住单儿，怕是单儿就坏了规矩。

穆双溪不言语一句，目光落在席延身上，东西虽不贵重，可这一珠手串，是她亲自做给他的……

“你喜欢便给你吧。”

穆双溪心里“咯噔”一声，那是她亲手做给他的东西，他怎么能……轻易就给别人了呢。

穆双溪佯装身子不舒服先离开了，徒留席延望着她离开的方向，喉咙哽了哽，却什么都不能说。

敬莲年纪虽小，也不懂男女间的情爱，她自小在宫里长大，虽有父皇与母后的宠爱，可她知道，她是公主，姻缘不是自己能做主的，倒不如不知情爱，届时遵从皇命，嫁与谁都能嫁。

敬莲攥了攥手中的七彩石手串，偷瞄一眼席延，瞧这模样，定是对那女子情根深种了，既然对对方有意，为何不在意对方送的东西呢？

罢了，别人心尖上的东西，她可不会要，夺君子所好不是她的作为。

敬莲将手串好好放入锦盒，塞到席延手中："自己在意的东西，为什么要给别人？"

席延攥着锦盒攥得指节发白，眉头拧得很深。

他从未忘过自己的身份，他是相府独子，所有人都在等着看他的失败，他绝不能失败，他要做佼佼者，没有任何人能与他相比。

低头瞧了一眼锦盒，他要成功，便要狠心舍弃他在意的东西……

03.

后堂闹出不小动静，惹得刚送完礼的辜言桥循声去瞧。

拨开一众看好戏的人，终于瞧见里头两个人互相叫骂，要不是小厮和婢女各拉着，怕是就扭打到一块了。

辜言桥定睛一瞧，眉头就皱起来了，其中一个叫骂最凶，还做出踢腿等动作的人不正是苏珞裳吗？

今日相国公大寿，苏老爷定来拜贺，瞧苏珞裳这身男儿装扮，想必又是背着苏老爷偷溜出府来凑个热闹。

与她有过节的那名男子眉目俊朗，唇若涂丹，瞧着也不是不讲道理之人，怎就闹上了？

要不是苏珞裳的婢女强拉着，她怕是直接就在相府与人打起来了。

"伊伊，松开我！"

自家小姐性子那么冲动，伊伊哪敢松手啊，要是倒霉被老爷撞上，她和小姐都难逃责罚啊。

"小……公子，这是相府，你冷静啊。"

“冷什么静啊，你没瞧见他那蛮横的样子啊！”苏珞裳奋力挣开钳制。

被苏珞裳这般对待，那男子被逼急了，他可从来没有受过这样的待遇，也没有人敢对他这样！

这个人，他要将“他”千刀万剐！

“宜方，你还不松手？不怕我责罚你？”那男子气急败坏。

名叫宜方的小厮想都没想就摇头，公子身子娇贵，可受不得一点伤，不然他难辞其咎啊！

“公子，您先忍一忍，别忘了您的身份哪。”

那男子气得憋红了脸:“都被人欺负到头上来了，还怎么忍？宜方，你松手！”

“不，就算公子要打死我，我也不松手，绝不！”

两人嘴上都不饶人，幸而被自家下人拖住，才没闹出更大的事。

今日是相国公的寿辰，谁要是在相府惹了事，那就是与相国公作对，与皇室作对。

好好的大日子，可不能让人破坏了！

相府的管事闻讯而来，瞧着两位俊俏公子，身着华服，想必都是大户人家的子弟，他也不好将事情做得难看，只得好言相劝。

怕事情闹大不好处理，辜言桥挺身而出，众目睽睽之下带走了仍一脸愤愤的苏珞裳。

见没有什么热闹可凑，围观之人散了些。敬莲正从后园子出来，一眼就瞧见了那抹俊逸身影。

“十一！”

宜方一瞧见敬莲公主，便咧开嘴笑：“公子，您瞧。”

那男子此时还正因刚才的事气上头呢，没好脸色地转身，便瞧见人见人爱的敬莲猛地朝他扑过来，他受不住突然的力，往后一踉跄。

“敬莲，几日不见，你又重了。”

敬莲鼓着腮帮子，佯装生气地捶了他一下：“贺仕轩，你胡说什么呢！”

一听公主直呼公子名讳，宜方慌了，四下环顾：“公主，可不能让旁人听见。”

敬莲忽地就明白了，敢情她这十一哥又偷溜出宫啊？他虽大她好几岁，可她偏不爱唤他一声十一哥，就爱叫他十一，好在他欣然接受了。

她有十二个哥哥，可她偏只和十一哥说得上话，五哥对她也很好，只是人挺严肃也挺无趣的。

“没大没小，叫哥！”贺仕轩轻点了敬莲额头一下，他现在心里正攒着气呢，正好逗弄她一下。

“贺仕轩，你要是再欺负我，我就去告诉父皇，”敬莲叉腰仰头瞧着他，“告诉父皇，你逃太傅的课，出宫去那三流学堂……”

敬莲话还没说完，便被贺仕轩捂住了嘴巴：“你小点儿声，你要再嚷嚷，我就拆穿你那女红都是他人替你做的，你要是不说出去，我就给你带八角大街最好吃的糖葫芦。”

敬莲眼珠子骨碌一转，受了这贿赂。

“成交！”敬莲揉了揉腮帮子。对她这个亲妹妹，他还真是下了狠劲，她腮帮子可疼了！

贺仕轩松了一口气，这事要是闹到了父皇跟前，他要再想偷溜出宫可就难了。

虽说太傅教得委实不错，可那些官爵世家的子弟只会吃喝玩乐荒废学业，他没法子了，才想这么一出，隐姓埋名去学堂读书，没想到却与方才那人结下了梁子，更没想到，在这儿还能碰上，真是冤家路窄！晦气。

“宜方，你快快去查那人是什么来头！今天之内我就要知道！”

宜方吞了吞口水，麻溜地应下就离开了。

他可从没见过十一皇子发这么大的火，为免殃及他，他还是先撤为妙。

敬莲摸了摸下巴，一双眼上下打量他：“十一，你这副样子，真像咱们父皇被皇后抛诸脑后发小脾气的样子。”

敬莲啧啧两声，想不到她的十一哥也有吃瘪的时候，左右瞧了瞧，好意提醒道：“今日父皇亲自来给相国公过寿辰，你要是不想被父皇瞧见，你得赶紧离开才是，要是让父皇知道你偷溜出宫，还与别人闹了事，父皇可不是心软的性子。”

敬莲说得没错，父皇虽说对皇后千依百顺，可对他们子女严厉得很。

“我得先走了，”贺仕轩揉了揉敬莲的脑袋，“你也别惹事，待我回去给你带糖葫芦。”

“行！”敬莲拨弄拨弄被他弄歪的发髻，踮着脚望着贺仕轩离开的背影，不由得啰唆一句，“糖葫芦别忘了！”

另一头，苏珞裳被辜言桥拉到廊角，阿瑞守在前头放风。

苏珞裳闷着一肚子气：“辜言桥，你不帮我就算了，还将我拉走，你这不是让那个人瞧我的笑话吗？”

“我这是帮你。”辜言桥紧盯着她，“今日是相国公的寿辰，上至高官下至商贾都来祝贺，苏老爷来了，连当今圣上也来了，要是事情闹大，闹得不可收拾，你怎么向你爹解释？要是因此害了你爹乃至整个苏府，你心里能过意得去吗？”

苏珞裳被噎得一句话都说不出，辜言桥说得在理，她平时怎么胡闹，阿爹都睁一只眼闭一只眼，事情闹大了，对谁都没好处。

这些道理她都明白，可她就是咽不下这口气！

方才那人狂的样子，辜言桥是没瞧见！高人一头的架势，瞧一眼都添堵！

偏偏她和他在学堂结下了梁子，他占了她的位置，用了她的笔墨，还一副理所当然的样子，她苏珞裳长这么大就没见过这么跩这么自恋的男子！

气得她都饿了，可这个相府，她也不能多待了，要是再碰见那人，她这脾气上头了，可不得了。

苏珞裳理理仪容，先撤了。

04.

偌大相府，应南枝迷了路，正巧遇上了冯氏的亲侄子。

上回在辜府，他们不过打了一照面，可他偏就记住了她。

“应南枝，”他伸手拦住她的去路，折扇抵在太阳穴上，风流无拘，眼角轻佻，上下打量她，“辜言桥怎么舍得让你一个人逛这相府后庭院呢？来，我带你好好逛一逛。”

说着，他就要去拉应南枝的手，被应南枝躲过。

瞧着她这躲的小模样，真是让他心更痒痒了，他将折扇插进腰带，一脸痞笑：“你知道我是谁吗？冯远佑！辜老爷最宠爱的二夫人的亲侄子！多少女人倒贴，我都不要，我偏就瞧上了你，你别不识好歹，你不就是那病弱嫡子的一通房丫鬟吗？我不嫌弃你，那是你的福气！跟着我，你有享不尽的荣华富贵，不用再听别人差遣，招之即来挥之即去，你心里好好掂量掂量！”

应南枝心里压着气，她不能冲动，不然会牵累到公子。

“冯公子，南枝嘴笨人蠢，让冯公子动怒，实属不该，南枝这就退下。”

“想走？”冯远佑眼疾手快地擒住她的手腕，“我看上的人，绝不能拒绝我！你想逃，没门！”他强硬拽着应南枝，将她往院后头拖。

应南枝费力挣扎，奈何身子大损，气力还未恢复完全，根本不是淫欲熏心的冯远佑的对手。

“冯公子，你放开我！不然，我就喊人了！”

冯远佑就好她这股子硬气，与他作对的女人，他更喜欢：“你喊啊，到时有损名声的人是你，又不是我，谁能奈我何？”

“冯远佑，你这个疯子！”

“继续骂，继续喊，我喜欢！”

应南枝顾不得这么多了，相府前院热闹非凡，根本不会有人注意后庭院这里，她只得自救。

应南枝抬起脚，狠狠踩了冯远佑一脚，待冯远佑喊疼一松手，她便跑。

可冯远佑哪肯轻易放过到嘴边的肉，发了狠，蓦地揪住应南枝的头发，借力将她一甩，应南枝被狠狠摔在地。

冯远佑发了疯似的冲上前，给了应南枝狠狠两巴掌：“敬酒不吃吃罚酒！老子看上你，那是你几辈子修来的福气！你本就不是完璧之身了，一个辜言桥吃过吐出来的贱丫头！还跟我装！”

应南枝被两巴掌扇得发晕，喉咙里涌出来一股子血腥味，冯远佑丝毫没有停手的意思，面目狰狞，扬起手，誓要给她一个狠教训，让她知道，他冯远佑可不是谁都能欺负的善茬！

应南枝害怕地闭上眼，可拳头并没有砸下来。

冯远佑被喝止了动作，辜言桥与阿瑞赶了过来，一瞧见这番景象，阿瑞忙过来死死钳住冯远佑："冯公子，您先冷静。"

冯远佑可是冯氏的亲侄子,没有公子的命令,他可不敢对他怎么样。

阿瑞瞧了一眼栽倒在地的应南枝，他阿瑞最不齿男人打女人了，偏偏打的还是公子院里头的人。

应南枝眼前犯晕，连四方天空都似在旋转，先前佐病本就未痊愈，如今又被他扯出了新伤，心悸得越发难受。

辜言桥居高临下地瞧着应南枝，她苍白的脸上遮掩不住清晰的巴掌印。

冯远佑还在狂："辜言桥，你瞧瞧你院里头伺候的丫鬟，真是不懂规矩！阿瑞，你给我松手！不松手，有你苦头吃！"

没有公子命令，阿瑞才不放手，暗暗使了力，疼得冯远佑嗷嗷叫唤两声。

"辜言桥，这丫头我要了，不识好歹的丫头我要好好管教她！"

辜言桥眼尾猛跳，眸里忽染上狠戾之色，顺手折了一枝梅花枝条，劈开的梅花枝条削尖锋利："表哥，她是我屋里的婢女。"

脸上虽挂着笑，却让人瞧着手脚一寒，瞧着辜言桥手握削尖树枝步步紧逼，冯远佑立马堆着笑示弱："言……言桥。"

辜言桥与他四目相对："表哥，方才你打她的手定打疼了，我给你叫个大夫好好治治。"

冯远佑尿了，吞了吞口水："不用不用，我休养休养就好了。"

"哦？"语调上扬。

辜言桥舔舐了腮帮子，蓦地擒住冯远佑的右手，冯远佑抵死挣扎，奈何敌不过辜言桥的气力，一个病弱之人何来这么大力气？可冯远佑被他逼迫得全身都冒冷汗，也没时间细想。

他的手被辜言桥顺势压在假山上，当辜言桥举起那削尖的梅花枝条时，他突然明白了，尿得连连求饶：“言……言桥，你这是做什么啊，我是你表哥，为了个婢女不至于吧。”

辜言桥嘴角挂着一抹冷笑：“没个医治的由头，我怎么替表哥叫大夫？”目光落在冯远佑的手上，“反正这手是得好好治治了。”

冯远佑忽地发了狠劲挣扎，如变了个脸：“辜言桥，你要是伤了我，我定不会饶过你！”

“那我等着。”辜言桥抬眸，神色一变，将削尖的梅花枝条狠狠扎进冯远佑的手掌心，他用了十分的力气，削尖枝条刺穿了冯远佑的皮肉，鲜血直涌，疼得冯远佑嗷嗷直叫。

“阿瑞，松开他。”

瞧着冯远佑狰狞着脸，脸上无血色，辜言桥才觉得替她出了一口气。

冯远佑就算再蛮横，此时手猛打战，也不敢对辜言桥怎么样。他今日才算知道，辜言桥身子病弱也是个祸害，还是个心狠手辣的祸害！

冯远佑紧握着手，好汉不吃眼前亏，撂下几句狠话，便仓皇而逃。

辜言桥攥了攥拳头，转身便瞧见应南枝强撑着身子要站起来，心里虽急，可仍吩咐阿瑞去扶她起来。

她脸上红肿得厉害，步子有些虚浮，看来冯远佑真是下了狠手。

“回府。”

阿瑞惊讶了一声：“公子？”他们来相府，给相国公祝寿是其次，接常嬷嬷回去才是正事，现在快开宴了，公子是辜府嫡子，哪有先离开的道理？

公子既然发话了，那他便听，应南枝这样子，要被旁人瞧见了，丢的可是辜府的脸面。

阿瑞先行退下，去偏门准备马车。

风起，梅花香袭入鼻间，应南枝不由得打了个冷战，眼前忽地一暗，一袭外衫盖在她的脑袋上，将她遮了个严严实实，论谁也瞧不见她脸上的巴掌印。

应南枝缓缓抬头，迎上他的目光，她下意识去拽衣衫欲还给公子，天寒地冻，要是公子受了凉可怎么好。

辜言桥早瞧出了她的心思，蓦地扼住她的手腕："你披着吧，辜府的婢女伤成了这样，要让别人瞧见，定不知传出怎样的流言。"

话落，辜言桥眼神一动，松了手。

相府正门正热闹，人也多，他们只好从相府后门走，才不会引起不必要的麻烦。

阿瑞唤来马车就停在相府后门，公子与应南枝一前一后从相府出来。

应南枝听公子吩咐，先上了马车。

阿瑞抿着唇，公子最近好生奇怪，对南枝也越渐上心，今日更是为了她，得罪了冯远佑，冯远佑是冯氏的亲侄子，冯氏定会为他出这口气。

公子，这是何苦哇。

"阿瑞，你留下，"辜言桥手撑着绸帘，望了一眼相府内，"待宴席散了，你就将常嬷嬷接回来。"

方才送寿礼时，与相国公和小相爷已打过照面，也说了此事，相国公也无多加为难，默许了让他接回常嬷嬷。

第十一章 × 天下哪有男子敢要她？

01.

府里动静不小，阿瑞去打听了，原是冯氏的娘家人来要个说法，冯远佑差一点手就落下了残疾，为了一个小小婢女，对自家亲戚下这么狠的手，冯家人心里积着怨呢。

冯氏嫁入辜府，一切自当以辜府为重，可也经不住娘家人的恳求，打着为辜言桥考虑的幌子，实则要为了她的亲侄子讨个公道。

辜言桥被请来正堂，一眼瞧去，满屋子的人。

一瞧辜言桥来了，冯氏便开始做戏，丝绢掩面：“老爷，此事定不怪言桥，言桥从小就知分寸懂礼数，定是我那侄儿有错在先！”

辜言桥面不改色地盯着以退为进的冯氏，真是好招数、好心机。

辜老爷对冯氏万般信任，宠爱多年，也知冯家人的性子，断然不会怪到冯氏的头上。

摸准辜老爷的性子，冯氏颤颤踱到辜言桥面前，哭哭啼啼，演得一出好戏："言桥，你说句话呀，我知道你的性子，你告诉我们，我那侄儿究竟做了什么，才让你下如此之手？"

辜言桥冷冷盯着冯氏："二娘，您身子定乏了。"

冯氏抬眸，猜不准他的心思："言桥。"

"这是我与表哥间的事，拖累您身子，还闹这么大，我本还想着保表哥的名声，可如今瞧着，我是想保也保不住了，今日大家都在场，我要还藏着掖着不说个明白，恐怕都会以为我是故意而为之。"

话落，辜言桥抬袖掩面咳了好几声，阿瑞适时上前，将大氅给他披上。

辜言桥环视一屋子的人，缓缓道："前些日子，恰逢相国公寿辰，我代父去送礼祝贺，携我院里头的婢女一同去，无妨吧？"

"长屏城虽大，可事却传得很快，表哥的那些风流韵事瞒都瞒不住。"辜言桥细细打量满屋子人挂不住的神情，他心里只觉得解气。

"二娘，表哥那拈花惹草的性子，您不是不了解，您替表哥收拾的那些烂摊子，可苦了您，我心疼您啊，为冯家忙前忙后，都记不入辜府的好事簿里，我为您不平哪。"

冯氏眼角一跳，他这哪是解释啊，分明是借机损她一道。

"此事也不全然怪表哥，怪只怪我没管好我的婢女，让她被表哥撞见。"辜言桥瞧向冯氏，"二娘，南枝您还认得吧，上回您替我寻了一丫鬟，我因南枝而未应允。"

辜老爷面色一变，盯向冯氏。冯氏全身都不自在，打哈哈道："言桥，这都多久的事儿了……"

"可言桥不曾忘，二娘对言桥照顾得无微不至，是言桥的福气，"辜言桥又咳了一声，继续道，"是我太过于冲动，不该为了一婢女，而一气之下伤了表哥，她虽为婢女，可好歹是我院里的人，要是为此得罪了表哥，我甘愿赔罪。"

冯氏紧咬着唇，话都让他说尽了，他们要是还揪着此事，那就是摆明了太放纵冯远佑，现下将此事说开，已然是毁了远佑的声誉，要是继续，那丢的便是冯家的脸面了，为了一个小婢女，竟做出如此有失身份的事，被伤了手还算轻的。

天下女子这么多，怎么偏偏就瞧上了言桥屋里头的下贱坯子，让老爷看了笑话，还让她在辜言桥面前失了仪态，更让老爷对冯家有意见。

辜言桥拧着眉头猛咳，便瞧见应南枝端着茶水点心入正堂。

阿瑞一惊，瞧瞧公子的脸色和环顾一屋子人的神情，这南枝怎么不听话呢？公子不是吩咐她好好待在院里吗？

冯氏瞧着应南枝，脸色难看到了极点，顶着这一张脸竟在这儿招摇起来了？

她瞧见了，辜老爷也瞧见了。

白皙的脸上，清晰地印着手指印，让人不瞧见都难。

“下去吧，没瞧见我们主子正谈正事儿吗？”冯氏心急地催促应南枝快走，省得再生事端。

“等等。”辜老爷浑厚嗓音一出，喊住了应南枝。

辜言桥见机上前：“父亲，她只是儿子院里的一个下人，别脏了父亲您的耳朵。”

“那我便更要听听了，”辜老爷坐在正堂椅上，端起一杯茶，“转过身来。”

应南枝微昂了昂下巴，深吸一口气转身，跪下来：“婢女应南枝，见过老爷。”

辜老爷轻啜一口热茶，开门见山：“你脸上的伤，是怎么回事？”

辜老爷眼是何等的尖，一眼就瞧见了应南枝偷望辜言桥的脸色，他气不打一处来，将茶杯狠狠一摔桌上，震得冯氏身子一颤。

“实话实说！要是有半点虚假，我饶不了你。”

应南枝肩膀耸动：“婢女不敢。”手轻抚上脸，一副我见犹怜，“婢女脸上的伤……是二夫人的侄子冯公子所……”

话口戛然而止，应南枝头猛地磕在地：“婢女不从，冯公子便要置婢女于死地……要不是公子及时赶来，婢女怕……怕早入地府了。”

应南枝抬头瞧着辜言桥：“公子，南枝知道你不说出实情，是为了保冯公子，可南枝不想看你蒙受不白之冤，此事皆因我一人起，万不能让公子担了这恶名……”

冯氏咬牙，恨不能扒了这小贱人的皮，本来事情就到此为止了，谁也没碍着谁，偏偏她要出来做个证，将罪恶的矛头全指向了她的侄子。

这一招，真是狠。

没瞧出来啊，平时不吭声的小婢女，心思竟这么歹毒，他们这配合打得可真好啊，既让老爷对她冯家人心生嫌隙，也让老爷对辜言桥更上心。

“老爷，我那侄子……”见此事已成定局，冯氏得先自保，手往腿上一拍，做出悔恨状，“真是造孽哪，冯家怎么就生出这么一个浪子，他真是自作自受。”

冯氏转身踱到辜言桥跟前：“言桥，我那侄子没伤着你吧。”

瞧着她一脸假意的心急，辜言桥仍是陪着她演这出戏：“二娘，我没事，只是表哥的伤……”

“别跟我提他！”冯氏一副大义灭亲的架势，“那是他该！”

在座的冯家人闻言，脸色冷到极点，本想借冯氏在辜府的地位来为冯家子嗣讨个公道，没想到，却得来一番羞辱，几位长辈气得脸发绿，拂袖告辞。

待人都散尽了，此事也就告一段落了。

辜言桥垂眸，行礼目送父亲离开。

他根本没想父亲会站在他这一头，今日要不是冯家人非要个说法，父亲也不会大动肝火，一环扣一环。

父亲是辜府当家之人，要不出来主持大局，传出去，有损辜府与他的颜面，况且这事丢脸的是冯家，给辜府长脸的事儿，他不会多加怪罪，但也不会多加过问。

待正堂走空了，阿瑞这才上前：“公子，老爷他们都走了。”

辜言桥抿紧唇，瞧了一眼仍跪地的应南枝：“起来吧。”

“公子，今日南枝擅做主张，是南枝的错。”

“你何错之有，你只是道了实情，”辜言桥脱下大氅，披在她单薄的肩上，“起来吧。”

家大业大，府院里的事儿就多了，也杂了，三言两语道不明。

不然，他生母死得那般蹊跷，也不会不了了之了。

终有一日，他要为母亲讨回公道。

02.

自相国公寿辰后，穆双溪在相府已住了小半个月。

自席延送了一封信去穆府，她爹娘便顺势以嫁入相府学礼仪为由，让她先去相府住着。

未行过门之礼便住在未来夫君府上，在长屏城已是常见之事。

府上的人待她礼数周到，挑不出一处不好，可她就觉得不自在。

单儿拿着暖手从屋内出来，便瞧见小姐站在开得正好的梅花树下，掩不住的愁容，她知道小姐定是在想小相爷。

小姐在相府住了这么久，小相爷一次都没来瞧过小姐，回回去问奉舜，奉舜都打马虎眼糊弄过去了。

从前小相爷虽待人冷淡，可对小姐也可谓是关心有加，怎的突然就像变了个人似的，对小姐漠不关切？

瞧着小姐消瘦的身影，单儿心中不忍。

相国公书房内忽地传来茶杯掷地一声响，吓得相国公夫人顾不得礼数直直推门而入，一眼便瞧见摔碎在席延脚边的白玉瓷杯。

相国公夫人心疼地拉过席延："我的儿子，没伤到哪儿吧？"她瞬间便红了眼眶，她可就这么一个宝贝儿子，相府也就这么一个小相爷，"相爷，有话好好说，要是伤着了他可怎么好。"

相国公背着手来回踱步："都是你惯的，所以他做什么事都擅自做主。"

"延儿不管做了什么，你好好和他说啊。"

"我寿辰后有事脱不开身，近来才得知他竟将穆家那丫头接来了相府。"

相国公夫人以丝绢擦了擦眼："这事儿我知道。"

"你知道？"相国公拧了拧眉头，双手叉着腰，"你知道你还纵着他胡来？那穆家生意亏空，已大不如从前，这门亲事不能作数。"

相国公夫人认同这话："我知道，可全长屏城的人都知道我们相府与穆家结了亲，要是在这风头上对穆家忽然变了脸，那他们对我们相府怎么想？我同意穆家那丫头住进相府，做做表面，再找个合理的借口，推了这门亲事。"

"你征战沙场这么多年，缓兵之计不知道吗？"相国公夫人压着怒气，席延可是她的宝贝儿子，她定要为他择一门当户对的人家，她本就不喜商贾之人，现在正好有借口推脱这门婚事。

"延儿，你放心，母亲定会为你找一好姑娘。"

席延紧咬着腮帮子，眸中无半分光亮：“母亲做主便是。”

他是相国公的独子，有他的抱负与责任，而且，朝堂上有多少双眼睛在盯着他，就等着他一步行错，看他的笑话。

他本是佼佼者，可辜言桥的出现，让他有了危机感，小小辜府自是不能与相府比，可辜言桥却能压他一头，他绝不能败，他要成为人上人，让所有人都仰视他。

夜深，穆双溪裹紧外衫，瞧着屋檐上那抹清冷月色。

偌大相府，她不过是个外人，相府待她虽是礼数俱到，可她心里都清楚，她一个商贾之女攀上相府已是上辈子修来的福气。

自她在相府住下后，她日日都等着，等着他过来。

“小姐，夜深了，该歇息了，”单儿已铺好了床褥，“明日不是要回府一趟吗，早些睡吧。”

穆双溪细眉轻拧，红了眼：“单儿，你说，他是不是悔了这亲事？”

单儿知道小姐在忧思什么，可她只能安慰小姐：“小姐，你别多想，兴许小相爷有要事缠身，才不得空来见你。”

“是啊，他是小相爷，日后要为朝廷效力。”

瞧着小姐这样，单儿心疼。

别院门外，席延在冷风中站了一炷香时辰，未移半步，也未言只字。

奉舜强忍着寒冷，抖了抖身子，吸了吸鼻子：“小相爷，屋内灭灯了。”

席延垂眸，半晌才开口：“走吧。”

03.

“小姐小姐，你慢点儿，伊伊追不上了。”

苏珞裳没听见似的，撒丫子跑，谁也追不上她。

新的珠绣鞋硌脚，苏珞裳便索性脱下鞋，提溜着鞋继续跑，不凑巧，撞上一人，那人的胸膛磕得她脑门疼。

听伊伊的声音近了，她道了声歉便要离开，哪知那人伸手就拦下了她，急得她差点就飙出了粗话。

抬头仔细一瞧，吓得她差点被自己的口水呛死：“你你你你……”

贺仕轩微扬嘴角，故意装蒜：“这是哪家的俏姑娘？”

苏珞裳眼珠子骨碌一转，她今日未着男儿装，她怕什么。

“小姐，小……”伊伊喘着气，远远地便瞧见贺仕轩拦着小姐的去路，心里一急就结巴，“你你你……你要干什么？”

伊伊蓦地挡在小姐身前，一副保护小姐的架势，这泼皮无赖怎么还找上门来了？果真是阴魂不散。

苏珞裳挺直脊背，将伊伊护在身后，前有阿爹阿娘安排她相见他人，后有一冤家堵着她路，今天真是衰呀！

“识相点，就让开。”苏珞裳掩不住的飒爽之姿，特有派头地大拇指往身后一指，“知道我是谁吗？我可是苏府的大小姐。”

“哦？”贺仕轩佯装惊讶，上下打量她，褪下男儿装，的确少了几分野蛮，不过这脾性倒一点没收敛。

上回他派宜方去打探她的身份，才得知她乃是女儿身。

贺仕轩双手背在身后，一脸欠揍的神情，让苏珞裳的拳头痒痒。

“苏府就是这般待客之道？”

苏珞裳拧着眉头，还没来得及捋顺事情脉络，阿爹便从府里追了出来，手拿一根鸡毛掸子，吹胡子瞪眼，哪有苏府老爷的一点气度？

一瞧见来人，苏老爷麻利地将鸡毛掸子往身后一藏，扬起一抹儒雅之笑：“裳裳，这位是？”

贺仕轩上前一步，揖礼回道：“在下贺仕轩。”

贺仕轩？这名怎么听着耳熟？

苏珞裳睨了他一眼，真是白瞎了这好名字。

苏老爷礼数周到，立刻邀他上门一坐，唤下人沏一杯好茶，好好招待客人。

来即是客，更何况这位公子品貌端正、穿着不凡，定是好人家出身。

他的裳裳也到了谈婚论嫁之龄，要真有合适的，他可得尽早下手，为裳裳择一良婿。

苏珞裳伸手拦住他，扁着嘴：“你我不过几面之缘，你就这么上人府上不合适吧？”

贺仕轩佯装没听见，径自绕过她，却被她猛地揪住后腰带。

宜方一瞧，吓得变成了个哑巴，他还从来没见过哪个人，不，哪个女人敢拽十一皇子的腰带，更何况，光天化日之下，此等行径让人没眼瞧呀。

贺仕轩被惊到了，他没想到，她一女子竟做出……女扮男装就算了，连点女子该有的样子都没有，活脱脱一男人婆，谁会娶啊！

“你……你赶紧给我松手。”贺仕轩压低声音，耳朵早已红得如丢进沸水里似的，心早慌了，可还要佯装无动于衷。

“我偏不松手。”苏珞裳冲贺仕轩一挑眉，活像调戏良家妇女的小霸王。

“阿爹，您先进去，我和我这位新结交的朋友说几句话。”

苏老爷沉浸在自己女儿终于开窍的喜悦里，没注意到什么不妥，交代了几句便先回屋了。

原先他还担忧他的宝贝女儿只能做个比丘尼，没想到没想到啊，不愧是他苏牧的女儿！

待苏老爷一回府，苏珞裳便利落地松了手，她可不想落下一个调戏俊俏少年的大名。

贺仕轩后怕地往后一退，与她隔开些距离："你哪有大家闺秀的风范？"

苏珞裳作势往前迈一步："我本就不想当什么大家闺秀，我只想做草原上的一匹小野驹，潇洒自在。"

贺仕轩被她逐步靠近的架势吓得头往后一仰，索性将话说开了："你要再对我做出什么无理之举，我就将你扮男儿身潜去学堂的事全抖出来。"

轰——苏珞裳的脑袋要炸了。

他他他……他都知道了？

苏珞裳急得直接上手揪住他的衣襟，吓得宜方与伊伊的心都揪起来了。

"你怎么知道的？"没想到啊，长得人模人样的，竟做出私下打探她的事？

"想不到堂堂苏府小姐，竟扮作少年郎与众男子同……"

"你你你……你给我闭嘴。"苏珞裳扬手就想甩他一巴掌。

"哎，你可三思而后行，你这一巴掌下来了，我的嘴可就不严了，到时就将你混学堂的事抖出来，看你怎么向你父亲交代。"

"无赖。"

苏珞裳心里憋着气呢，可他又是话糙理不糙。

瞧她闷着气的模样，贺仕轩解气了，看着鼓着腮帮子似金鱼的她，还蛮有趣。

苏珞裳眉尾一挑，直接上手，捏住他的脸好一阵揉搓：“你脸上的皮松了，我给你揉紧些，届时你的嘴也可严些，不然，我就撕裂你的嘴。”

贺仕轩皱眉，一个姑娘家家，喊打喊杀、威逼利诱，动不动就粗言粗语，天下哪有男子敢要她？

04.

自冯远佑一事不了了之后，因辜老爷对冯氏疏远，冯氏收敛了不少。

辜府难得平静。

这几日，辜言桥闭门不出，对外称病，身子抱恙，一概不见人，惹得人纷纷猜测辜府嫡公子的病情是否加重。

炉火烧得正旺，整间屋子都暖烘烘的，应南枝端着调理的药膳入屋。

辜言桥端坐在桌前，聚精会神地盯着书瞧，可只有他知道，他不过是在掩盖他的心虚。

他只字未读进去，从后厨飘来药膳味开始，他就一心等着她过来。

冬寒，宜用温补，她特地做了羊肉当归羹给他驱寒补补身子。

辜言桥偷瞄了一眼放在桌上的药膳，鼻尖轻动：“你做的？”

“是。”

“里面还放了板蓝根、红枣、板栗配膳？”辜言桥搁下书，抬眸盯着她，她脸上的红肿消了。

初见她时，他便觉得她心里藏了许多事，识字懂药，她究竟还有多少他不知道的事？

上回离间父亲与冯氏的关系，她与他一条心，互相打配合，让父亲对冯家之事生了嫌恶，又因此牵连到冯氏。

因父亲的冷落，冯氏近日安分守己，他倒也落得个清静，也免得瞧见她口蜜腹剑的样子。

“今日起，你搬到我屋里吧。”

一语惊人，应南枝被吓得揭药膳盖的手一抖。

闻声，辜言桥抬眸，一脸正经地欲解释：“你放心，我不是要对你做什么，我……”

“好。”她应得干脆，他这么做一定是有他的打算，她已经不是从前天真、做事不思前想后的小狐狸果子了，今世他无论做什么，她都会站在他这一边，帮他争来他想要的一切。

辜言桥敛回目光，将话都吞了回去。

“我尝尝药膳吧。”辜言桥看着那冒着白热气的药膳，转了个话题。

他之所以提出这个要求，是为了让冯氏更加相信，他有多宠他领进府的这个婢女，也让她瞧着心里添堵，露出马脚。

上回她硬塞通房丫鬟不成，冯远佑那事，他又让她在辜府与冯家人面前两头都讨不到好，她心里早就积了怨，就等着抓住他的弱点，给他致命一击。

入了夜，阿瑞遵照公子吩咐，将应南枝的卧榻移到公子屋内，与公子床榻仅一屏风之隔。

阿瑞心里憋着气，一整个下午都没和应南枝说一句话，瞧着抱着床褥入屋的应南枝，更是没好脸色。

到了就寝的时辰，阿瑞磨蹭半天才心不甘情不愿地离开。

偌大屋子，火盆里的火星子一阵噼里啪啦，惊得橘黄的烛火都晃了一下。

应南枝作势拍了拍圆枕，余光瞄了一眼认真翻阅书卷的辜言桥，不知该开口说什么，才能打破尴尬的局面。

“你先睡吧。”

应南枝一惊：“公子，我……我不困。”她身为婢女，公子都没睡，她怎么能先睡？况且，同住一屋，她怎么睡得着？

辜言桥将书卷一合，起身，踱到山水屏风前，唇紧抿着：“我也准备歇下了。”

瞧她这一脸紧绷的样子，他要是不睡，她哪里睡得下。

“你早些睡吧。”

辜言桥细长白净的手轻拽着屏风，准备将屏风展开，将他们的床榻隔了个严严实实。

应南枝站在卧榻前，紧紧盯着屏风后那抹影子，瞧着他吹熄足灯，轻声上榻而眠。

屋内倏地只剩她这一头的光亮，屋内本只有一盏足灯，因她搬进了公子的屋里，所以也特意为她搬来一盏足灯，立在卧榻前。

听着他浅浅的呼吸声，应南枝不由得放缓了动作，吹熄了足灯，和衣而睡。

从前，她与他隔一扇墙，听着他的心跳入眠，如今，她与他只隔了一扇屏风，他浅浅的呼吸声她都听得一清二楚。

月色透过绮窗透了些许进来，映得屋内蒙上一层光亮。

应南枝轻手轻脚绕过屏风，没了狐狸本心珠，连夜里的视力都下降了，靠着朦胧月色才能瞧得见路。

熟悉的眉骨，让她不禁红了眼，上一世分别得太匆忙，这一世，她用余生陪着他。

她只想……做他的小狐狸。

须臾，辜言桥蓦地睁开眼，利落地擒住应南枝的手腕，不由分说地将她一拽，顺势压在内榻。

应南枝慌了：“公子……”

“嘘。”辜言桥眸中闪过一丝精光，侧头听着屋外的动静。

应南枝反应过来，屋外有人。

只见屋外有抹影子鬼鬼祟祟，在外轻手轻脚踱了好一会儿才离开。

辜言桥眯了眯眼，没想到冯氏这么心急，才第一个晚上，她就忍不住派人过来打探，听墙脚这事也只有她做得出来。

待人走远且确信不会再折返，辜言桥才松开禁锢，面色不自然，翻身而起，坐在床侧，背对着她：“刚才，我失礼了。”

应南枝抿了抿唇，坐起身：“我明白，方才屋外有人。”

应南枝缓缓下了榻，发髻稍显凌乱，面赤耳红的，任谁瞧见都忍不住多想。

辜言桥佯装冷静，却又忍不住抬眸偷瞧一眼，瞧着她似丢了魂直直撞上屏风，惹得他心急半起身，眉心都皱了起来。

这一晚，同住一屋，两人各藏心思，谁也睡不着。

第十二章 × 一别两宽，各生欢喜！

01.

不过一日，辜言桥专宠他屋里头的小婢女就闹得府内尽知。

散播消息的冯氏还装模作样地来关切，并放言定会揪出谁在嚼舌根，好好责罚。

辜言桥与她打太极，将这事敷衍了过去。

瞧着她那沾沾自喜的模样，他知道，她上钩了。

辜言桥送走了冯氏，凝眸盯着一处，攥紧拳头，冯氏如何待他母亲，他便悉数还给她。

在外人眼里，他虽只是个病弱嫡子，可若他得了子，就算他死了，那辜府也落不到冯氏的孩子手里。

父亲虽对冯氏宠爱有加，可他不会以辜府为筹码去冒险。

自家国安定以来，家业都由嫡子继承，她冯氏只是个妾，她的孩子不过是庶子。

父亲对家门尊卑看得极重，祠堂供奉着辜府列祖列宗，他哪怕再疼冯氏的孩子，也不会让庶子继承。

父亲最厌主人与下人有僭越之事，可冯氏要给他屋里塞一个通房丫鬟，父亲却睁一只眼闭一只眼，因为父亲知道，他死前若能得一子，是为辜府添福。

不然以他父亲的性子，怎会由着冯氏做此事？

阿瑞从长街杂货铺采购回来，一路听见了不少流言蜚语，苏府的、相府的，还有自家公子的。

坊间茶余饭后的谈资都是大户人家的八卦。

阿瑞拎着繁多的采购物品，脚下似踩了风火轮一样冲进屋内："公子，出事了！"

辜言桥手中的狼毫一顿，重墨晕染了纸："出何事了？"

辜言桥眉头皱紧，日子平静于他而言，真是奢求。

好不容易冯氏歇了，得了个安生，苏府却出事了——

苏府门铺下的绸缎布料乃是长屏城最好的，不可能出现绸缎褪色、布料瑕疵的事。

苏老爷白手起家，断不会拿苏记绸庄的名声冒险。

辜言桥将狼毫笔重重一甩，纸上溅了好几滴墨渍，此事定有鬼，一定是有人暗中做了手脚。

苏府几乎垄断了长屏城的生意，惹得很多人眼红。

辜言桥起身疾步出了屋，阿瑞心急跟上。

"阿瑞，现在苏府是何情况？"

阿瑞不敢有半句隐瞒，将他所听见的一股脑全吐露："公子，现在苏府门前被围得水泄不通，这事闹得挺大，吃了亏的人都去苏府讨个说法，苏记绸庄还被人砸了，更有甚者趁乱哄抢绸庄。"

辜言桥将阿瑞的话都听完，只觉得这事不简单，有人在背后指使。

好似借着苏府的绸缎有问题，趁机将此事闹大，要搞垮苏家，可苏家并无与人结怨，一向和气为贵。

“府衙那边有动静吗？”

被公子一问，阿瑞蒙了，他回来得匆忙，也没想到去打探一番。

辜言桥攥紧手，看来其中定有蹊跷。苏家在长屏城内有声望，开门做生意肯定也没少给府衙送过银子，就算为了日后好相见，也不会不闻不问。

“备车，去苏府。”

阿瑞一刻也不敢耽搁，应下便去备马了。

苏府此刻水深火热，苏夫人一着急人就晕过去了，想出府去请个大夫，都被府外的人潮给推挤了回来。

苏老爷急得在堂内踱步，本在苏夫人身边陪着的苏珞裳提裙奔过来：“阿爹！”

“裳裳，你阿娘如何？”

“阿爹，你放心，阿娘没有大碍。”苏珞裳拧着细眉。苏府如今出了这样的事，她却帮不上什么忙，她心里着急。

“裳裳，”苏老爷轻拉住她的手，安抚她，“别担心，阿爹会处理好此事，你去好好陪着你阿娘，她身子骨本就不好，让她别着急上火。”

“阿娘有嬷嬷陪着，”苏珞裳掩不住地担忧，“阿爹，我陪着你。”

苏老爷轻叹一口气，他捧在手心里疼的女儿长大了！

“好，那你陪阿爹一块去府门口。”

这只是苏家的一个小磨难，让她见见也好，省得她将这世界看得太过于美好，不懂得辨别险恶人心。

苏珞裳挽着阿爹，一出府便瞧见乌压压的一众人。

一瞧苏府老爷出面了，场面瞬间变得混乱，有人故意挑事，挑起话头，煽动众人，将苏家的绸缎贬低得一文不值。

她苏家的绸缎布料可是全长屏城最好的！从不干讹人骗财的事儿！

阿爹向来训诫下头的人，做生意谋取利益不是唯一，而是以诚信待人，生意才能做得更为长久。

“你们究竟是谁派来的？”苏珞裳霸气地挡在阿爹面前，挺直脊背，眼神犀利，先前叽喳的人不由得安分了许多。

见他们面面相觑，苏珞裳脾气就上来了，拿过府中小厮手中的棍棒对准他们：“你们要是再搬弄是非，我手里的棍棒可不是吃素的。”

苏珞裳眼尖地瞧见人群中有三两人行为可疑，一迎上她的目光，就心虚地别过头。

“此事发生在苏记绸庄，我们不会推脱，定会查明此事，揪出幕后之人。”苏珞裳直勾勾地盯着那几张面孔，“今日在场的所有人，我会将你们的面貌一一记下，日后要是查起来，也好留下个证据，不然不就让你们白在我苏家门前闹了吗？”

苏珞裳转身，眼神安抚阿爹，示意一小厮回府去拿笔墨纸砚。

人群中三两人瞧形势不对，立刻煽风点火，引得众人怒火冲天，不管不顾地要冲上前，小厮围成人墙堵截他们的去路，却不敌众人，人墙被撞散，眼见就要朝他们扑来。

苏珞裳强撑着，举起棍棒：“阿爹别怕，你们要是再往前一步！我就会去府衙报案，你们一个也跑不了！”

有人被唬住了，不进反退，只有那三两个神色狠戾之人往上冲，借着人多眼杂，顺势抢走苏珞裳手中的棍棒。没了傍身武器，苏珞裳犹如困兽。

抢走棍棒之人抡起棍棒，欲给苏珞裳一记教训，却被一声暴吼唬得及时收住了手。

一来就瞧见如此混乱的场面，一群大男人欺负一个弱女子算什么本事？

瞧着她被别人欺负了，贺仕轩心里气急了，奋力拨开众人，宜方紧跟在后头。

一见到他，苏珞裳整个身子便软了下来，仿佛有了依靠。

宜方死撑着挡在气势汹汹的众人面前，故意做出发狠的模样，护着十一皇子。

贺仕轩帮苏珞裳一同扶起苏老爷："苏老爷，你们没事吧。"

苏珞裳对他难得好语气："我们没事儿。"

贺仕轩紧了紧腮帮子，转过身，眸中露出凶狠："此事尚未分明，你们咄咄逼人有何益处？"

众人瞧着贺仕轩不过一毛头小子，又不是苏家人，语气更横了，作势推搡要冲上前，形势紧迫，瞧得人胆战心惊。

辜言桥站在远处墙角旁，阿瑞瞧着干着急。

辜言桥眯了眯眼，他们来晚了一步，不过瞧着贺仕轩毫无畏惧地挡在苏珞裳身前，看来有人罩着苏家了。

人群中有三两个人趁乱离开，辜言桥直觉他们背后定是谋划这件事的主使者："阿瑞，你跟着他们。"

阿瑞了然："明白，公子。"

贺仕轩吼得嗓子都疼，可他们什么话都听不进去，简直是对牛弹琴，他看他们就只是来捣乱的！

凑巧，府衙的人来了。

这些人一见府衙来了人，全部溜了个没影儿。苏珞裳见状，大喊着：“官爷，快抓住那些故意闹事的人儿！”

可领头的衙役没听见似的，任由闹事的人一哄而散。他们的毫无作为让苏珞裳心里闷着气，苏老爷见形势不对，还来不及拉住女儿，苏珞裳三步并作两步下了台阶。

“官爷，你这是何意？”闹事的人近在眼前，他们却视若无睹？

领头的衙役面无表情：“多有得罪了，苏小姐，”话落，一抬手，中气十足，“来人，将苏府给我围住！苏府一干人等通通带回府衙！”

“官爷，你这是什么意思？”闹事的人不抓，竟然抓他们苏府的人？

“苏小姐，职责所在，这是命令。”

“你要抓我们苏府的人，有官令吗？我怎么能听你三言两语就信呢？”苏珞裳佯装冷静。

领头的衙役从怀里掏出令书：“苏小姐，令书在此，我们也是奉命行事。”

苏珞裳还想再说什么，便被贺仕轩一把拉至身后护着。

贺仕轩抿着唇：“罪状呢？”

领头的衙役露出为难神色，他们也只是听令办事，上头的心思不是他们可以揣测的。

一众衙役握着刀身，就等领头一发话，采取强硬手段。

宜方攥着手，一脸紧张，生怕事闹大了，他们这些武夫万一不识好歹伤到了十一皇子，忍不住多嘴一句：“你们……你们知道站在你们面前的人是谁吗？”

领头的衙役扬了一下眉尾，不应一句，苏府遭此难，只能怪他们倒霉，惹到了不该惹的人。

“全部押走。”领头的衙役发了令。

眼见衙役就要冲上来，贺仕轩情急之下扯下腰牌，亮了出来：“我看你们谁敢！”

宜方慌了，十一皇子怎么就自亮了身份呢？大街上人多眼杂，要是让有心之人钻了空子，可怎么了得？

贺仕轩紧咬着腮帮子，他曾最厌皇宫，最嫌他十一皇子的身份，可如今，他感谢他生在了皇室，感谢父皇给了他这个皇子的身份。

“我是当朝的十一皇子，我看谁敢动我的人！”

手中的腰牌在阳光下很扎眼，苏珞裳不敢置信地盯着他的背影瞧，她突然不认识他了，原来那个占她学堂位置，用她笔墨，还和她差点在相府打起来的人竟然是当朝的十一皇子……

宜方见衙役面面相觑，摆出气势：“你们吃了熊心豹子胆？见到了十一皇子还不行礼？”

领头的衙役从宫中腰牌上敛回目光，握着剑柄的手暗自用力：“拜见十一皇子。”

一呼百应，其他衙役纷纷行礼，声音嘹亮：“拜见十一皇子。”

贺仕轩垂眸，不知为何，他不敢回头瞧她的眼睛，可他不亮出身份，是阻止不了他们的。

宜方一眼就瞧出来了，遂挥袖将衙役都赶走：“你们都给我赶紧走，有多远走多远，苏府可是有十一皇子罩着！你们要是再来，小心你们的脑袋。”

待衙役走远，贺仕轩将腰牌重新别回腰带上，似是视死如归：“苏珞裳，我能解释……”

一转身，苏珞裳便蓦地扑入了他的怀里，号啕着耍起了小孩子脾性："贺仕轩，你要是因为我知道了你的皇子身份就踹开我，我苏珞裳不会放过你！"

宜方双手捂脸，他招谁惹谁了，要瞧见这令人心梗的画面，可又忍不住从指缝里偷瞧。

贺仕轩被她箍得脑袋发蒙，眼睁睁瞧着宜方先搀着苏老爷回了府。

他就是见不得她受半分伤害……才会亮出身份。

被她这么抱着，他脸烧得难受："苏珞裳，差不多得了，我……我今日帮你，就是……就是来还那日苏府请我喝的那一杯热茶的恩情。"

苏珞裳仰头，誓要将他的脸盯出一个洞来："那今日你定要再入府喝杯热茶！"

此刻的贺仕轩心里头如同喝了蜜，开心得似要飘上了天，根本不知道某人心里打的小九九。

有当朝十一皇子罩着他们苏府，她看谁还敢打苏家的主意！

02.

应南枝端着药膳刚入屋，就瞧见辜言桥将一团纸揉皱愤愤一丢，一旁候着的阿瑞身子抖了抖。

这几日，苏府绸缎偷工减料、伤身刮财的事闹得沸沸扬扬，连当朝的十一皇子都牵涉其中。

苏府与辜府交情匪浅，苏府出了事，辜府也难于幸免。

上回阿瑞得公子之令，跟踪那几个鬼鬼祟祟之人，顺藤摸瓜，竟发现背后之人是相府的小相爷！

阿瑞气不过，紧紧握拳："公子，阿瑞想不通，苏府向来以和为贵，从未得罪过小相爷，小相爷这么做究竟意欲何为？"

辜言桥薄唇紧抿，眉头紧皱："他不是冲苏府，他想毁的是辜府，是我。”

这么多年，他佯装羸弱，却在棋苑赢了小相爷，小相爷身为相府独子，从来都是众星捧月，哪受得起挫败。

与小相爷定下姻亲的穆家本是财力雄厚，日后定会成为最得力的靠山。天有不测风云，哪知穆家生意亏空，一落千丈。

相国公与他的父亲在朝廷上本就意见不合，自成两派，事事都要暗中较劲。瞧见与辜府欲定下姻亲的苏府生意蒸蒸日上，势头威猛，他定急红了眼，才会出此下策，故意陷苏府于水深火热中。

阿瑞瞅准时机问道：“公子，那我们该怎么办？”

静观其变。

辜言桥手指微屈，如今十一皇子也卷入其中，定会追查清楚，他们若贸然出手，非但帮不了苏家，还会坏事。

相府。

相国公得知此事，发了好大通脾气，狠狠甩了席延一巴掌，急得相国公夫人忙护在席延身前。

相国公气得双手叉腰，在屋内踱来踱去，手指着席延：“糊涂，你糊涂！”

“国公爷，有话好好说。”

“你一个妇人，别瞎掺和！”相国公甩袖，示意让她下去，“要不是你整天护崽子似的护着他，他怎么会如此鲁莽？”

“成大事者只会这些卑劣伎俩吗？”相国公摇头叹气，“你说你做的这事，要做就做干净点，别留下什么痕迹！可你倒好，巴不得让人知道此事是你这个小相爷主谋，现在倒好，十一皇子也牵连其中了。皇上是最疼他这个十一皇子了，皇上下令严查，要真查出什么，我身负功绩也保不了你！你是要毁了相府才甘心吗！”

相国公夫人一脸心疼："国公爷，席延是咱们的孩子啊，他可是相府独子。"

"都是你惯的！"相国公怒发冲冠，"他可是我相国公膝下唯一的孩子，这偌大的相国公日后是要交予他手中的！可他如今这般，我怎么放心交给他！"

席延垂眸，语气很淡："此事我一人承担。"

"你还说！"相国公气得抚着胸口，"你是我相国公的孩子，你说你一人承担，就不会牵连相府了吗？天真，你天真得让我心寒！"

相国公泄不了心里的怒火，连骂了好几声滚，并让席延去跪祠堂，去向列祖列宗请罪。

小相爷惹怒了相国公，被罚跪祠堂三天三夜的事不胫而走，相府内下人传得很凶，也传到了别院里不闻世事的穆双溪耳朵里。

"小姐。"单儿拦在小姐面前，她知道小姐担心小相爷，可这是在相府，相国公和相国公夫人本就对小姐有意见，就连小相爷也变了个人似的，虽说小姐和小相爷定了亲，可还未过门，就要闯相府祠堂，若被人瞧见了，还不知怎么传呢？

"小姐，现在夜深了，你这一去，会落人口舌的。"

"我……我就去瞧一眼。"她放心不下他。

"小姐，你要是去了，老爷和夫人也会遭人非议的！"单儿好言相劝，见小姐有松动迹象，立即握住小姐的手，"小姐，你要是担心小相爷，单儿这就去找人问问，找……找奉舜去，他自小陪在小相爷身边，小相爷的事他都清楚。"

穆双溪盯着院里的门瞧，她与他同住一府，却轻易被这一扇门给隔住了。

她何尝不知道，她有何身份去见他。她与他虽定了亲，顶着小相爷未过门妻子的身份住进相府,可她心里明白,这是一招无形拆人姻缘。

相国公虽礼数俱到，相国公夫人待她也好，可从未将她当作相府里的人,他们将她放在这别院,大门不出二门不迈,实则是为了看住她,以免她与他相见。

她心里明白。

穆双溪蓦地瘫坐在地，可急坏了单儿：“小姐，小姐，你这是怎么了？”

单儿瞧着双眸涟涟的穆双溪，眼一瞬就红了，她家小姐何时受过这等罪，像只被圈养的鸟儿一直关在这相府的大笼子里。

“单儿，我担心他。”

单儿抹了抹泪:“小姐,你别急,单儿这就去打听,单儿这就去打听。”

听着单儿开门关门的声音，穆双溪的泪水溢出眼眶，她心中有不祥之感，穆家与相府的亲事怕是……成不了了。

翌日，相国公夫人一身雍容华服来到穆双溪的院子，身后跟着好几个小厮，小厮个个怀里都抱着一摞物件。

穆双溪一夜未合眼,涂了胭脂水粉也遮不住煞白的脸色,下人通传,穆双溪在单儿的搀扶下出屋相迎。

相国公夫人表面做得着实让人挑不出错处，一脸和蔼亲切，一见穆双溪就亲昵地拉住她的手：“双溪，这段日子可委屈你了，你瞧你住进相府这么久，我们都没为你办一场宴接接风，你不会怪我这个老糊涂吧。”

“怎么会呢，相国公夫人待我极好。”

相国公夫人轻拍了拍她的手，仔仔细细地瞧着她：“我从前啊，就希望能得个女儿，一瞧见你，我这心哪就欢喜，我早将你当成我的亲女儿了。”

相国公夫人示意小厮上前，金银珠宝、绸缎布匹、玛瑙珠翠，让人应接不暇。

“这些呀，都是给你的，你可不能拂了我这面子呀。”

穆双溪淡淡扫了一眼，眼里无任何波动：“谢过相国公夫人。”

“双溪啊，我真想让你做我的女儿。”相国公夫人轻揽着穆双溪的肩，“小时候啊，席延那孩子就总是缠着我，问我何时能给他生个妹妹呢，现在好了，有你。”

穆双溪佯装冷静，相国公夫人话里的意思，她听明白了。

相国公夫人不愿自己做她儿子的夫人，想自己做她的女儿，小相爷的妹妹。

待相国公夫人一走，单儿心中压的气就爆发了：“小姐，相国公夫人这话什么意思哪？你是小相爷未过门的妻子，可相国公夫人今日一直拉着你的手说什么望你做她的女儿。”

穆双溪倚在门前，望着凋零一地的梅花瓣，喉咙发涩：“儿女情长已凋零，今生无缘做夫妻。”

“小姐……”

瞧着小姐这样，单儿打心眼里心疼，她家小姐琴棋书画样样精通，心善懂礼，与小相爷相配得很。

穆双溪抬头，瞧着四方天空，眸光涟涟。

03.

三日后，席延跪满日子，从祠堂里出来。

奉舜一瞧见眼窝子深凹、气色难看的小相爷，心里就一紧。

三天三夜不吃不喝，身子都轻减了许多，就算是铁打的身子也扛不住啊，况且连跪这么久，膝盖都磨坏了。

席延拂开要上前搀扶他的奉舜，艰难地攀着门沿走，他熬红的双眼像极了一头凶狠的野兽。

瞧见小相爷这般，奉舜心里为难了，他也不知该不该和小相爷说。

“小相爷，”奉舜紧咬着腮帮子，“我吩咐下面的人为你熬了粥，你先喝点粥……”

“不用。”

见小相爷这样倔强，奉舜攥紧手，索性全说了：“小相爷，穆小姐今夜邀你在八角大街的拱桥相见。”

席延脚步一顿，喉结上下滚动：“不见。”

“她说她会在那儿等到你来为止。”

“那便让她等吧。”席延抿紧唇，心口似被线一扯，疼至全身。

丑时，长屏城内唯有绢灯与其相伴。

单儿暗暗搓着手，偷瞄一眼耳朵被冻得通红的小姐，试探开口：“小姐，我们回去吧。”

穆双溪轻摇头：“不，我要在这儿等他。”

她有太多话想说，太多事想问。她虽从小就固守礼仪，可他若是与她心意相通，哪怕前方荆棘丛生，她也不怕。

只要他一句话，她可以豁出所有。

单儿自知劝不动小姐，便不作声了，默默陪着小姐一起等。

不知又等了多久，单儿眼皮子都要打架了，无意往桥口一瞧，便瞧见了小相爷。

单儿一激动，拽了拽小姐的衣袖：“小姐小姐，你瞧，小相爷来了。”

穆双溪眸中染上了光亮，蓦地转身，便瞧见一身暗蓝色衣衫的人。

奉舜和单儿很有自知之明地退下。

一人站桥下，一人站桥上，明明近在眼前，却遥遥相隔。

一见到他，穆双溪眼就不自禁地红了，一段日子不见，他消瘦了不少。

他被罚跪祠堂这几日，她很是担心，可她因身份无法去见他，连让单儿打探他的消息都是偷偷摸摸的。

就连今夜，她都是花重金才买通了侧门的小厮，才得以出来。

席延强忍着膝盖处传来的痛，缓缓上台阶，目光一直落在她身上，他一直克制着对她的情意，可一见到她，他就恨不得将她揉入自己的身子里。

可他不能，他身后是整个相府。

虽然当今天子仍对他的父亲相国公待之有礼，但是已心存忌惮。

相国公征战沙场数年，兵权虽已转交，可军队中声望仍很高，在朝堂之上，自成一派，颇有功高盖主之意，怕是现在天子已对他们相府有了防备之心，或是，已起了杀心。

他现在将她推开，是为了相府，也是为了她。事若能成，那便最好；若不能成，她也不会受牵连。

"席延……"

"你是个聪明的人，想必我母亲也已隐晦地说了。"席延打断她的话，开门见山。

穆双溪轻拧着眉："你……都知道？"

相国公夫人送来不计其数的重礼，明着暗着要退了与穆家的婚事，她原以为他不知道……

"我要你看着我的眼睛，亲口对我说。"穆双溪缓至他的面前，她不相信他对她无意，她至今都记得寒冬腊月，他脱下大氅下到冰冷刺骨的水里，只为去捡她不小心掉进去的绢帕。

那时，她瞧着他的背影，她就认定了他，一辈子。

席延心里挣扎了许久，猛地对上她的视线，她双眼泛红仍强扯出一抹笑意的样子，他想，他会记得一辈子。

“苏府的绸缎布料有问题，此事事关十一皇子，牵连甚广，相府也脱不了干系。为了相府也为了穆家，我们这桩婚事还是罢了，也免得穆家受了相府的拖累……”

席延话还没说完，就结结实实地挨了穆双溪一巴掌，瞧得不远处的奉舜与单儿心里一惊。

席延舔舐着腮帮子，脸上火辣辣作痛，她定是拼尽了全身气力。

“千百种理由，不过为了退婚。”穆双溪红着鼻头，盯着眼前这个她记入骨髓里的人。

她不过是商贾人家的小姐，有何福气能入堂堂相府，为了能与他相配，她什么都甘愿做，别人都说她做梦，如今，她的梦真的碎了。

曾为她一笑什么都愿做的人，现下却要退了与她的婚。

“不过就是退婚，何必绕这么多弯子。”穆双溪垂眸。

她知道，苏府出事与他有关，上回爹娘来相府瞧她，她在侧门送走爹娘，正欲回去，便瞧见他神色匆匆一路出了相府。

要不是她为在远处瞧他一眼，她竟不知他会做出这等事。

如今东窗事发，当今天子彻查此事，相府定逃脱不了嫌疑，以不牵连穆家为由，趁此机会退婚，真是解决了她这一个大麻烦。

穆双溪微扬起下巴，洁白如雪的脸在清冷月色下越发撩人，抬起手轻抽出一支以金银裹身，却以木刻雕花代替珠翠绒花的簪子。

“这桩婚要退，也是我们穆家退。”穆双溪攥着簪子的手屈起又松开，似是下定了决心，将簪子狠抛下拱桥，只听“咚”的一声，簪子沉入河底，也不知木刻雕花摔碎了没有。

这簪子是他赠予她的及笄之礼。

席延瞧着她将簪子毫无留恋一丢，他心里一震，迈出的脚又不动声色地缩了回来。

他绝不能在此时心软，功亏一篑。

穆双溪定定盯着那波光粼粼的河水："我们两清了，小相爷。"

一别两宽，各生欢喜！

瞧着单儿去追穆家小姐，奉舜这才上前，瞄了小相爷一眼，不敢多言。

打更声从巷头穿至巷尾，席延也未挪一挪身子，只直勾勾盯着那冰冷映月影的河。

奉舜还没反应过来，便瞧着小相爷身子一跃，跳入河水，河水没过他的膝盖，奉舜急得半个身子都悬在拱桥上，更深露重的，这河水刺骨冰冷，小相爷身子如此金贵，怎经得住这寒气侵身哪！

"小相爷。"

席延两耳不闻，卷起碍事的衣袖，双手直接伸入河水里寻簪子。

被河里尖锐的石子割破了手，他毫不在意，仍自顾自地摸寻，功夫不负有心人，簪子找到了——

要不是簪身是以金银打造，又正好卡在石头缝里，这簪子怕是就找不回来了，可惜，木刻雕花摔裂了，不复当初。

苏府一事查明皆是苏府的死对头心生嫉恨，才会出此下策对付苏府。

如今案子结了，也还了苏家清白，闹事之人也都被关进了牢里，一切归于了平静。

可明白人都明白，十一皇子被牵涉其中，当今天子定会查个清楚，可事情千丝万缕，与相府独子有关。

相国公乃是当朝的大功臣，劳苦功高。没有相国公，就不会有如今太平安定的滑朝，天子定会保着相府独子的声誉，以安抚相国公。

04.

近日，长屏城发生了两件事，成为令人津津乐道的饭后谈资——

一是相府与穆家的婚事作废，婚还是穆家提出要退；二是天子最为宠爱排行十二的敬莲公主许给了相府独子席延。

虽说是穆家提出退婚，可众人心里都跟明镜似的，穆家如今大不如从前，怎会放过攀上相府这根高枝？定是相府不要穆家了，穆家没法子，为了保全脸面，只得先提出退婚。

相府独子与十二公主定了亲，一时间，去相府贺喜的人都排成了长龙，就差把相府的门槛踏破了。

相国公位高权重，如今独子又与天子最宠爱的公主定了亲，自此小相爷定是平步青云，坐享荣华富贵。

天阴沉沉的，将长屏城笼罩在水雾中。

阿瑞收了伞，掸了掸袖上的雨水：“接连下了这么久的雨，被子都要霉了。”

转身差点撞上应南枝，吓得缩了缩后脖子，瞧着她一弱女子抱着这么一摞衣服，阿瑞瞧不下去了：“给我吧，你去伺候公子。”

应南枝盯着阿瑞揣着满怀的衣服冒雨跑出院，轻弯嘴角，阿瑞这性子，早将她当作是院里的人，可嘴上总不说，总是抢她的活做，生怕累着她。

辜言桥双手背在身后，无声无息地站在应南枝的身后，轻弯下腰：“瞧见什么了，笑得这么开心？”

应南枝不经吓，情急一转身，发髻便蹭了辜言桥一鼻子，撞得辜言桥眼一闭，眉头一皱。

“公子。”应南枝虽面露担忧，可步子忍不住往门外挪。她待了这么久，越来越摸清他的性子，虽说心善却爱计较，一点亏都不能吃。

辜言桥一睁眼，一眼就看穿了她的小心思，故意往前一迈吓她，却忍不住伸手扼住她的手腕，她再往外一步，就要淋到雨了。

她身子骨弱，受不得凉，淋到雨可如何了得，上回新年，不过在院里放了一盏孔明灯的时间，就身子烫得吓人。

应南枝面露绯色，不敢去瞧他的眼睛。

这一幕，偏就让冯氏瞧见了，阿角撑伞搀扶冯氏，缓缓入了院。

瞧着辜言桥与应南枝就堵在屋门口，冯氏眼皮一跳，心中不快，可面上不动声色：“言桥，你这是要将二娘拦在屋外淋雨吗？”

辜言桥将应南枝拉至自己的身后，却未松手，冯氏瞧在眼里，厌在心里。

看来辜言桥真是宠这个小贱婢到骨子里了。

阿角收了伞，搀着冯氏入了屋，屋内火盆烧得旺，热雾喷了她一脸。

冯氏四下环顾，瞧见了两张床榻，看样子，她是夜夜都宿在了这屋里头，真是没规矩。

天下哪有通房丫鬟不侍寝时还宿在主子屋里的道理？

如今长屏城事儿频发，冯氏娘家的事早已被遗忘，冯氏便开始耍起了威风，恢复了往日的派头，辜府上下的大小事都要管。

“言桥，二娘好一段时间没来看你了，上回二娘那侄子的事，真是让我愧于见你，事后我也将远佑好好地痛骂了一顿，让他长记性，别去惹些他根本惹不起的人。”说最后一句话的时候，冯氏不动声色地剜了一眼站在辜言桥身后的应南枝。

她嘴上这么说，心里可记恨着应南枝，一个下贱的婢女竟然是红颜祸水，祸害了她的亲侄子不说，还让她与娘家的关系差点闹僵。

“言桥，我特意吩咐小厨房给你做了些你爱吃的糕点。”冯氏眼神示意阿角，阿角忙拎着木屉上前。

冯氏揭开木屉盖：“这些啊，都是你小时候爱吃的糕点，那时候，你常常跑到我屋里，吵着闹着要吃糕点，我不依你啊，你还哭闹呢。”

辜言桥眉头微皱，一语不发。

应南枝偷瞧他一眼，冯氏从进屋伊始就一直在说儿时的情分，可这些记忆是辜言桥并不想记起的。

冯氏端着一碟糕点，讨好上前：“言桥，尝尝？”

辜言桥并未去拿，淡淡开口：“二娘，先放着吧。”

冯氏眉毛一挑，脸色有些难看，屋外的雨似冰粒子狠砸在屋脊上与砖石路上，吵得人心里不悦。

阿角有眼力见地上前端过冯氏手中的糕点碟。

一时，屋里静得落根针都能听见。

冯氏执起丝绢为了掩饰尴尬轻碰了碰鼻尖，决定开门见山：“言桥，二娘这回来找你呢，是有事要你帮忙。这不快上元节了嘛，上元节前一晚，我要回娘家参加宴席，正好啊，家里头给远佑说了门亲事，那天也算是亲家相见之礼吧。”

冯氏偷瞧了眼面不改色的辜言桥，只得硬着头皮说下去：“言桥，你也知道言庾他还小，不懂家里琐碎繁礼，老爷又忙于公事，我一人回娘家也落不得什么面子，就想着，你同我一起去冯家，也好热闹热闹。”

“二娘，你也知道，我身子羸弱，不便多走动，况且近日阴雨绵绵，天气寒得很。”辜言桥佯装咳嗽了一声，指着地上的火盆子，“你瞧，要是没有这火盆，我都不知道能不能挨过这个冬日。”

冯氏干笑两声，他话里的意思很明显，她来找他也没想着他能答应，要不是娘家人非要她带着辜言桥一同去，她才不自讨没趣呢。

她能不懂她那娘家人的心思吗？冯远佑遭了罪，罪魁祸首是辜言桥，若是辜言桥能赴宴，定会往死里戳他心窝子来泄气。

上回她不仅没帮上忙，反倒一把推开了娘家这麻烦，她娘家心里都记着呢，所以偏刁难她。

冯氏让阿角将木屉搁下，再待下去也无意义了："言桥，天寒你得多注意自个儿的身子，言庾时常念叨你这个哥哥呢，还想着开春能与你一同去踏青呢。"

"那你好好休息，二娘就不打扰了，"冯氏走了一步，又回头，"南枝，你送送我吧。"

辜言桥眉头一皱，拉着应南枝的手不松开。

应南枝挣了好几下都没挣开，低声道："我就去送送。"

冯氏别过头，这大白天的就让她瞧见心里添堵。

应南枝撑伞一路送到了院外，见无人了，冯氏顿下脚步，有话要说。

"你要清楚你的身份，"冯氏拿出辜府夫人的派头，对应南枝劈头盖脸一阵训斥，"别以为辜府嫡公子宠爱你，你就不知天高地厚了，你只是一个丫鬟，一个通房丫鬟，日后，待嫡公子娶妻后，你便是要被轰出府发卖去。"

见应南枝无动于衷，冯氏更来气了："你要是求我，我还会大发善心给你一条活路，给你足够的银子让你去自谋生路，"语气忽地一变，"不然，我就让你吃不了兜着走。"

"二夫人此话何意？你要赶走我无可厚非，可是……"话戛然而止，应南枝神色一变，抬手轻抚过小腹。

冯氏与阿角瞧得清清楚楚，冯氏心里已生了疑，眉头一皱，直勾

大鱼正版

勾盯着应南枝，不敢相信。

话点到为止，戏演几分便可。

瞧着应南枝撑伞往回走的背影，冯氏瞧得一双眼都要瞪出来了。

“阿角，你瞧见了吗？她刚才那动作……是什么意思？”

阿角含糊其词，不敢说。

冯氏压抑着低嘶一声，她一个贱婢，怎会……怎能怀着辜府的骨血？

应南枝撑伞躲在院门后，握伞柄的手指不由得屈紧，这辈子，她要用她的方式守护他。他想要的，她都会努力帮他得到；他想做的，她都替他做。

她忘不了他在梦里喊他娘亲的那个样子，令人心疼。

那么小的孩子失去了娘亲，可害死他娘亲的人却在他面前一直扮演慈母的角色，他都知道却还要强颜欢笑应付。

辜言桥，这辈子，我在你身边。

应南枝揉了揉眼，抬头便瞧见候在屋门口的人。

他朝她招手，她想，他如果是索命的人，她也心甘情愿向他走去。

因为，她在乎他。

第十三章 × 她只愿做他的小狐狸

01.

上元节的夜市最为热闹，五彩绸带飞扬，十里绢灯尽亮。沿街摊贩号嗓敲锣，舞龙舞狮篝火舞，让人应接不暇。

辜言桥平时最不爱出门，可偏偏凑上了人最多的日子。

瞧着他被人群推来搡去却仍弯着唇畔的模样，应南枝微皱的眉头越渐松开。

苏珞裳手举着两个糖人，艰难越过险阻，踱到辜言桥与应南枝的跟前：“瞧见贺仕轩了没？”

她让他别乱跑，待在原地等她，他倒好，一不留神就不见了踪影。

苏珞裳鼓着腮帮子，盯着她手中的糖人，撒气似的咬了一大口，含混不清道：“走，咱仨去逛夜市，不辜负这良辰美景。”

辜言桥默默掸了掸被苏珞裳抓糖人的手摸过的袖子，一脸嫌弃：“不知道上元节有什么好瞧的，都来凑这热闹。”

苏珞裳翻了个白眼，她就知道他不懂女孩子，她今日好不容易撇开黏人又多舌的阿瑞，就是为了给他与南枝创造机会呀！

“可是我们女子都喜欢，上元节可是与恋慕之人相处的好时机，”苏珞裳适时捣了捣应南枝，“南枝，你也喜欢上元节吧？”

应南枝避开辜言桥炙热的视线，微微点头。

烟火冲天而绽，热闹声一浪盖过一浪。

应南枝还来不及反应，便被辜言桥抓住了手腕，随着他的步调穿过重重人潮。

耳畔皆是欢呼声与嬉笑声。

待苏珞裳回过神，却已瞧不见他们两人的身影了，气得苏珞裳仰天怒吼：“天杀的！”

他们竟然就这么抛下她了！

应南枝瞧着他的手愣神，他带着她越过重重人海，她想，她的余生都无憾了。

辜言桥不时回头，脸上带着笑。他自小戴着面具在辜府生活，对外佯装身子羸弱，从未这么肆意地笑过，从未在一个人面前卸下心防。

她，是他此生遇到的第一个也是唯一一个让他这般笑的人。

烟火绚烂，月色照人。

她最喜上元节，不是上元节的热闹，而是与她一起过上元节的人。

映在河面上的月可真圆哪。

应南枝手轻颤地覆上河桥的桥柱，脑海里尽是从前的画面。

她从前弄丢了她的兔子灯，如今，她想守着她的兔子灯过活。

“应南枝。”

闻声，应南枝蓦地转身，便瞧见辜言桥一袭牙白长衫，身姿挺拔，隐在人群中，瞧得她眼睛发涩。

辜言桥手揣着一包好的果脯，他知道她最爱吃这酸甜果脯，他特地买给她的。

“给你的。”

应南枝抬眸：“公子。”

“买给你的，你就收下。”辜言桥耳尖微红，他从没哄过人，更别说是他心里在意的女子了。

辜言桥瞧了瞧夜色，岔开话题：“夜深了，我们回去吧。”

现在正是上元节最为热闹的时候，烟火大会结束，便是放河灯猜字谜。

应南枝不言语，攥着包好的果脯亦步亦趋跟在辜言桥身后。

辜言桥皱着眉头，心中纠结，手不时摸着腰上的宽绦。

没走几步，辜言桥忽地顿下步子，跟在身后的应南枝差点刹不住步子。

桥尾的绢灯将两人的影子拉得很长。

“公子，怎么了？”

辜言桥攥紧了手，从宽绦里抽出一支簪子，这是他去买果脯时路过一首饰铺，一眼看中，觉得很衬她，他就买下了。

明明最开始他是为利用她硌硬冯氏才将她留在府中，可他却对她有了不一样的心思。

借着橘黄光亮，应南枝瞧着面露紧张的辜言桥，自己也不由得紧张了起来。

他手中攥的那支簪子，她瞧真切了，心口不由得一窒，这是……金银木花簪？

耳畔来回一句话——要与我成亲的人，她当是以身相许。

应南枝颤颤接过金银木花簪，红着眼瞧他，从前她总不信缘，摸不着看不见，可这一刻，她深信了。

她只愿做一个人的小狐狸，那个人，如今，真的来了。

再续前世缘，不问今世因。

瞧着她眸光涟涟，辜言桥面露紧张，他担心自己给她带来了困扰。

“公子，可否亲手为南枝戴上？”

辜言桥因她这一句，眉梢都扬了起来，初识情、愿懂爱，小心翼翼地将她捧在手心上，接过簪子的手都轻颤。

她戴上金银木花簪，真好看。

辜言桥敛了敛溢出嘴角的笑意，伸出手，他要与她一同回府。

应南枝眸中满是柔情，脸泛上几朵霞云，不由得轻轻拉住他的尾指。

她想，这辈子……她与他定会恩爱到白头吧。

02.

如今穆家不复从前门庭若市那般热闹。

要不是穆老爷至交在穆家危难之际施以援手，穆家怕是就此衰落，重振穆家往日繁荣任重道远，眼下能做的唯有尽力维持穆家上下的生计。

自从与相府退了婚，对于穆家的流言蜚语便再也没停过，相府派人来过，却都被拒之门外，他们穆家就算是饿死，流落街头，也不要相府的一点施舍！

单儿端着药穿过长廊，远远地就瞧见坐在亭里的小姐。

自上回与小相爷一别后，小姐便高烧不退，身子一直虚弱至今，小姐性子倔，说什么也不让请大夫，就这么以药养着，也没出过府。

上元节后，皇室大喜，皇上最为宠爱的十二公主嫁入相府，金童玉女，羡煞众人。

可这普天同庆的大喜事，她怎敢让小姐知道？

单儿强扯出一抹笑意，端药上前，望着身子越渐消瘦的小姐，很是心疼：“小姐，喝药吧。”

穆双溪未施脂粉，脸色煞白，紧盯着放晴的天空：“单儿，上元节到了吗？”

上元节早已过了月余，小姐因身子虚，足不出户，连日子都算不清了。

她虽借病躲在家中，可世上哪有不透风的墙，相府独子与十二公主成亲的大阵仗，怕是整个长屏城无人不晓吧。

她这么问，不过是自欺欺人罢了。

“小姐，药怕是要凉了。”

穆双溪推拒不喝：“现在长屏城的人都在瞧我们穆家的笑话，一个被相府拒之门外的落败商贾之女，要是不借病在家，我怕是连容身之处都没了。”

“小姐。”

“单儿，我没事，”穆双溪悠悠起身，“今天是个晴日子，不该留的东西都收拾出来，烧个干净。”

他给她的自画像、木刻兔儿灯、他射猎的第一支开弓箭的箭簇、刻有她小字的狼毫笔……该烧的都烧了吧。

他已经成婚了，她也该忘了。

按规矩，公主嫁入夫家足月后，应回宫省亲。

今日，是新婚夫妇回宫的日子，相国公有要事在身，观成亲礼后便离开了，只剩相国公夫人一人操持事务。

一大早，相府忙里忙外，装满礼物的马车一辆接着一辆，阵仗大得让人惊叹。

相国公夫人对儿媳甚是满意，出身高贵且嘴甜，让人不喜欢都难。

从里屋至相府大门，相国公夫人一直拉着敬莲的手，有说有笑，良久，回过身瞧面无表情的席延。

“你这孩子，妻子是要来疼的，”说着，相国公夫人扯过席延的手，将席延与敬莲的手拉在一块，“你们呀，要恩爱至白头，早些让我抱上孙子哟。”

席延未言语半句，敬莲瞧着都心急，索性替他应了：“放心吧，娘。”

从前她在这相府中，就只能和席延说得上几句话，如今，倒和相国公夫人相处融洽，她从不知道，相国公夫人待人如此之好。

或许，她嫁入相府，也不失为一件开心之事。与她自小相识的人成婚，总好过远嫁他乡，嫁给自己从未谋过面的人。

回宫路上，席延沉默不语，急得敬莲托腮叹气：“席延哥哥，你怎么与我成婚后，就成了个闷葫芦？”

她知道席延哥哥心里没有她，可自古亲事，都是父母之命媒妁之言，她虽身为公主，也无可奈何。

“席延哥哥，你若是还对那家小姐有情谊，你就将她纳为妾室吧，我也不是尖酸刻薄爱刁难别人的人。”

见席延仍不说话，敬莲没辙了，索性掀开绸帘，瞧一瞧热闹人潮集市。

这一瞧，就瞧见了五哥，骑着彪马招摇过市，好不威风。她忙喊：“停下，停下。”

席延回了神，还没来得及拉住她，她便像条泥鳅似的滑溜了出去，整条街都是她的蜜嗓。

循声一瞧，五皇子甲胄加身，手握剑戟衬得他威风凛凛，他受命守着城门，护长屏城安定。

五皇子与席延目光相对，点头示意。

敬莲抿着唇，心里有些虚，她怎么就忘了五哥与席延哥哥之前还有过矛盾呢。

为打破尴尬气氛，敬莲只得推搡着席延同回车轿内："五哥，我们先回宫了，父皇与母后还等着我们呢。"

敬莲一心想着别让他们二人待在一起，却没注意到五皇子与席延富有深意的目光交汇。

长屏城皆以为席延与五皇子不合，射猎场中二人水平不分高下，席延直接截下五皇子看中的猎物，惹得五皇子心中不快，自此结下梁子。

殊不知，闹不合也是避嫌的最好法子。

03.

辜老爷时隔好一段日子才回府，冯氏高兴坏了，忙张罗着要给老爷接风洗尘。

一家人热热闹闹聚在一块吃顿饭，实属不易。

冯氏牵着言庾，小心翼翼地瞧着老爷的脸色，自上回她娘家那一事后，老爷就对她态度不一样了。

"言庾，叫爹。"

言庾怯生生地瞧着辜老爷："爹。"

冯氏干笑两声："言庾定是许久未见老爷的缘故，"她让阿角带言庾入座，自己亲自为老爷倒了杯酒，"言庾很思念老爷，老爷得空可得多回来。"

“公事在身。”辜老爷饮下一杯酒，不多话。

冯氏也不自讨没趣，径自入了座，沉默了半晌，忽问一句：“言桥还没过来吗？”

阿角道：“半个时辰前已知会嫡公子了。”

“哦？那怎么言桥还没过来？”冯氏偷瞧老爷一眼，她特意让下人迟些去唤辜言桥，为的就是让辜言桥在老爷面前落下个不守时辰，不将长辈放在眼里的叛逆之名。

“我亲自去叫他。”冯氏作势要起身，却被辜老爷一把摁住。

“他不来，便随他。”

冯氏面上不动声色，可心里却已乐哉。

哪知小厮忽地一喊：“大公子来了。”

冯氏一皱眉，脸一瞬便耷拉下来了。

辜言桥身后跟着应南枝，冯氏瞧着心里就添堵，视线忍不住落在应南枝平坦的小腹上，眉头越皱越深，这丫头，不会真有了辜府的血脉吧？

“父亲，二娘。”辜言桥行礼，落座。

冯氏换上一张笑脸：“言桥，你可算来了。来，我们一家人也好久没在一起吃过饭了。”

辜言桥正欲执筷，言庾就凑了过来，轻晃着辜言桥的手臂，声音很细很软：“哥哥。”

辜言桥心蓦地一软，从糕点碟里拿了一块片儿糕给他，手轻抚着他的小脑袋。

冯氏瞧得眼皮直跳，她真怕辜言桥明目张胆地欺负言庾。

这顿饭，每个人都吃得食不知味，气氛安静得诡异，唯有年纪尚小的言庾带来些欢声笑语，引得他们嘴角一弯，可都不是发自内心的笑。

辜老爷用过膳后，便回了书房。

冯氏吩咐阿角带言庾下去，瞧辜言桥欲回去，蓦地开口：“言桥，我瞧你今日午膳都没吃什么，你看看，哪些菜你喜欢，我让下人再给你端过去。”

残羹冷炙，连下人都不会吃，她这么做，就是为了让他知道，如今，辜府的女主人只有她。

虽然他们未正面争得面红耳赤，可她早有察觉，他对她有所防备，不是亲生的，总会有隔阂。

辜言桥对冯氏的下马威视而不见：“多谢二娘好意，”指着桌上的糕点碟，“这片儿糕言庾爱吃，待会我会派人送过去的。”

“你……”冯氏被噎得说不出话。

好啊，她就知道辜言桥这个病秧子不简单，看来他们以后也没必要装得母慈子孝了，早些撕破脸皮也好，也省得她装得心累。

辜言桥牵着应南枝从冯氏眼下离开，气得冯氏直跺脚，要不是阿角拦着，她恨不能掀翻桌子。

一出了冯氏的视线，应南枝就挣开了辜言桥的手。

辜言桥停下步子，居高临下地瞧着她：“怎么了？”

应南枝四下张望：“被人瞧见了不好。”

辜言桥眉眼里染上笑，轻轻钩住她的手指：“你不用担心，一切都有我在。”

他看上的姑娘，他怎么忍心她受到伤害？

“我送你的簪子呢？”

应南枝从内袖里拿出金银木花簪，她怕簪子太招摇了，惹其他人眼红。

辜言桥执过她手中的簪子，将簪子别入她的发髻：“真好看，以后都戴着。”

他暗暗发誓，他要娶她为妻，让她做他明媒正娶的妻子。

半晌，应南枝肚子发出咕噜噜的叫声，惹得辜言桥忍俊不禁。

“走，我带你去醉香楼。”

待他们走远，冯氏从后头跟上来，瞧着他们的背影，手指不由得屈紧。

方才用膳时，应南枝反应古怪，她旁敲侧击老爷的心思，看老爷那态度，他是默许一个小贱婢怀上辜府的骨血了。

她好不容易走到今天，她绝不能让任何一个人毁了，辜府只能是她儿子的！

04.

要开春了，冬眠的动物要醒了，怀有心思的人也要行动了。

辜府厨房，阿角支开了所有无关之人，独独留下常嬷嬷，冯氏将一包药塞到常嬷嬷手中：“常嬷嬷，你是辜府的老人了，知道什么该说，什么不该说。”

常嬷嬷手微颤：“二夫人。”

冯氏脸上挂着笑，带着引诱的口吻道：“常嬷嬷，辜府嫡公子的第一个孩子不应该从一个下贱奴婢的肚子里出来，这要是传出去，对辜府的名声可不好，日后，哪家清白姑娘愿意一嫁到辜府来，就成了一孩子的娘？”

冯氏握住常嬷嬷的手：“常嬷嬷，你在祖老夫人身旁伺候了这么多年，你是最了解祖老夫人的人了，她虽疼爱言桥，可也看中家门之风。”

常嬷嬷垂眸：“可这事……”

阿角瞅准时机，上前塞给常嬷嬷一钱袋：“常嬷嬷，这里面，是夫人的心意，你刚得一孙儿，用钱的地方定很多。”

冯氏挑了挑眉，她从不信，世上有用银子办不到的事，若是有，那定是银子不够多。

待解决了应南枝肚子里的孽种，她的言庾定能得锦绣前程。

阿角急得踱来踱去，这药都送去多久了，也该有音儿了，难道是常嬷嬷办事不力？

“阿角，你走来走去的，晃得我头疼，”冯氏将甜羹搁下，“急什么，要是有消息了，还怕会不知道？”

“夫人，要不要我去瞧瞧？”

“瞧什么，要是正碰上这倒霉事，扯上我们怎么办？”

“夫人说的是。”

“再等等。”冯氏以绢帕拭嘴角，这件事要是成了，她定不会亏待常嬷嬷，若不成，那这盆脏水就顺势扣在常嬷嬷身上，人老了，总有失智的时候不是？

“夫人，夫人。”

一派去打听的小婢女慌慌张张入屋，扰到了冯氏，阿角二话不说赏了她一耳刮子。

“阿角，”冯氏出声喝止，悠悠起身，居高临下地瞧着瑟瑟发抖的小婢女，“带来什么消息了？”

小婢女结结巴巴，说得断续，可冯氏听见只字，眉眼便藏不住笑意。

她倒要看应南枝那个小贱婢还有什么手段，就一个小贱婢，也敢和她争？

这宰府，只能是她儿子言庾的！

老爷离府，辜言桥又去了书苑，辜府便是她当家做主。

嫡公子身边的一个通房丫鬟胎没了，乃不祥之兆，得尽早将没福气的通房丫鬟发卖了，才不会沾染晦气。

冯氏带着几个小厮来到别院厨房，就瞧见应南枝身下满是血渍，面色难看。

阿角护在冯氏身侧，真是不吉利。

冯氏冷血无情朝她扔了几锭银子，阿角适时开口：“这也是我们夫人心善，施舍予你的。”

“瞧你伺候过言桥的分上，我也不会太亏了你，狠心将你发卖了，”冯氏绢帕掩了掩面，“会送你去一个好地方，等养好身子，给你说个亲事，你就好好地过下半辈子吧。”

“将她抬出去，别让人瞧见了。”冯氏掩了掩面，发了话，几个小厮得令就要上前。

“等等，”应南枝背靠着柴垛，仰头瞧着她，“不知道，与嫡夫人比，我算不算有福分？”

冯氏心头一颤，面露狰狞：“你说什么？”

瞧着冯氏咬牙切齿的模样，她知道，冯氏咬钩就差一点。

“你们先下去！”冯氏拂袖，动了怒。

“阿角，你去门外守着。”冯氏步步逼近，居高临下地瞧着面无血色的应南枝。

“你究竟知道什么？”她不过一刚入府的小贱婢，怎么知道那些往事？定是有人与她说了，可那人是谁？

嫡夫人殁了，老爷下令辜府上下再也不许提起嫡夫人半个字。

冯氏红了眼，也顾不上不吉利，双手钳住应南枝的肩膀：“是谁告诉你的？是谁？”

“二夫人，我不过顺嘴一说，你为何这么动怒？”

冯氏紧盯着应南枝的眼：“你到底知道些什么？”她眯了眯眼，眉头紧皱。

应南枝入府蹊跷，偏偏就在她要给辜言桥塞一个通房丫鬟时入了府，恰巧成为辜言桥身边的人……

“是不是辜言桥知道了什么？”冯氏睨应南枝一眼，辜府的下人除了几个老人全都轰走了，最有可能漏口风的……只有祖老夫人身边的老人常嬷嬷。

可常嬷嬷既然肯收下她的银子，她不该说出来啊。

“应南枝，你到底怎么知道的？”冯氏心虚了。

“二夫人，你为了自己能在辜府立足，对嫡夫人起了杀心。”

一语击垮了冯氏的心理防线，冯氏不由得后退，自欺欺人：“她是难产而亡，与我何干？”

冯氏摇着头，急于撇清：“与我没关系，没关系。”

这件事早已成了冯氏的心病，这么多年，她一个人藏在心里，藏得久了，就落下了疾。

“你与嫡夫人一同入府，嫡夫人怀上了孩子，你却迟迟未有动静，你生怕嫡夫人生下嫡子，那你在辜府就会没有地位……”

“住口！”冯氏狠甩了应南枝一巴掌，这些话像刀子一样扎进了冯氏的心，往事如洪流般倾泻而出，精神都有些恍惚了，指着应南枝的鼻子，“胡说八道！”

冯氏有些站不住脚，要说心里没鬼，那是假的。

这么些年，她每每午夜梦回，总能惊醒，总觉得嫡夫人要来向她索命了。

"是你杀了嫡夫人。"

"住口！"冯氏眼里布满了红血丝，被这一句击得濒临崩溃。

她没有杀她！是她命该如此！她注定没这个福分坐稳辜府嫡夫人的位置！注定与她的孩子阴阳相隔！不是她的错，不是！

冯氏脚步虚浮，手指紧抠着灶台边角，心里发虚，朝应南枝吼道："她就该死，她这一生占尽了利！我那是帮她解脱！可是失了策，不然她就能和她的孩子在地府相遇了。"

瞧着冯氏口不择言，应南枝面无表情。

冯氏缓了缓劲："阿角，阿角！"

喊了半天，阿角都没回应，急得冯氏跌撞踱至门口，直接拉开门："阿角，阿——"

拉开门，便瞧见双手背在身后，笑容僵凝的辜老爷，阿角被两个小厮架住，动弹不得，嘴里还被塞了布条。

冯氏踉跄一下，忽缓过神，原来，这一切，都是个陷阱。

第十四章 × 我娶你为我唯一的妻

01.

“老……老爷。”

话刚一落，辜老爷便狠狠甩了冯氏一耳光，冯氏撑不住力，直接摔倒在地。

冯氏眸里蕴泪：“老爷，不是您想的那样。”

“我想的什么样？”

冯氏蓦地扯住辜老爷的衣角，抽噎道：“老爷，我刚才……刚才那是被应南枝这个小贱婢激的，我也不知道自己就说出这话……”

辜老爷狠心地一把拂开乞怜的冯氏：“你没做过，又怎么会说出这番话？”

“老爷！你相信我，我没有做过，没做过，”冯氏手指着应南枝，“都是她，这都是她的阴谋！她想毁了辜府啊！”

“够了！”辜老爷气得浑身轻颤，“冯小锦，你真是毒如蛇蝎！”

冯氏哽了哽：“老爷，您不信我？”

“我怎么能信一个要害死辜府血脉的人的话？”

冯氏颓坐在地，偏头就瞧见常嬷嬷这救命稻草走了过来：“常嬷嬷。”

“常嬷嬷是在祖老夫人身边伺候的老人了，你竟然想要收买常嬷嬷去害怀有辜府血脉的人，你的心真是够狠哪！”

“老爷，我……我可以解释，我可以解释的！”

“解释什么！证据都摆在眼前了！故技重施，不知悔改！”

冯氏红了眼眶，她这么做也是为了辜府啊，一个小贱婢怎么能生下辜府的血脉？

应南枝跪在辜老爷面前：“辜老爷，二夫人想害死我与肚子里的孩子，要不是常嬷嬷不忍，恐怕我便落得与嫡夫人一样的下场了。”

“你这个小贱婢！信口雌黄！”

“冯小锦！”

冯氏从没瞧过老爷发这么大的火，不由得蔫了，瞧这情形，一切皆成定数，没有可转圜的余地了。

“嗬——”冯氏一记冷笑，明知输局已定，仍要垂死挣扎，“我没想过要害死她的，等我想要制止这一切的发生，已经来不及了。”

“你敢对着上天发誓吗？”

闻声，应南枝不由得去瞧，辜言桥就站在屋外，阿瑞则领着一位面生的老妪。

只一眼，冯氏就认出了那老妪，身子不由得轻颤。

“父亲，既然事已至此，那便要好好清算从前的账，也不能让我的生母死得冤枉。”辜言桥揖过礼。

“这位是？”

“她是接生婆。”

老妪步调缓慢，辜老爷见她行事不便，免了她行礼。

“我是当年辜府嫡夫人的接生婆，当年嫡夫人难产，虽说与嫡夫人的身子有莫大的关系，可也有辜府二夫人的错，要不是二夫人在外尽说些让嫡夫人担心的话，嫡夫人也不至于难产，更不会产后引起血崩而亡。”

辜言桥动了动喉结，适时开口：“当年生母难产，正是父亲你在塞外例行公事之时，却给了有心之人散播你受伤，命不久矣的消息的机会，这才……”话戛然而止，无须继续说。

“嫡夫人九死一生才生下嫡公子，差一点……一尸两命。”老妪的声音越来越小。

“你这个妇人栽赃我！”冯氏急了，“若真有此事，你怎么当初不说，如今却站出来？”

“便是怕你心狠报复！”常嬷嬷上前扑通一跪，“老爷，您也瞧见了，二夫人为了打掉南枝肚里的孩子以银两威胁买通了我，要是不照她说的做，我们定没好日子过！我伺候祖老夫人好些年了，祖老夫人过身后，我也一直留在府里，嫡公子是辜府的血脉，自小生母便走了，祖老夫人让我好生照顾嫡公子，老婆子我自然答应，嫡公子身子打小便不好，如今他有了自己的第一个孩子，我怎么忍心与二夫人同流合污！”

“常嬷嬷，你竟骗我！”冯氏作势就要去伤常嬷嬷，幸亏辜言桥眼疾手快一把推开她。

墙倒众人推。她这个二夫人从没得过体面，不论嫡夫人在或是不在，她在外人眼里，始终是个妾。

冯氏哼笑两声，抬头瞧着曾为她的天、她的地的老爷，目露悲恸，面颊上还挂着泪：“没错，辜府的嫡夫人的确是我害死的。”

辜言桥不言语，腮帮子却凹陷进去。

冯氏手撑着膝盖缓缓起身，看向辜言桥：“她与她的孩子本该一起去死，可惜啊，天不遂我愿。”

“你承认了？”辜老爷嘴唇轻颤，气得不轻。

这件事如梦魇缠了她那么多年，往事都被揭开了，她再死不承认有何意义？

“老爷，我这也是为了您啊。”冯氏脑子忽地一转，伸手想去拽辜老爷的衣角，却被辜老爷无情拂开。

“你还狡辩！”

冯氏号啕：“老爷你本就不爱嫡夫人！你与她的婚事不过是父母之命，她死了不正好吗？你与我……”

“啪——”辜老爷毫不留情地当着众人又给了冯氏一记耳光，这一记耳光听着着实刺耳，也令人心悸。

冯氏嘴角都渗了血，可想而知，这巴掌的力度有多重。

她冯小锦自嫁入辜府，便一心都在老爷的身上，她自认没做任何对不起老爷的地方，若说错处，便是她的贪心害死了嫡夫人。

一开始她真的没想害死嫡夫人的，真的。

她与嫡夫人一同入府，一同伺候老爷，嫡夫人怀上了，她的肚子却一直没有动静，她怕急了，她怕失去老爷的宠爱。

她只想，让嫡夫人生不下来孩子，她真的没想要嫡夫人的命啊！

“老爷，老爷，我错了，我错了老爷，”冯氏全身发抖，“小锦错了，小锦错了老爷！”

他是她的枕边人，她自知最了解他，在他眼里，没有什么比得上辜府的家业，哪怕大义灭亲，他也要立一块牌，立一块独属于辜府的牌面。

“将二夫人关起来，”辜老爷语调冰冷，勃然大怒，“关起来！”

小厮得令上前钳住二夫人的胳膊。

冯氏挣扎撕咬，哪里还有辜府二夫人的模样。

她如何都没关系，可她的言庾还小，他不能没有娘亲的照顾。

冯氏丢下脸面，奋力甩开小厮，跪着挪至辜言桥的面前：“言桥，言桥，我知道我对不起你，我会用余生还这份罪……就算二娘求你，言庾还小，他不能没有娘亲！”

辜老爷气红了眼：“还愣着做什么！还不将她拖下去！”

冯氏仍在垂死挣扎：“言桥，我是有罪，可我这么多年对你的照顾不是假的啊……”

冯氏被三两小厮直接架了出去，声音越来越远。

院里突然静了下来，无话可说，最为难熬。

辜老爷咬了咬腮帮子，瞧了一眼应南枝与常嬷嬷，回头又望着辜言桥。

良久，他才开口：“她是你院里的人，你自己多加照顾吧。”拂袖离开，并无再多一句话。

辜言桥面无表情，他早该知道，他的父亲，唯有辜府是第一，他的妻妾、他的孩子都是可舍弃遗忘的。或许，他从没爱过谁，他爱的只有他自己。

常嬷嬷与阿瑞有眼力见地轰散一众下人，徒留下他与她。

他抬眸瞧着她衣裙上扎眼的血迹，眉头不由得皱得更深了。

“公子，我……”

应南枝话音还没落，辜言桥便三步并作两步上前将她拥在怀里，恨不能将她揉到骨子里。

从她买通大夫故意让冯氏瞧见，到与常嬷嬷私下来往密切时，他就知道她要做什么，可他非但没有阻止她，还在背后推波助澜，命阿瑞私下去寻十几年前的接生婆子，当年他母亲难产一事，所有伺候他母亲的人全都像消失了一般，无从查证。

他费了些力，追查到当年的接生婆，得知冯氏为了封住他们的口，下了血本，不仅从辜府账面上拿钱，还从她的娘家借了不少银子。

当年，从冯家那借来的银子总要还的，这么些年，冯氏以管家的由头从库房月月都拿了不少，还为了充自个儿面子，无偿接济冯家。

桩桩件件，其中不顾辜府利益去贴冯家是他父亲最为痛恨的。这次，冯氏是真的翻不了身了。

辜言桥紧紧抱着她："南枝，我会加倍地待你好。"

应南枝不知他话里的深意，嘴角微扬："有公子这句话，南枝做什么都值了。"

02.

冯氏被幽禁在辜府最北边的一间弃院里，对外宣称，冯氏突发疾病需静养，不宜见人。

冯家那边听到风声，来过好几回，可每回都被辜府的人搪塞过去。

冯氏被关在这弃屋里，都要长霉了，她日日都伏在被锁住的门口，叫天喊地哭诉，从未有人回应。

"开门，给我开门！我是辜府的二夫人！你们这么待我，等我出去了，有你们好受的！"

须臾，骂得够了，冯氏便抽噎起来："开门，放我出去！我要见老爷，我要见言庚，我想我的儿子！你们放我出去。”

冯氏以双手为器，捶得手都红肿了。忽听见脚步声，冯氏一个激灵站起身，透过蒙尘的窗户想瞧个清楚。

门开了，一抹熟悉的身影让冯氏红了眼眶。

冯氏声音带着一丝颤抖：“老爷。”

辜老爷一身烟灰色长衫，玛瑙白瓷玉佩在腰间，发冠顶立，精神十足。

“老爷，我错了，您放我出去吧。”冯氏此刻卑微地匍匐在辜老爷跟前，哪里还有从前的傲姿风骨。

辜老爷不作声，从衣袖中掏出一个账本径自摔在冯氏面前。

一见账本，冯氏神色忽地一变。

“没想到，我身边还养了个白眼狼。”

“不是这样的，老爷，我对辜府从无二心，我对老爷……”

“够了，”辜老爷截了她的话，“事已至此，你多说无益，日后，你就居于这院里，没我的命令，你至死不能出。”

冯氏眼泪扑簌扑簌地掉，她瞧着她爱过的人，竟不知他如此心狠。

“老爷，言庚他还那么小，他不能没有我的照顾啊。”

“府里那么多下人，会照顾好言庚。”

“我是他的亲生母亲，别人怎么能代替我呢？”

“你有什么资格说这个话？你害死了言桥的母亲，难道言桥就不需要亲生母亲的照顾吗？”

“老爷，您真要如此待我吗？”冯氏缓缓站起身，“她已经死了，难道还要我与言庚生离死别赎这份罪吗？”

“你以为你的罪就这些吗？”

冯氏忽地心虚了，瞧着辜老爷的怒容：“老……老爷，你说这话是什么意思？”

辜老爷气得直抖：“你身上担着两条人命，没将你送去府衙，而关在这里，已是仁至义尽。”

他们辜府可丢不起这个人！堂堂的辜府二夫人竟做出这种事，他还要脸面呢！

两条人命？冯氏微皱眉头，试探问道：“老爷您……您知道？”

“要想人不知，除非已莫为。”

冯氏皱紧了眉头：“既然老爷您知道，为什么当初不直接说出来？”

沉默良久，冯氏忽地想明白了。

“为了你的官位、你的仕途，所以你任由一个杀死你母亲的凶手在辜府装模作样地摆架子？”冯氏不由得后退，“辜文丰，你真是可怕，你比我可怕千倍万倍！”

她心惊胆战装了这么多年，原来，他都知道，他每次瞧她，一定像瞧傻子似的嘲笑她。

她为了她那根本不值一提的爱害死了言桥的亲生母亲，其实，她们都是可怜人，她们在他心里，根本连辜府的一根草都比不上。

为了他自己的仕途，为了这辜府，他竟然连他母亲死都能置之不顾！

“我知道你嫁入辜府后，没少受我母亲的责难，你记恨在心，在所难免，可你怎么能狠心下毒害死她呢？”

冯氏心凉了，瘫坐在地，喃喃道：“我不是故意害死老夫人的，我本只想借老夫人吃坏了身子为由，让她好好养养身子，我也能喘口气。可没想到，老夫人对杏仁过敏，又过多食用了才会……”

“你的心可真狠。”

冯氏不由得笑出了声："我狠？我连你的一半狠都没学到，辜文丰！"

要说整个长屏城最狠的人他是第二，没人敢说第一！嫡妻、母亲皆死，他都能为了自己，为了辜府，不透露一丝风声，佯装无事发生，年复一年地过日子。

对着她这个杀人凶手，还能以礼相待，他可怕到令人头皮发麻！

冯氏发疯似的扯着自己的头发，疯狂嘶吼着，守在外头的小厮闻声闯进来，生怕冯氏伤着了老爷。

辜老爷居高临下地瞧着面容憔悴的冯氏，紧了紧腮帮子，留下一句"好好看着她"，便离开了。

冯氏独自瑟缩在角落里，往事如折子戏在她的脑海里一遍遍重演，她觉得她的脑袋快要炸开，每一声吼得撕心裂肺才能掩盖住脑子里那些她不想听见的声音。

不久，冯氏疯了，疯疯癫癫，俨然变了个人。

辜府上下对此心知肚明，却缄默不言。

03.

待辜府风波过了，恰巧春分。

长屏城的赏花迎春节如约而至，辜言桥亲自捧着一袭海棠红的云罗裙衫出了屋，一眼就瞧见了蹲在院里树下的应南枝。

她正在埋她亲手酿的果子酒，十指都沾染上黄土，额前碎发随风轻扬，在他眼里，像极了一幅画。

"南枝。"

应南枝循声抬头，迎上辜言桥的目光："你手上是什么？"

“这是珞裳特意让她家的裁缝师傅为你亲手制的。”

“珞裳她怎么知道我的尺寸？”应南枝说完，忽瞧见辜言桥眼底的笑意，原来他上回说府里下人全要重制新衣量尺寸是为了这事？

“辜言桥。”

辜言桥笑意都快要从眼里溢出来了，他就喜欢她唤他名字时的那股子拗劲。

他蹲下身，将装有新衣裳的木托盘轻搁在木墩上，执起她的手，用他的衣衫一角替她拭去手上的黄土。

这一幕正好被采购回来的阿瑞撞了个正着，现如今阿瑞脸皮可厚着呢，眼一眨不眨地盯着瞧，还不正经地吹起口哨，闹得应南枝耳根子发烫。

辜言桥宠溺地捉回她硬要缩回去的手，轻声道：“他要瞧就让他瞧去，反正他也只能牵一牵自己的手。”

应南枝忍俊不禁。

阿瑞倒吸一口气，不乐意了，整张脸都垮下来了。

“公子，你要扎阿瑞的心，也不用说得这么大声吧。”阿瑞委屈地望向应南枝，“南枝，你得好好管管公子，饱汉不知饿汉饥。”

辜言桥牵着应南枝站起身，语调倏地一变：“南枝只有我能叫，你得叫她夫人。况且，她是我的妻，自然向着我。”

“公子，你变了。”阿瑞佯装要扔下篮，变着声调地控诉公子，有了心尖人，就将他这左膀右臂忘了个干净。

辜言桥早将阿瑞的把戏看得透透的：“将木墩上的衣裳拿进屋。”

阿瑞嘴上虽逞一时之快，可仍是照做。

哪知辜言桥一接过衣服，就将阿瑞赶走，阿瑞噘着嘴心中觉得烦闷，一屁股坐在地上，气哉。

苏珞裳步子轻快地入了院，嗓门大得都能与黄鹂一较高下：“辜言桥，南枝！”

一瞧见苏家小姐来了，阿瑞来了精神：“苏小姐。”

“阿瑞，你怎么坐在这儿？”

阿瑞回头瞧了一眼，心中郁悒：“望风。”

苏珞裳摸了摸下巴，顿觉有事儿，好奇不已，绕过阿瑞，眼瞧就要以身撞开门，哪知正巧，门开了。

辜言桥像尊门神挡在门口，眉头皱紧，一副被打扰的样子。

苏珞裳踮着脚往里瞧：“辜言桥，你屋里头藏了什么？”

应南枝换上一袭海棠红的云罗裙衫，款款走来：“珞裳。”

苏珞裳眼睛都直了，夸赞连连：“南枝，你真好看。”

她阅美人无数，可回回瞧着南枝便不同，不是倾城之姿，却美得一枝独秀，身上总有种凡间女子都没有的气质，就像……就像仙娥。

苏珞裳视线总在辜言桥与应南枝身上来回打量，双手环胸：“你们刚才……不是在做什么奇怪的事吧。”

一抓着辜言桥不安的小眼神，苏珞裳就如沸水，闹开了：“辜言桥，你得克制！”

辜言桥觉得脑仁疼，面上盖不住的绯红：“苏珞裳，你一个姑娘家知不知羞？”

苏珞裳挺直背，小碎步跑到应南枝身边，挽住她的胳膊：“现在南枝可是有身孕的人，你再这么肆意为之，我可得将南枝接去苏府养着，省得被你这个大灰狼惦记。”

“苏珞裳，”辜言桥几乎是从牙缝里挤出来，“她是我的人，你还和我抢人？”

不小心瞥见辜言桥眸中的怒意，苏珞裳心里打了退堂鼓，她哪敢正大光明与辜言桥抢人哪。

“谁是你的人，你与南枝还没拜堂成亲呢。”苏珞裳嘟囔着，接到一道凉飕飕的目光，她求生欲满满，话头转得很快，“长屏城皆知你们是一对了，你们是天造地设的一对儿，我就等着喝你们的喜酒了。”

辜言桥不动声色地将应南枝拽回自己的怀里：“你与十一皇子的婚事不是也提上日程了吗？”

哪知苏珞裳忽地变了脸色，自上元节他放了她鸽子后，竟到现在都没出现过！她要悔婚！她要抛弃他！

“谁知他死哪里去了。”苏珞裳气得口无遮拦，双手叉腰，一说到他，她的好心情都没了。

天下好男人这么多，她就不信她苏珞裳找不到比十一皇子更好的夫君！皇家像个笼子，她还不愿去呢。

苏珞裳丢下一句“赏花游园见”，便苦着脸离开了。

阿瑞有眼力见地避开，整间院里只剩下他们。

应南枝被他盯得半张脸都要烙出个洞来：“公子。”

“你方才可不是这么叫我的。”

“辜言桥，”应南枝红着脸挣了挣，“你松手。”

辜言桥嘴上应着，可两只手忍不住圈得更紧，热气故意扑了她一脖子：“现在长屏城皆知你怀有我的孩子，不如，我们就将假的变为真的，如何？”

应南枝脸上的笑意敛不住，她日思夜想的平凡生活，如今真要成真了，她倒觉得似做梦。

她虽是只狐狸，可又不同于她的族人，她如今与凡人无异，食五谷，哪有不生病，不年老的道理。

与爱的人厮守一生，从黑发至白头，这是她所求的，为他生儿育女，她乐意之至。

“你喜欢……儿子还是女儿？”

辜言桥下巴轻搁在她的肩上：“只要是我们的孩子，我都喜欢。”

“待祠堂整修过后，我便向父亲提出，我娶你为我唯一的妻……”

04.

当下朝中局势不稳，边塞又不时传来动荡之讯，相国公虽上了年纪，早已褪下一身战甲，可若是家国有难，他定万死不辞。

相国公临危受命，前往边塞。

席延身为相国公之子，如今又是当朝驸马，自愿为国出力，却被相国公勒令不许去。

去往边塞前，相国公心中诸多不安，连连梦魇缠身，此去生死未卜，他不能让他唯一的儿子一同赴险，若他有个什么万一，他还有席延能延绵相府的香火，守住相府祖上的荣耀。

世事难料，相国公去往边塞途中突发急症，滑朝折损一员得力之将，当今天子失了一良师益友，举国悲痛，天子下令，长屏城所有人等，衣着素净为相国公祈福一月。

相国公夫人闻相国公死讯，悲恸万分，晕了过去，在床上足足躺了半月，身子才有所好转。

席延乃相国公独子，承袭相国公之位，身担相国公之责。

相国公祈福足月了，以天子为首，朝中众人皆来寺庙为相国公上香。

敬莲身为相府的儿媳妇，尽责地搀扶着哭得虚脱的相国公夫人。

席延三步一叩头，从寺庙长阶上虔诚跪拜至祈福香炉前。

望着熊熊燃烧的香火，席延眸中迸发阴鸷的光芒，捏着三根香的手指不由得屈紧，腮帮子凹陷。

边塞动荡之事是有心之人故意散播，最主要的目的就是为了除掉手握重兵重权的相国公。

父亲身子骨硬朗，从未有病症之兆，却在路途上突发急症，这一环又一环，让他不免生疑。

这件事，他一定会查到底。

祈福完成仪式后，席延尊孝知礼，与敬莲一同扶着母亲入马轿回府。

可只是一眼，席延便瞥见了躲在铸造香炉后的穆双溪，他逼着自己敛回了目光。

待祈福队伍浩浩荡荡行进离开后，单儿才轻声道：“小姐，他们已经走远了。”

穆双溪红了眼眶，她知道她如今没资格来替老相国公上香祈福，可她担心他，他如今虽是公主驸马，可他既已承袭了相国公之位，定会卷入朝廷的明争暗斗，朝堂波谲云诡，不好应对。

她担心他。

须臾，一小和尚递来一字条，便匆匆离开。

穆双溪揭开一看，是他的字迹，除了言谢，并无过多言语。

但这样，她已经知足了。

席延自承袭相国公之位以来，叱咤朝堂，令众人刮目相看，连皇上也对他赞赏有加，事事处理极好，对事不对人。

可明眼人都瞧得出来，席延故意针对辜文丰，从前辜文丰便与相国公不和，在朝堂上各分两派，相互抗争与制衡。

虽暗中较劲，可明面上从未斗得撕破脸皮，如今席延将辜文丰的后路一一堵死，逼得辜文丰毫无退路，内心积怨颇深。

久而久之，朝堂上大部分人对席延的做事风格颇有微词，事事不讲情面，虽说事情处理极好，却失了人心。

为此，皇上特下令批假，明面上是让席延多花点时间陪陪敬莲，实则是为了安抚朝中不稳的人心。

夏至，天闷热至极，人难免躁动不安。

敬莲身着一袭端庄衣衫，她既已嫁入相府，身为席延的妻子，她便敛敛从前脾性，学着做一个能为夫君分忧的好妻子。

夫妻间不相爱也无妨，相敬如宾也很好。

她的父皇那么多妃子，哪能都爱呀，不也过得好好的。

敬莲端着一碗莲子羹，刚到屋门口，就听见五哥的声音。

她心中一喜，还没来得及叩门，便听见他们说什么太子之位。

太子之位三哥不是坐得好好的？怎么五哥和席延私下说什么太子之位？

敬莲眉头轻拧，端着莲子羹先离开了。

屋内，五皇子轻执起青玉柄的狼毫笔：“上回失手，已经让他有所警觉了。”

席延紧抿着唇：“我们要的是太子之位。”

五皇子摇头轻笑一声，顺势斜坐在桌角，将狼毫笔一丢：“不除了他，太子之位永远不可能是我的。”

在百姓眼里，父皇是个明君，受万民爱戴，可在他的心里，父皇只是个偏心的父亲。

论通读治国之道、近身防御术他哪里比不上死板且其貌不扬的三皇子？况且三皇子的生母还是个不受宠的妃子，他的生母可是贵妃！家门地位哪一点都妥妥碾压！

后来，他想明白了。

如今的太子不过是傀儡，父皇立他为太子，不过是为了保护自己心中继承太子之位真正的人选。

不然，上回派去的人也不会失手了，看来护着他的那些暗卫身手了得。

“论争太子之位，没人能与你一较高下。”

五皇子面上露出凶狠之色：“谁当太子，还不是父皇的一句话。”

他既得不到父皇的偏爱，那他就自己争。

第十五章×她真是羡慕，能和相爱之人在一起

01.

“十一皇子，你慢点儿。”宜方在院墙下紧张又担心，瞧着趴在高筑院墙上，双脚乱蹬的贺仕轩，心都要跳出嗓子眼了。

宜方放风四下环顾，要是让人知道堂堂十一皇子竟干起翻墙这事儿，可了不得！

院里突然响起急促的脚步声，还伴着几声号嗓：“抓贼抓贼！”

听得宜方蒙了，步子都乱了，冲着贺仕轩喊道：“来人了。”

贺仕轩此刻哪还听得进话，他只有一个念头：见到苏珞裳。

贺仕轩一跳下院墙，就被小厮团团围住，唬人的长木棍拦住了他的去路。

苏老爷风风火火赶来，急得轰走苏珞裳屋里头的人，瞧见伊伊杵在珞裳身侧，瞪了瞪眼：“你也下去。”

苏老爷甩了甩衣袖，瞧着还有闲心嗑瓜子的苏珞裳，他都急得团

团转了，那外头被阻拦的被苛待的可是十一皇子啊！

“阿爹，这桃花味的瓜子可香了，你也尝尝。”

“尝什么尝，快去跟我迎接十一皇子。”

苏珞裳一脸不情愿，她这心里的气还没散呢，自上元节他放了她鸽子后，这都多久了，才想起还有她这一个人。

不给他点苦头吃，日后她嫁与他，他怎么会珍惜？

“我的小祖宗，快跟我迎接去。”

“阿爹，我不去。”

就在苏老爷与苏珞裳一番僵持时，伊伊闯入屋，没头没脑来了一句：“十一皇子……不行了！”

苏珞裳一听，哪还顾得上其他，提裙就冲，将苏老爷稳稳甩在身后。

苏珞裳之前从没觉得苏府宅子大，现下去见贺仕轩，她才觉得苏府真大，大得她一路都担惊受怕。

伊伊好不容易才追上苏珞裳，瞧着自家小姐力大如牛地拨开一众人，她都惊呆了。

“让开，让开。”她好不容易挤进去，便瞧见躺在绿茵地上的贺仕轩。

苏珞裳急得六神无主，蹲下身，猛摇他几下，却没任何反应，她急红了眼：“贺仕轩，贺仕轩！”

瞧见小姐哭了，伊伊哪舍得啊，忍不住想要上前，却被宜方拦下。

“快去叫大夫，叫大夫啊！”

苏珞裳的哭腔惹得贺仕轩心中不舍了，贺仕轩睁开眼，瞧着他放心尖上的姑娘：“珞裳。”

苏珞裳吸吸鼻子，低下头，就瞧见贺仕轩冲她扬起一抹欠揍的笑容。

好啊，敢骗她！

苏珞裳气不过,直接给了贺仕轩胸口一拳,贺仕轩不由得闷哼一声，整张脸都皱了起来。

“你怎么了？”苏珞裳慌了，她下手也没多重啊。

贺仕轩顺势将她拽入怀里，双手紧紧抱住她：“我想你。”

情话一出，腻得众人一散。

“不是说你不行了吗？”

贺仕轩皱了皱眉，脱口而出：“没有你要不行了。”

“贺仕轩，你耍流氓！”

贺仕轩不松手，任由她挥舞着绣花拳头。

“你怎么这么久才来见我？”良久，苏珞裳低低抽噎，“我还以为你是要去娶别家的大家闺秀了。”

“这一辈子，除了你，我谁都不要，我就要和你吵吵闹闹过余生。”

苏珞裳红了脸，手指轻攥着他的衣衫角：“那你什么时候娶我呀？”

“你想今日嫁，我今日便娶你。”

“没个正经。”苏珞裳娇嗔道，麻溜从贺仕轩怀里起来，脸上染上几朵霞云，别过视线，“快起来吧，让人撞见，还以为你瞧上个母老虎呢。”

贺仕轩盯着苏珞裳的后脑勺出神。上元节那天，他本是满怀欢喜去赴约，却在半路被刺客刺伤，要不是暗卫及时出手，他这条命怕是就没了。

他与世无争，却还是碍了别人的眼。

他自认对权力无欲无求，若有可能，他只想做一介平民，过简单平凡的日子，也不想卷入皇室争斗的漩涡中。

02.

辜府内外最近不太平，内有疯癫的冯氏闹着要自杀，又得知应南枝是假孕，外有辜文丰所经手查办的一桩案子被人翻底，辜文丰被牵连其中，又有传言老相国公骤逝与辜文丰的误报有关系。

辜文丰被这一桩桩一件件弄得焦头烂额。

辜言桥端着一碗安神汤入书房，远远地就瞧见扶额皱眉的辜文丰。

“父亲。”

闻声，辜文丰掀了掀眼皮，不作声。

辜言桥将安神汤刚搁在桌上，就被辜文丰一把打翻，碗都裂了两半，连带着溅湿了桌角的纸张。

“我再让人去熬一碗。”

“站住。”辜文丰气得胡子都在抖，顺势抓起桌上的墨砚往辜言桥背上砸去，“你那屋里头的丫鬟欺骗人怀有身孕也就算了，你竟还包庇她？”

“那冯氏害了我生母，杀了我祖母，你不也包庇她了吗？”

辜文丰双眼蓦地睁大：“你这是什么意思！”

“我什么意思，父亲心里清楚得很。”辜言桥盯着地上的碎碗片，“如今冯氏已疯，再留下，无益处，指不定哪日又捅出娄子，闹着自杀，还连带着伤及无辜之人。”

“你二娘是被逼疯的！她已经够可怜了，你竟还要断了她的后半辈子？”

“父亲，冯氏是被谁逼疯，你心里有数，”辜言桥弯腰拾起碎碗片，“有时候，活着并不比死好。”

“要不是发现得及时，你二娘已经去了鬼门关了！”

“她早该去了，亲自去向我的生母、祖母赔罪。”

“你你你……”辜文丰被他这个好儿子气得整个身子都在抖。

辜言桥一手攥着碎碗片，一手将摔碎了一个角的墨砚重新搁在桌上：“应南枝是我屋里的人，除了我，谁也无权命令她或惩处她。”

辜言桥走了几步，忽地停下：“祠堂已经整修完毕，待寻个好日子，我会让她入族谱，因为她是我唯一要娶的妻。”

“你敢！”

“连给冯氏喂毒药我都敢，这有何不敢？”

“辜言桥！”辜文丰发狠似的将墨砚朝檐柱上砸去，这一砸，墨砚直接裂了。

外头流言越传越烈，闹得辜府上下人心惶惶。

辜言桥暗地里派人去查传言的源头，那件案子早已尘埃落定，如今再拎出来，定是有心人故意为之。

而老相国公的骤逝与误报有关，他瞧着，倒更像是有人故意散播谣言，为的就是要搞垮辜府。

朝中人心不稳，本以老相国公为首的一派群龙无首，虽说席延是老相国公的独子又是公主驸马爷，可他到底是太年轻了，无人敢把仕途与身家性命交到一个初出茅庐的人手上。

诬陷辜府，将辜府一步步地拽入地狱，所有的矛头都指向一个人，席延。

相府。

敬莲照顾相国公夫人午睡后，不由自主去了书房。

自上回她听见席延与五哥的谈话后，她心中的不安越来越强烈。

父母安好，兄友弟恭，一家子和和睦睦的挺好，她不希望发生什么事，也不想去想。

敬莲刚到书房门口，便与一小厮撞上了。

小厮一见她，神色慌张，席延在里头发了话，小厮手紧捂着胸前，向她行过礼后，便匆匆离开。

“你怎么来了？”席延从书房内出来，一袭黑色长衫压得她心里郁悒。

“我照顾娘歇下，便来瞧瞧你。”敬莲不由得往屋里头瞧一眼，桌案上布满了废纸。

“你也辛苦了，去休息吧。”

“席延！”瞧着他转身欲回书房，敬莲忽地喊出声，犹豫了许久，才开口，“上回，我瞧见五哥了。”

“传闻你与五哥素来关系不和，怎的突然变得如此亲近了？”敬莲紧紧盯着他的身影，想瞧出什么。

皇室的争斗，从未停歇过，她知道的。

“你与五哥是想杀了三哥吗？”敬莲眸中蕴着泪，终于把她心中所想的说出来了。

席延蓦地转身，一双眼像极了凶狠的野兽：“你在胡说什么？”

“我没有胡说，你也不用骗我。”敬莲紧抠着手指，她就算知道了，可她也不知道该怎么做。

一时，陷入沉寂。

敬莲心里不知是何滋味，一边是她的兄长，一边是她的夫君，她不知道自己该怎么做了。

密谋害太子是死罪，况且要害她三哥的人竟是她的夫君与最宠她的五哥，这件事她谁都不能说，只要稍透露风声，那便是一场血雨腥风。

03.

今日，朝会上皇帝龙颜大怒。

长屏城中流言满天飞，不知是谁放出风声，有人欲夺太子之位，世上哪有不透风的墙？传言自然入了皇帝的耳。

席延一回相府，便撒气似的将桌上的酒盏碗碟一把推至地上，摔了个粉碎。

辜言桥如此顺利登入仕途，是要与他正式斗起来了吗？

老相国公夫人一瞧见这番场景，哎哟哟叫唤了两声："席延，你这是做什么？"

造孽啊，好好的一桌饭菜就这么被糟蹋了，敬莲回宫小住，席延现在变得阴晴不定，相府是中了什么邪呀！

与清静的相府不同，醉香楼最热闹，要不是常客，怕是连订桌位都要排到下月，更别说环境清幽的包间了。

穆双溪让单儿守在外面，她与应南枝想好好说说话。

"这杯酒我要恭喜辜府嫡公子入朝为官，祝仕途顺遂，还望你代我转达。"

应南枝从她手中拿走酒杯："你的贺语我会带到，酒多醉人又伤身，我们就免了吧。"

"百闻不如一见，今日一见你，长屏城的传言果然最不可信，辜府嫡公子得你一人，乃是福分。"穆双溪拿起酒壶为自己倒了一杯酒，是为了庆贺，也可能只是单纯为了醉。

"穆小姐。"

穆双溪一饮而尽，烈酒过喉，呛得她皱了皱眉："今日你找我，什么事？"

"有人觊觎太子之位的传言闹得众人皆知，"应南枝也不绕弯子了，开门见山，"散布谣言之人，谨小慎微，未透露更多，可只是这一句，便已掀起一阵巨浪，让当今天子对此动怒，下令严查，太子也着手准备，密防把控，不给人可乘之机。穆小姐，你说，到底是谁放出消息？"

穆双溪抬了抬眼皮:“朝廷之事,我一介女流之辈,哪懂得这么多。”

“我家公子入朝为官之事还未正式宣告，知晓之人并不多，穆小姐消息倒挺灵通。”

穆双溪手指不由得捏紧酒杯，不作声。

“欲夺太子之位的人唯有皇子，这一传言，将人所有的视线都拉去了皇宫，就算皇宫之外的人与这件事有牵扯，也能被轻易盖过，放出消息的人，不是为了害人，而是为了救人。”

穆双溪垂眸，世上真是没有不透风的墙啊，她已经这么谨慎了，却还是被人看出了蛛丝马迹。

前段时间，敬莲公主登门穆家来找她，就是为了这事。

她心中藏了事，却无人诉说，她说她不该来找穆双溪的，可她不知道还能找谁，她身为公主，皇族中的明争暗斗她虽不说，可心里都知道。

她最羡慕的不是丰衣足食，而是平常人家里的和睦融洽，她不想看到她的兄长为了一个太子之位，最后兵戎相见。

穆双溪轻叹声气，她不过一个身在闺中的女子，能有什么法子，手不能执利剑，一个笨脑袋也不能出谋划策，能做的也不过是散布谣言。

让太子有所准备，也让起了异心的人能及时收手，她与他虽有缘无分，可她也不想他自毁前程，此事牵连甚大，一着不慎满盘皆输。

穆双溪与应南枝心照不宣，她们都是为了守护爱的人罢了。

出了醉香楼，应南枝瞧着只饮一杯酒就微醺的穆双溪，心里着实放心不下：“穆小姐。”

穆双溪半个身子都靠在单儿身上，表面上仍是优雅至极：“不是说了，别叫我穆小姐吗？我叫你南枝，你唤我双溪。”

“我送你回去吧。”

“不用，单儿陪我就好了，我还真是不胜酒力，一杯酒就醉了。”

穆双溪眼眶泛红，偏头瞧见身后一位男子，长身玉立，眼珠子恨不能黏在应南枝身上。

“南枝，有人来接你了。”

应南枝转身，便瞧见辜言桥正站在一小摊前，皱着眉头，她知道，她擅作主张惹他生气了。

“去吧。”穆双溪轻声道，望着她奔向辜言桥的那一刻，她的心里很涩。

她真是羡慕她，能与自己爱的人在一起。

阿瑞在辜言桥看向应南枝之余偷摸朝她做手势，被辜言桥眼神一扫，没了下文。

应南枝瞧见辜言桥一脸愠怒，她主动承认错误：“我没与你打个招呼就出府，是我的错。”

他气的是她不打招呼就出门吗？如今格局乱，谁是敌是友，亦要仔细分辨，她倒好，与穆家小姐光明正大在酒楼见面？是故意让坏人有可乘之机吗？

辜言桥二话不说，一把将她揽入怀中。

阿瑞倒吸一口气，害羞地四下环顾，这可是最为繁华热闹的八角大街啊，公子厉害！

“辜言桥，”应南枝挣了挣，“现在可是白天。”

“我们光明正大，夜晚搂搂抱抱才更引人遐想。”辜言桥忍不住嘴上占了句便宜。

“跟我回府。”他要好好和她算一算这账。

还没走几步，辜言桥便发现她脸色不对劲，立马解下他的外衫披在她身上，圈住她肩的手不由得收紧。

应南枝紧攥着手，努力克制体内的狐狸心性。阿阮就在附近，她感应到了，要不是辜言桥将外衫罩在她的身上，她的狐狸尾巴怕是就要露馅了。

“辜言桥。”

为免她心里生疑，他只得寻了个借口：“薄衣蔽体，也不怕染了风寒。”

远处高筑城楼的屋脊上，阿阮把玩着狐狸尾巴，直勾勾地盯着辜言桥带着应南枝穿过人潮走远。

她的手缓缓抚上胸口，嘴角微扬：“果子，你的这颗心我用得很好。”

04.

欲夺太子之位一事已暴露，此次，皇帝盛怒，誓要追查到底！

五皇子早已按捺不住，要是再这么查下去，迟早得查到他头上。

五皇子烦闷地将手中的瓷杯掷地，碎片溅了一地：“该死！”

闻声，席延掀了掀眼皮，将五皇子烦躁的模样尽收眼底。

“席延，都什么时候了，你还有心情摹字！”五皇子踱至桌案前，将他笔下的纸张夺过来，揉皱往地上一扔。

席延将笔搁至笔架上，喉结上下滚了滚，眸中忽染上一丝狠戾：“事已至此，筹谋已无用，不如，鱼死网破。”

五皇子眯了眯眼：“你是说……”

“五皇子，你掌调动宫里兵马之权，守万雀门，调离宫中守卫易如反掌。”

五皇子有些退缩了，他虽一心想得到东宫之位，可他不想闹成这样，皇城本就是一个让人想靠近却又害怕的地方，一不小心，便会兵戎相见、血流成河。

他只想得到太子之位，能让父皇多瞧一眼，他也是能成大器之人！

“不过，我们要先寻个替死鬼，”鹬蚌相争渔翁得利，将谋逆之罪扣在别人身上，待他们两败俱伤，他们再趁机而上，“最近，十一皇子与辜言桥走得很近。”

五皇子了然，父皇不是最宠十一弟吗？要是得知十一弟竟是夺太子之位的幕后指使，该是如何痛心。

“最近辜府在朝堂上可谓是风生水起，虽说辜文丰有走下坡之势，可他的儿子半路入仕，却能占得一席之地，不得小觑，若是不将辜府扳倒，怕是日后就更不好除去了。”

席延紧了紧腮帮子：“只要坐实他们谋逆的罪名，那五皇子你，便无后顾之忧。”

十一皇子背后有辜言桥作为谋士，又独得皇上的恩宠，三皇子虽贵为太子，却不受重视，好似，只是一颗棋子，作为十一皇子的挡箭牌。

五皇子陷入了焦虑：“我们这么做，会不会太操之过急了？”

席延攥紧手，捏得指头泛白，如今走到这一步，终有一战。

新仇旧恨一起算，因为辜文丰的误报，他的父亲死在了去边塞的路上，如今辜言桥又与他一争高低，阻他仕途高升，那就别怪他让辜府背上这个罪名，将十一皇子与辜言桥交好的事抖落，定会一石激起千层浪。

让他人以为十一皇子与辜言桥密谋夺取太子之位，到时，他与五皇子再一举出击，稳坐这场争战的赢家。

“混账！”东宫内忽地传出太子的一记暴吼，在东宫里见着什么摔什么，守在宫外的下人吓得身子一抖，纷纷跪倒，不敢出声。

太子双目睁圆，环顾着整座东宫，他就知道，就知道父皇不是真心想立他为太子的！

五弟算个什么！不过一个莽夫，父皇打发他去守万雀门，他还真当自己受了重用，还想夺他的太子之位，不将父皇与他这个兄长放在眼里，简直混账！畜生都不如！

十一弟呢？他到底是哪里不如十一弟？

自他坐上太子之位后，他万不敢有一丝懈怠，兢兢业业、勤勤恳恳，为父皇解忧，为百姓考虑，他究竟是哪里不如吃喝玩乐，没个正行的十一弟？

父皇偏爱十一弟的生母就算了，还如此偏爱十一弟，竟将自己身边最得力最信任的暗卫派去保护十一弟，要不是五弟暗中透露，他还不知情，以为十一弟真的是替他着想，才会找他里应外合，对五弟来一个瓮中捉鳖。

可他错了，大错特错！

从没有人真正地关心他，他们都觊觎他的太子之位。

就连封他为太子的父皇也从来没在意他，父皇只是想让他成为十一弟的挡箭牌，为十一弟挡去所有的暗箭。

自己只是父皇的一颗棋子，父皇从没将自己当作是他的儿子！

太子蓦地跪在东宫之位的面前，眼里布满了红血丝，眼角还残留着泪。

他堂堂一个太子，却人人都可以对他指手画脚，将他牢牢束缚。

一个五弟，一个十一弟，都想着要踩在他的头上，明着暗着拉拢他，让他帮他们除掉对自己不利的人，可他偏偏不遂任何人的心意！

他是渭朝的太子，也是未来的一国之君！谁也别想将他踩在脚下，谁也不能！

第十六章×她信，待到春暖花开，他会回来

01.

长屏城流言四起，辜文丰因听闻老相国公的死与他有关后，便一病不起，整个辜府都交到了辜言桥的手中。

每日，散了朝会，辜言桥都会亲自来喂辜老爷喝药。

待房门一开，等在门口的应南枝蓦地站起身，端过他手中的碗，她自愿担起为辜老爷煎药的任务，如今朝堂波谲云诡，府里的事她不想他多操心费神。

“日日都是你亲自熬药，你受累了，”辜言桥轻牵起应南枝的手，“你是我未过门的妻子，日后总要与我父亲相见，共处一屋檐下。”

她知道他的意思，可辜老爷如今病倒了，他本就不喜欢她，若是她伺候辜老爷喝药，她怕会加重辜老爷的病情。

下人着急忙慌刚来通传，贺仕轩便已踏入了府。

如今五皇子与相府那边暗流涌动，他怕随时会有变数，那他们精

心谋划的就没用了。

书房内，贺仕轩攥紧拳头，一拳捶在结实的角柱上，满面愁容。

他已将一切都告诉了太子，虽说五哥与他们身上流着相同的血，可他若当真要做出此事来，为平民心，稳宫中之势，他们也不会任由五哥肆意妄为。

“辜言桥，你说我们此计不会有疏漏吧？”

“我们已经织好了网，他们要是有所行动，那便证明他们已起异心，不这么做，那就不只是宫中的血雨腥风了，一着不慎，那将会让滘朝的根基动摇，邻国边塞将会动起心思。”

今日朝会一散，他就瞧见五哥与席延公然议事，若五哥真要夺太子之位，伤兄弟和气，辜负父皇的信任，那他绝不心软。

辜言桥轻啜一口热茶:“若他们行动了，到时，我们来个瓮中捉鳖。”

他故意让贺仕轩放出消息，三日后，他们会有所动作，为的就是让五皇子与席延以为他们中了他们所设下的圈套。

陷害他与十一皇子要夺太子之位，挑唆太子与十一皇子的关系，待他们两败俱伤，他们渔翁得利，这算盘打得确实精明，可惜了。

他们设下圈套等他们自投罗网，他们就陪他们演这出戏，布下天罗地网，请君入瓮。

许是上天也预知到了将有大事发生，暴雨不断，湿气与薄雾笼罩了整座长屏城。

偌大皇城，半里便有一足灯，守卫的士兵站得笔直，风吹雨打，屹然不倒。

主君殿内，皇帝着一袭朝服端坐在龙椅之上，环顾着富丽堂皇又气势威严的正殿，凝眸盯着文武百官朝拜的地方，手紧按在龙椅圆柱上，青筋暴凸。

今夜，注定是个不眠夜。

太子手执父皇赐他的尚弨剑，坐在东宫上位，东宫大门全敞开，赶走一众下人，他孤身在等。

劲风忽地窜入东宫，灭了殿中两排足灯。

太子闻声，抬眸。

从殿外走来一道身影，身穿盔甲，携一身英姿飒爽，剑尖抵在青琉石面，划出一道刺啦声响，刺得人耳朵犯疼。

“五弟。”太子撑着尚弨剑起身，与他视线相对。

该来的终于来了。

“这里没有你要擒拿的谋逆之人，让你失望了。”太子咬着腮帮子一字一句。

五皇子大笑了两声，手攥紧剑柄：“原来，你还是信了十一弟。”

想不到啊，本想渔翁得利，却中了计。

太子红着眼：“五弟，我一直待你不薄，你怎会生出这份心思？”

他与十一弟里应外合，故意放出消息，让五弟自己走入这个圈套，好将他们一网打尽，可他是不舍且不忍的。

从前，他最羡他们兄弟生在皇宫，却能和睦相处，从未动过手足相残的心思，如今，只是他错信了。

皇宫，从不会有平静的一天，权是他们一生的追求。为了权，他们可以舍弃亲情、爱情与友情，情在他们眼里，就是不值得一提的东西。

五皇子仔细瞧着高阶上的东宫之位，眼底通红：“三哥，你还记得我们小时候因翘了太傅的课，而被父皇责罚的事吗？你为包庇我，自己受了重重的一顿责罚，那是我第一次感受到有兄长是何其幸运。

我们同父异母，我的生母宜妃总是嘱咐我，在宫中，最不能信的便是兄弟和睦，偌大的皇宫，皇子间唯有算计，活下来的那个，才最有可能成为未来的君主。”

五皇子举起剑，将剑尖对准太子：“三哥，我们都忘了，宫中是不会有安宁日子的，如果有，那就是被安逸蒙蔽了眼睛，不愿去争、不愿去斗。”

太子眼底染上了猩红：“五弟，你知道你已经没有退路了吗？”

“从我举剑领兵入万雀门那一刻起，我就没有退路了，我只是没想到，我们千算万算，还是中了你们的圈套，皇宫守卫今日如此松散，我就该想到了，你与十一弟已联合了起来，欲将我拿下。”五皇子皱紧眉头，凝眸盯着太子，“可太子你，如意算盘还是打错了，你以为将我除去，你的太子之位就能坐得安稳吗？你心中比谁都清楚，父皇心中的太子之位首选不是你，他封你为太子，不过是为了给他宠爱的十一子铺路，拿你做挡箭牌！你就是一颗棋子！”

“住口！”太子被激怒了，双目猩红，举起剑猛地往前一冲，誓要与五皇子一较高下。

五皇子抿紧唇，以剑相抵他砍过来的力道，二人剑术不相上下，他的脑海里总会回想起他们二人儿时手执木剑在后花园互相切磋的场景。

只是，他们都不再是从前的孩童了。

如今，为了权，为了活命，他们兵刃相见。

太子愤怒一号，却被五皇子以剑一推，他被震出一丈远，撞倒了一盏落地足灯，精美的足灯“砰”的一声脆响，碎了。

太子咬咬牙，想不到他如今剑术精进如此。

五皇子双手紧握住剑柄，瞧着略显狼狈的太子，弯起唇畔：“太子，你常年在东宫，已然不知握剑的滋味了吧。”

“贺仕景！”太子蓦地喊出五皇子的名，从前旁人都叫他握紧手中的权力，他不信，他以为他们兄弟间不一样，不会为了权而执剑相见。

到头来，是他错了，皇宫中从不要什么兄友弟恭，要的是下一任君王。

“胜者为王。”五皇子紧咬着腮帮子，冷冷地瞧着太子，他们走到如今这一步，怨不得谁，要怨就怨他们生有皇室血脉！

两人斗狠陷入了胶着，兵器相互碰撞厮砍刺耳得很，锋利的剑刃划破了东宫里的庄袖绸帘，击碎了西域使臣献来的瓷釉绮瓶，刺穿了金丝银线所穿引的软甲，劈断了高戴的发冠，挑断了一缕垂在额前的青丝。

东宫里的动静闹得很大，却没有一兵一卒进来，这是他们两人的一场战役。

太子发丝凌乱，紧握着剑柄，不敢有一丝懈怠。

五皇子低头瞧了一眼被刺穿的软甲处渗出鲜红的血，嘴角噙了一抹嗜血的笑，他有多久没有这么舒展筋骨了！

谁也不让谁。

他们心里都清楚，这场赌局，谁胜为王，谁败唯有一死。

主君殿门口，吵闹得让人头疼。

敬莲公主不顾宫人的阻拦，闯了进来，瞧着坐在宝座上的父皇，眸里蕴泪。

宫人见状，立刻俯首跪倒，求君王饶命，他们想拦住敬莲公主的，可他们哪敢伤了敬莲公主千金之躯啊。

“下去吧。”皇帝宽大精绣衣袍一挥，宫人全数退下，冷清的大殿上只剩下他们父女两人。

须臾，敬莲公主二话不说，跪在了主殿之上：“父皇，敬莲恳求父皇，饶了兄长们。”

皇帝闷着气：“敬莲，你这话是何意？”

敬莲眼泪不争气地流了下来，滴在主殿上，猛地朝他重重磕了一头，哭腔难抑：“父皇，他们都是您的儿子啊！您何其忍心！”

今夜母妃设宴赏花听曲儿，后宫一派祥和，要不是席延快马加鞭差人送来书信，她竟不知前朝发生此等大事。

她不能眼睁睁地瞧着她的两位兄长为一个太子之位争得你死我活。

她不张扬，从后宫乐宴出来，才发现禁军已将东宫围得水泄不通，皇宫早已布满了精锐兵队，似早有准备。

她疾步去求父皇，偌大皇城，做主的唯有父皇一人，要不是父皇应允，皇宫中怎么会有这么多精兵部署？

“这是他们命数。”皇帝眯了眯眼，皇宫本就是残忍的杀戮之地。

敬莲不顾膝上的磨疼，往前挪步：“父皇，现在阻止还来得及！求您，发慈悲之心！”

皇帝轻叹了声气，他膝下有十二位儿女，儿子中有身落残疾的，有早夭的，也有请旨扎根边陲的，更有智力低下的……

余下的儿子中，也就只有太子、五子与十一子方有人上人之势，只是可惜，皇位只有一个，他必须要狠下心来舍弃，才能保滑朝太平安定。

“敬莲，你身为公主，夜闯主君殿也是不合祖制的，回去吧。”

敬莲皱紧了眉头，她不是听不出父皇欲打发她走的意思，可她不能走，三哥与五哥此刻争打不休，要是不喊停，他们将会两败俱伤。

“父皇。”敬莲颤着音，她从没瞧过父皇这一面，都说帝王本无情，她以为她的父皇不会这般，可如今瞧着，这么多年，她从没瞧清过父皇。

他们儿女在他眼里，可能只是几颗无用便可弃之的棋。

“来人，请公主回殿歇息。”

皇帝一发话，宫人悉数进殿，先是客气说辞，后因着实没了办法，只得动了蛮力。

敬莲使劲推搡，却不敌他们的气力。

“放开我，放开我！父皇，父皇，敬莲求您了！救救三哥和五哥！敬莲求您了！”

主君殿上，敬莲嘶喊着，将清静甬道扰个不宁。

皇帝往宝座上一靠，瞧着大殿，眼前浮现的是孩子成群在他跟前嬉闹着，为争在他膝上一坐，嚷得让人头疼的画面，可他却不觉得烦，为公正，他一一将孩子们都抱在膝上坐了坐，分了每人一块很甜的梅烙糕……

今夜……注定不眠啊。

02.

已近子时，皇宫内却火光通明。

敬莲费劲挣开宫人的钳制，一路朝东，奔向没有尽头的火光之地。

她还是迟了。

待她跑出弯曲又漆黑的廊桥，站在高高的拱桥上，就听见一道毫无温度的放箭命令。

一声令下，无数的箭像一场流星朝一个地方飞去，箭镞落地折弯的声音很刺耳，那刺穿人皮骨的撕裂声让人崩溃。

“不！”

敬莲撕心裂肺，全身都在拒绝向前，她眼睁睁地瞧着被围在东宫正殿门口的一抹身影，在清冷的月色下，孤独又凄凉。

敬莲浑身发颤，要不是靠着意志力，她怕挪不动一步。

手执弓箭与长剑的禁卫军将东宫围了个水泄不通，她若不是号一嗓子亮明自己的公主身份，禁卫军头领也不肯让他们退让。

火光通明，映着地上鲜红的血，刺痛了她的眼，她从没见过一个人可以流这么多血。

倒在血泊中的人，不是罪臣与贼子，是她的五哥，最疼爱她的五哥，是父皇的儿子，滑朝的五皇子。

“五哥，五哥！”敬莲猛地一扑，跪倒在地，拼命挪到他的跟前，无数的箭穿身而过，只剩下血窟窿，血像不枯竭的井一直往外涌。

瞧着敬莲顿在半空不知所措的手，五皇子拼尽全力抬手握住她颤抖的手：“敬莲，别哭。”

“五……五哥。”敬莲悲伤得不能自已，心似被箭刺穿一般疼，她不能相信，曾经能穿甲佩刀、一身飒爽的五哥，变成今日这个样子。

“五哥，你撑着点，我……我去给你找太医，你不会……不会有事的。”敬莲双手紧按住他身上的血窟窿，可他身上的血窟窿真的太多了，她根本按不住。

“敬莲，好好、好好照顾自己。”五皇子唇色苍白，形如枯槁，他知道他已无力回天了。

五皇子抬眸，瞧着皇宫的四方天空，阴郁又狭窄，他被困了这么多年，总算要飞出去了，自由了。

“五哥，五哥，你别丢下敬莲。”敬莲眼哭得红肿，哭得喘不过气。

“傻丫头，”五皇子想睁开眼再瞧一瞧他捧在手心疼的小公主，可他太累了，累得眼都睁不开了，声音轻如呢喃，又似呓语，“我再给你带糖葫芦……”

“五哥，五哥，”瞧着没了生气的五皇子，敬莲不敢相信，伸手推了推毫无反应的五皇子，“五哥，五哥，你别吓敬莲啊，你起来，你起来！”

禁卫军头领不言语半句，眼神示意候在一旁的宫人扶公主回去，这场景太过于血腥，她不宜久留。

宫人费九牛二虎之力也扯不起悲痛欲绝的敬莲，敬莲号啕挣扎：“你们这些狗奴才！放开我！”

敬莲狠狠推开那些宫人，匍匐在地挪到五皇子的身侧，吃力地将他扶起，手颤抖地抚上五皇子没了温度的脸：“五哥，你醒醒，你睁开眼啊，敬莲以后再也不忤你了，五哥！”

她曾认为她是世间最幸福的人，父皇疼、母妃宠、哥哥们惯着她，还会争相地给她带她最喜欢的糖葫芦。

可惜，那不过是场会醒的美梦，最疼她的五哥就这么倒在皇宫中，倒在了东宫门口，血染了白瓷玉的勾缝。

她羡慕寻常百姓人家的亲情，哪怕粗茶淡饭，她也乐意。

“五哥，下一世，我们都不要生在皇家了……”

东宫内，太子负了伤，靠着盘柱而坐，手执剑柄，剑尖抵在青瓷砖石面上。

这场战役，他和五弟，其实都输了。

贺仕轩扶着太子去石椅上歇息，这个局就是为引五哥上钩而精心布置的。

本想着五哥一出现，坐实了五哥欲夺太子之位，就将五哥拿下。可不知生了什么变数，禁卫军头领竟将贺仕轩困制住，良久才将他放出来，待他赶至东宫，太子与五哥早已负伤累累，他要是再晚来一步，怕是就两败俱伤。

东宫外闹了动静，引得贺仕轩侧身张望。

贺仕轩皱紧眉头，五哥虽犯下不可饶恕之罪，可身负重伤，便被禁卫军头领扣押至天牢，他不放心。

“太子，我去瞧一眼。”贺仕轩行礼告退，刚下台阶，后背便被划了一刀，剑刃太过锋利，割开了他的衣衫，划破了他的肌肤，鲜血微渗。

贺仕轩反应迅速，回身退至安全地方，眼如鹰钩般盯着太子，只瞧太子眼神忽变，身子虽虚，可气势仍在，手紧握着剑柄。

“三哥。”

太子冷笑：“别叫我三哥，我受不起。”

太子望了一眼紧闭的东宫殿门，故作痛心道：“五弟的最后一面，我怕是见不到了。”

贺仕轩警觉：“三哥，你这话是何意？”

太子执剑走下一步台阶：“你以为，抓住了贺仕景，一切便结束了吗？十一弟，你太天真了，有夺太子之位的心就会有逼宫夺帝位的心，你以为父皇会对这种人心慈手软吗？你以为你五哥犯下这种罪，死罪可免吗？不，他只有死路一条。”

“三哥。”贺仕轩望着步步逼近的太子，不敢相信太子竟会对他执剑相向。

“仕轩啊，你的生母生前就独占父皇的宠爱，我们这些兄弟姐妹中，父皇对你更是偏爱，”太子沉下脸，“偏爱到恨不能将太子之位传给你。”

“三哥，你想多了，你是太子，你是父皇的储君人选。”

“够了！”太子暴怒，“我只是一个挡箭牌！帮你挡去日后所有对你不利的人！你不要再骗我了！今日，你与我一同除去了贺仕景，是因为我还没有明面上威胁到你，可我，不会坐以待毙。”

太子强忍着身上的伤痛：“今日，是你我合谋才将五弟骗入了局，他既然已背负罪名，也不怕多一条刺杀十一皇子的罪吧。”

“三哥，你这是……”

“十一弟，你给我创造了这么好的机会，我不用多可惜啊，”太子疯笑，笑得瘆人，“此计能解决你与五弟，一举两得，何乐而不为呢？”

太子眼神发了狠，举剑逼向贺仕轩，贺仕轩为自保，随意抓起被砍成两截的足灯柄来抵挡太子的攻势。

太子体力不支，又有伤在身，可进攻激烈，贺仕轩拼命抵挡，他心中顾及太子，以防守为主，可太子招招都似要他的命。

“三哥！”贺仕轩被逼至角落，眼见剑就要劈下来，他利落闪身一躲，那剑刃直接砍进了雕花木柱，“你清醒点！”

太子将剑从木柱里拔出来，嘶吼一声:“我清醒得很，我要你的命！”

趁此乱，他正好解决了五弟与十一弟，余下的皇子中，还没有能威胁他太子之位的人，只要贺仕轩死了，嫁祸给贺仕景，那他这个太子之位就坐得稳当了，再也无后顾之忧！

太子咆哮，被贺仕轩的以退为进彻底激怒：“啊！”

贺仕轩面色凝重，使力以足灯柄冲撞开太子，太子往后踉跄一步，要不是以剑抵着，他怕是就倒了。

“终于要露出你的真面目了！太子之位谁不想要！你也想要！”太子拼尽全力厮杀，气力却敌不过。

他脑海中总是回想父皇对十一弟的偏爱，兵书礼法全给十一弟看，就连他们两个人摔倒了，父皇也总是会第一个扶起十一弟，就连他最爱吃的核桃酥，父皇都是先想到给十一弟尝，他在父皇的心中，根本不及十一弟的一根头发丝！

太子眼底染上猩红，像头发怒的野兽冲过来，心有余而力不足，眼见自己就要输得一败涂地，太子狡黠一笑：“五弟，你来了。”

闻声，贺仕轩中计回头，便被太子钻了空。

一柄利剑猛地刺中他的心脏，太子发狠似的将贺仕轩抵至雕花廊柱上，眸中猩红又蕴泪，面部狰狞却又笑着：“你陪老五一起死吧！”

贺仕轩微微低头，鲜血一瞬便浸染了他的白缎绸衫……

苏府屋内，烛火轻曳。

“嘶——”苏珞裳笨拙地刺绣，没承想，却刺破了手指，一滴鲜血如花一绽。

伊伊闻声，立刻放下手中的活儿，匆匆小跑过来，用干净清香的手绢将小姐的手指紧紧包住。

苏珞裳笑着打趣她：“小小年纪，皱什么眉头，你小姐我可没那么娇贵。”

“小姐，都说了这活儿我来做便好。”

橘黄的光晕里，苏珞裳的脸染上红云：“都说成亲的囍字样，新娘子自个儿绣，才能得一个好彩头。”

她绣艺虽不精，可她能学，哪怕十个手指头都破了，她也乐在其中，一辈子就一次的喜事，她怎么能马虎呢，小小的囍字样哪能经由他人之手呢。

苏珞裳执起绣了一半的囍字样，脸上挂着笑：“得在成亲前绣完呢。”

03.

长屏城狂风暴雨不止，似要将皇宫里的血腥冲刷个干净。

皇宫发了讣告，五皇子与十一皇子皆殁。

相府一夜间彻底垮台，小相爷沦为阶下囚，三日后，处以斩刑。

一时间，长屏城流言四起、众说纷纭，有说五皇子与十一皇子为夺太子之位斗得两败俱伤，也有说五皇子早有精神隐疾，听信席延谗言而对十一皇子心生妒意，错手杀了自家兄弟，内心有愧，当即自刎谢罪。

天牢阴暗潮湿，唯有牢中那一四方小铁扇有些许阳光洒进来。

席延一身囚衣，不复往日的冷傲孤清。

闻声，他偏头，便瞧见辜言桥立在铁门外，灼灼火光映得天牢似地府。

“怎么，你来送我最后一程？”席延敛回视线，又盯着那一小铁扇瞧。

辜言桥命人打开门，将一食盒拎了进来，从三层屉格里取出好几盘菜与一壶酒。

席延眯了眯眼：“都等了三日，难道连今日正午都等不到？”

辜言桥为他倒了一杯酒：“这是老相国公夫人托我带来给你的。”

“母亲？”

瞧着他眉头一松，面色都柔和了些，辜言桥才道：“皇上看在老相国公一世英名与为国征战的战绩上，才发了慈悲之心，保相府荣誉，免了相府抄家之责，相府上上下下几百条人命保住了。”

“以我一人之命，换相府平安，值了。”席延端过酒，一饮而尽，这酒苦到了骨子里。

辜言桥居高临下地盯着他，不过才被困了三日，他身上的锐气就消磨了个干净。

皇帝大赦相府，留相府一个体面，可老相国独子以上犯下，教唆皇子争权夺位，留不得。

老相国公唯有一子，君要他死，他不得不死，杀席延一个让人瞧着是皇帝顾念旧情，实则却断了相府的香火延续，彻底断了相府权倾朝野的后路。

这一招，确实狠。

“敬莲公主，精神失常，被关在了公主殿。”这件事，他应该告诉席延，不说席延犯了大罪，他也是敬莲公主的夫君。

席延喉结上下滚了滚：“有来世，我再向她好好赔罪。”他抬头，一双深邃眼眸似要将人吞进去。

“与你一比，我还真不如你，在人前装了这么多年的羸弱样子，却在一瞬间，搅起了风云，”席延嘴角挂着冷笑，“自此，你平步青云了。”

他缓缓起身，膝上受了刑，他手不撑着斑驳砖墙，怕是站不住。

“我称病，有我的苦衷。”辜言桥双手交叠，“我从没想过与你争出个什么。”

席延冷笑几声，眼里藏着红血丝：“是啊，你不争却得到了所有，而我，费尽心思却什么都得不到，上天真是厚待你。”

席延背过身，咬牙站着。他一个死到临头的人，再多言也改变不了什么，父亲的死传言与辜言桥的父亲有关，可辜文丰如今已倒，像个活死人躺着，他一心将辜言桥当作假想敌，一心想比过他，却从来没赢过他。

“你走吧，我想一个人待着。”

辜言桥盯着他因受刑疼痛微佝的背影，唏嘘不已。

铁锁扣住牢门，耳边清静了。

席延手指紧抠着长霉的砖墙，背贴着墙瘫坐在地，望了眼母亲亲自下厨为他做的菜，不禁湿了眼眶。他身为家中独子，不能守在母亲身边尽孝，他还真是一个不肖子。

阳光从铁扇洒进来，映在他棱角分明的下颚，他抬手，阳光触手可及，眸中多了分温柔，他放在心里爱的人，最喜温暖阳光，最喜百花盛开。

可惜，他不能陪在他爱的人身边了。

相府遭此重创，再无翻身可能。

虽说穆家与相府早已没有瓜葛，可毕竟差点结为亲家，生怕受牵累，穆老爷与穆夫人携家带眷，忙活着出城移居，暂要与相府撇清关系。

这一事闹得满城风雨，谁人都知，可穆双溪却不知情。

自受了风寒后，穆双溪身子便一直不见好，春天，又是易染风寒的季节，病情反反复复，她也就再也没出过府。

府外的惊天动地，与她没有干系。

穆双溪站在穆府门口，望着清点货物的父亲与吩咐下人忙进忙出的母亲，她也心存疑虑，为什么爹娘会这么着急出城，好似发生了大事。

他们只说，是去闫镇投奔大姑母。

近日，府中的下人见她都会绕道而走，像避瘟疫，她的贴身婢女单儿瞧见她也似老鼠见了猫。

穆双溪缓缓下青阶，唤住搬花瓶的单儿：“单儿。”

单儿被唤，手一滑，花瓶应声而碎，吓得单儿跪地就捡。

“单儿，你没事吧？”穆双溪疾步跑来，越瞧单儿越奇怪，她从来没见过单儿这么冒失过。

“小姐，单儿没事……没事啊。”

穆双溪攥着手绢要与单儿一块捡，两人争执间，穆双溪手背被碎片割伤，单儿急得眼泪簌簌，忽地涌出哭腔：“小姐。”

瞧单儿越哭越凶，穆双溪不明所以，只得安慰道：“单儿，我没事。”

“小姐，单儿不该瞒着你。”她真的瞒不下去了，她实在不忍心小姐被蒙在鼓里，哪怕老爷夫人怪罪她，她也要说。

穆双溪心中有一种不祥之感，可不待单儿开口，穆老爷便出声喝止，带着一身怒气疾步上前，扬手就甩了单儿一耳刮子。

“爹！”穆双溪以身护着单儿，穆老爷第二个耳光才没打下来。

穆双溪直觉事情不简单，父亲对府中下人一向和颜悦色，她从没见过父亲发这么大火。

“爹，到底发生什么事了？”

望着面容苍白的穆双溪，穆老爷心中不忍，也不愿告诉她，知道了也只是徒添悲伤。

穆双溪转身钳住单儿的肩膀：“单儿，你告诉我，到底怎么了？”

单儿抽噎，瞧了一眼穆老爷，敛回视线，心中打定了要将一切告诉小姐的主意：“小相爷他……”

“还不住口！”穆老爷气急了，整个身子都在颤抖。

一听关于席延，穆双溪的心便揪了起来：“他怎么了，怎么了？你快说啊，单儿！”

单儿眉头紧锁：“小姐，小相爷他……要斩首示众了。”

闻言，穆双溪心猛地一坠，身子虚浮，要不是单儿扶住她，她怕是直直倒地了。

“小姐。”单儿半张脸被打得涨红，瞧着小姐红了眼，她心疼。

她自小陪在小姐身边，她深知小姐对小相爷的情意，她怕现在不说，日后小姐知道，会自疚一辈子。

三日前，也就是皇城贴出讣告的一炷香前，奉舜奉小相爷之令，暗地送锦盒给小姐，托她转交，却被老爷半路截下，并说此事不许告知小姐，不然就打断她的双腿轰出府去。

可她，实在不忍心瞒着小姐。

穆双溪怔在原地，她不信，他们一定是在合起伙骗她，他是相府独子，是当朝驸马，怎么会斩首呢？她不信，不信！

穆双溪拂开单儿，他们都在骗她，她要出府，她要去问个清楚。

“双溪！”穆老爷瞧着跌跌撞撞要出府的穆双溪，动了怒，“你给我站住！”

穆双溪哪还听得进，她心里只有一个念头，她要去弄清楚，这一定是他们骗她的！

“席延他教唆皇子争太子之位，扫皇家颜面，其罪当诛！”

穆双溪紧抿着唇，步子微跄，全然听不进话，只一心要出穆府。

“拦住小姐！”穆老爷沉下脸，“还愣着干什么，将小姐拦下！”

穆双溪不从，嘶喊着让他们让开，拼命推开涌上前的下人，她似一头发了怒的野兽，不似从前柔弱优雅。

下人顾着她穆家小姐的身份，也不敢伤着她丝毫。

双方争执不下，穆老爷蓦地开口：“穆双溪，你再执迷不悟，我就当没你这个女儿！”

刚从偏殿赶来的穆夫人一听老爷放出这么重的话，一时慌了：“双溪，你还不听你爹的话！”

穆双溪抬眸，骄阳高挂，她最喜的春天，却让她如身在寒冬。

皇帝亲自下令要将相府之子斩首，此事牵连到皇帝的两位皇子，再也没有转圜之地，她怕……只能见他最后一面。

“恕女儿不孝……”

临近正午，长屏城最为热闹的八角大街却异常冷清，相府独子午时三刻在万雀门下斩首示众，所有人都聚在万雀门，等着看这出戏。

席延一身囚衣跪在烈阳下，耳畔是母亲哭得肝肠寸断的声音，每一声都如一把利刀在剜他的心。

老相国公夫人上了年纪，体力不支，最后哭晕了过去，可他双手被缚，他什么都做不了，只能眼神示意奉舜好生照顾他的母亲。

养育之恩，他当来生再报。

时辰已到，刽子手得令，扛着鬼头大刀上前，高举起刀，一副凶神恶煞的模样逼得看戏的众人不由自主往后退了三步。

而在看戏的众人中，唯有一人不畏往前迈出步，有人认出来，不由得一喊：“是穆家小姐！”

窸窸窣窣扰得监刑官不由拍板以示安静，席延心一震，失了神采的眸子蓦地一亮，缓缓抬头，便瞧见穆双溪站在刑台下。

四目相对，胜过一切言语。

穆双溪努力扯出一抹弧度，她想以最好的面容送他最后一程。

席延喉咙哽了哽，眼眶泛红，她那好看的眸子，却为了他落泪，他是个将死之人，不想她看见血腥的画面。

穆双溪似与他心有灵犀，转过身，她知道，他一定不愿意她瞧见他这般，她紧咬着下唇，嘴里满是血腥的味道，只为了抑住哭，她也不想让他瞧见她脆弱的样子。

刽子手双手紧攥刀柄，烈酒喷洒。

瞧着穆双溪转过身，席延缓缓闭上眼，冰凉的刀刃划过他的肌肤。这一生，如走马灯似的在他脑海中盘旋，最后的画面定格在一抹娇俏身影手执木刻雕花的簪子向他走来，笑靥如花。

下一世，无论前路险阻、后路荆棘，他都不要再放开她的手。

刀一落下，穆双溪觉得她的身子都被抽空了，她的春天，再也等不来了。

穆双溪踉跄地推开围观的人群，走了几步，便觉喉咙里涌出一股子血腥，猛地咳出一口血，眼前一黑，不省人事。

她信，待到春暖花开，他会回来。

04.

长屏城的春天很短，短到厚床褥子还没来得及收起来，就要将囤起的凉席都拿出来晒一晒，以作备用。

放眼望去，满院子的凉席、凉枕与沁了草药香的软枕。

应南枝蹲坐在树下，眼直勾勾地盯着院门，等着辜言桥回来。

近日，发生了太多事，他刚入仕途，皇帝委以他重任，他自当要为皇帝分忧，处理朝堂之事。

皇帝痛失两位皇子，朝廷风云翻涌，各势力结党营私，权力脉络盘根错节，趁此机会，正是整改朝廷的好时机，他必须要投入所有的时间与精力。

她知道他忙，她不去打扰他，她就守在家中，等他回来。

阿瑞手拿一鸡毛掸子到处掸一掸，时不时瞅一眼，他可是身担重责在身，公子吩咐他好好照顾应南枝，他不敢有一丝懈怠。

公子忙于公务，无暇回府，她就像倦了的一只猫，常窝在树下，不言语半句，要不是知道有这么一个人，他还以为是他出现幻觉了呢。

阿瑞丢下鸡毛掸子，回屋取东西，蹦跳来到应南枝面前："喏，果脯。"

见应南枝提不起半分兴致，阿瑞拿出了撒手锏："这是公子特意吩咐我给你准备的，日日都去铺子买新腌制的，绝不能买陈的。"

果然奏效，一听关于公子，应南枝侧了侧身子，正要从阿瑞手中拿过果脯，便听见正院里闹了动静。

应南枝与阿瑞刚入正院，就瞧见冯氏披头散发，手拿着竹扫帚四面横扫，根本不让人靠近。

冯氏眼尖，一眼就瞧见了应南枝，她对应南枝怀有恨意，哪怕疯傻，她也记得清楚：“小贱婢！”

冯氏丢下防身的竹扫帚，像头发怒的野兽冲过来，却被几个小厮眼疾手快地拦住，她狰狞着脸，哪有半点曾经庄雅的模样，现如今，像极了市井上的泼妇。

“谁放冯氏出来的？”应南枝皱着眉，扫视一眼院里的所有人。

府中上下，谁不知应南枝是府中做主之人，老爷卧病在床，嫡公子忙于事务，二公子年纪尚小。

况且，应南枝是嫡公子放在心尖上的人，也是要娶之人，嫡公子早已放话，府中事务全交由她处理。

下人面面相觑，一瘦弱小丫头从人群后出来，承认过失。

原是她刚进府不久，府内规矩还没摸明白，被派去打扫废院，听见冯氏乞求之音，心软便放她出去，哪知酿成大错。

应南枝瞧着拼命挣扎嘶吼的冯氏，深觉她也是个可怜人。

“疼，疼死我了！你们放开我！我可是辜府的二夫人，二公子的生母，你们这群下等人怎么能这么对我！”

应南枝瞧着不忍：“带她回她该回的地方。”

“等等。”辜言桥忙完手头上的要紧事务，抽空过一趟府，哪料，回来就瞧见冯氏撒疯，满嘴污言秽语，将矛头对准应南枝。

应南枝回身瞧着，他瘦了，可精神头十足，他早已不以病伪装。

自冯氏被禁足，辜老爷卧病在床，他掌管辜府，入了朝堂，他的行事做派为人津津乐道。

谁也没料到，辜府的病弱嫡子身子竟好全了，成了人中龙凤。

谁也不知道，他只是假意称病。

辜言桥迎着她的目光走过来，眼含柔情。

听见冯氏乱喊乱叫，辜言桥忽地变了脸色，眸露厉光：“冯氏失智失德，不宜关在辜府内院。”

应南枝疑惑，抬眸瞧他，就听见他道：“将冯氏送去偏郊的静心庵，安度下半辈子。”

冯氏虽疯癫，却是个明白人，一听要将她送出府，她突然发了狂似的，逮着钳制她的小厮就一顿撕咬：“你们要将我赶出去？没门！我可是辜府二夫人，你们这群狗东西，狗东西！”

小厮吃痛松手，冯氏瞅准机会挣脱开，一见冯氏像条疯狗似的要扑过来，阿瑞忙拦在公子与应南枝身前，哪知冯氏突然掉转方向，去栽花种树的花圃砖里拾起尖锐石子，发狠似的朝他们丢去。

阿瑞以身相护，心急喊道：“你们还愣着干什么，抓住她！”

应南枝被辜言桥牢牢护在怀中，没吃到一点痛，倒是辜言桥，为了护她，整个人都暴露在外，毫无遮挡，脑袋结结实实挨到了不少颗石子，砸得鬓角上方都出了血。

应南枝心疼了，忙伸手察看，却被辜言桥一把握住，语气温柔：“我没事。”

冯氏被死死制住，嘴上仍不饶人：“就该砸死你们！想撵我走，我呸！我可是冯小锦！你们别想撵走我！”

“先将她关起来。”辜言桥眼里满是深深的嫌恶，他现在连一眼都不想瞧见她。

“放开我，放开我！”冯氏闹得一刻也不歇，嘶声力竭，“言庾，言庾！我的儿子，我要见我的儿子！你们别想将我和我的儿子分开！言庾！你在哪儿？

“谁也不能将我和我的儿子分开！生与死，我都要和我的儿子在一起！你们不能将我们分开！你们这群恶人，我诅咒你们！咒死你们！”

冯氏情绪激动，谁也没有深想，冯氏的心疾会如此严重，本想着待明日晨曦未现，将冯氏送出府，哪承想，黎明还没到，府中就出了事——

冯氏与言庾服毒而亡。

阿瑞闻此消息，一路上摔了不知多少跤，匆匆来叩公子屋门，也顾不上得体，大喊：“公子，出事了！”

辜言桥与应南枝起身，辜言桥从屏风上取下薄衫盖在应南枝肩头：“出什么事？”

“冯氏与二……二公子去了。”阿瑞吓得结巴，明明白天，一切都还好好的。

辜言桥的心“咯噔”一声，他猛地打开门，眉头紧皱：“言庾怎么会和冯氏见面？”

“我……我也不知道。”

辜言桥连外衫都来不及披，直接奔去正院，应南枝与阿瑞紧跟其后。

待他们赶到，冯氏与言庾的尸体已被下人简易处理过。

辜言桥微掀开白布，言庾闭着眼，早已没了生气。

他指节攥得发白，眸中布满了红血丝，虽说他容不下冯氏，但言庾没做错什么，只是个孩子，上一辈的恩怨不怪他。

一小厮将地上一碟摔散的糕点递上前：“嫡公子。”

辜言桥只瞧了一眼，心中便察觉出什么：“去查，仔仔细细地去查。”

事已至此，他就要知道真相，为什么言庾会和冯氏在一起，冯氏被关废院，要不是有人给她，她怎么会有糕点？

这一夜，无眠。

应南枝静静地陪在辜言桥身边，她知道他心里难受，他虽对冯氏厌恶，可他对他这个弟弟是真心疼爱的。

冯氏这么做，是要报复，报复辜老爷，报复他，她连死都不怕，可她怎么舍得带着言庾一起死？

辜老爷躺在床上，摔碗砸碟，闹脾气，他已经好几日没见着言庾了，自他卧病在床后，言庾每日去书堂前，都会来向他请安。

屋里伺候辜老爷的下人一声不敢吭，没有嫡公子的令，他们哪敢告诉辜老爷，白发人送黑发人，本就是一件痛心事，他们生怕加重辜老爷的病情。

辜言桥下了朝，直接去了辜老爷的屋，眼神示意下人全部出去。

瞧着床榻上的辜老爷，两鬓灰白，早已没了从前的神采，如今的他，不过是一需要人陪的老人。

辜老爷一瞧见辜言桥，默默别过身，自他病后，对他便不待见，为免辜老爷动气伤身，他一般也甚少踏入屋，回回让别人将他每日的情况告诉辜老爷。

可今日，他有话要说。

辜言桥命人再去拿一碗药，他撩了撩长衫，坐在床畔，面色凝重：“爹。”

“我要见言庾，你让他来见我。”

辜言桥沉默，喉结上下滚了滚：“我来，就是为了和你说言庾的事。”

一听事关言庾，辜老爷缓缓侧过身，眼神锐利：“出什么事了？”

下人端来新盛好的药，得辜言桥令上前。

辜言桥单手端过药：“先将药喝了。”

“你先告诉我。”辜老爷声音低沉，脸色阴郁，瞧辜言桥欲言又止，他定瞒着自己什么。

“先将药喝……”辜言桥话音还没落，辜老爷便闷着气，挥手打翻了药，汤药洒了辜言桥一身。

“把言庾叫过来，我现在就要见他！”辜老爷气得身子直抖，见辜言桥没反应，他急得自己就要下榻，奈何身子弱。

“老爷。”下人忙来扶，却被辜老爷一把拂开。

辜老爷性子急，现在心中又疑虑重重，不管不顾自个儿的身子，瞧得下人心里干着急。

“言庾走了。”

这一句，就足够辜老爷停下来。

辜老爷双目睁圆，不可置信：“走了？他小小年纪能走去哪儿？”他听得清楚，可他宁愿听不明白。

言庾，他还那么小，他怎么会……

辜言桥低头，攥着衣袖擦拭衣衫上的汤药渍，如果能瞒父亲一辈子，他真想瞒父亲一辈子，可惜，纸包不住火。

言庾的死，他的痛心不比父亲少。

要不是多嘴且管闲事的下人说冯氏想见言庾，言庾怎么会趁夜黑避开伺候他的下人去找冯氏，让冯氏有可乘之机。她对自己狠，对自己的亲生儿子也狠，竟将鼠药放入言庾最爱吃的糕点里……

他设计揪出帮冯氏的婢女，逼出她听见冯氏一直念叨的一句话，谁也别想将她和儿子分开，她要永远和她儿子在一起。

第十七章 × 下月初四宜嫁娶

01.

朝中党乱肃清，各派制衡，朝堂安定。

皇帝下旨，以年岁高，处理朝中政事力不从心为由，将皇位传给太子，自居太上皇移居别殿，享后半世清福。

太子登基为帝，忌辜言桥曾为十一皇子所用，处处打压，官位不升反降，朝中要务全不要他插手。

辜言桥落了个清闲官职，正合他意。

阿瑞进进出出地搬书晒书，累得气喘吁吁，公子倒好，带着应南枝在树下埋果子酒。

“怎么挖出之前埋的果子酒后，又埋一坛果子酒？”应南枝拿出手绢轻拭他额角的细汗。

辜言桥温柔地瞧着她，抱起刚挖出来的果子酒：“这坛酒要在我们成亲的日子喝。”

瞧着应南枝垂眸藏羞的模样，他继续道：“刚埋的酒，是为了日后我们孩子出生。”

应南枝忍不住轻捶他肩膀一下，她之前怎么不知道他如此没羞没臊。

应南枝拉着他起身，他手上满是黄泥，得洗洗才是。

阿瑞有眼力见地打好了井水，井水冰凉，与盛夏正好相配。

盛夏蝉鸣嘒嘒，为避日头直晒，辜言桥特命人在院里移栽了不少树，树荫掩得阳光零碎，好似……稜丘。

应南枝有些愣神，辜言桥执过应南枝的手，舀水轻洒在她手上，洗净结块黄泥。

“想什么呢，这么出神。”辜言桥食指沾上些许水，轻点了点她的鼻子。

近段时日，她精神不济，还困倦得紧，他担心，还特意请了大夫来瞧，可大夫都瞧不出什么所以然，只是开了调理的药方。

应南枝忽觉身子不对劲，指尖上忽地现出一缕白色狐狸绒毛，她下意识攥紧手，往衣袖里藏，生怕被他瞧见。

辜言桥看破不说破，他知道她在藏什么，害怕什么。

他其实，早就知道她的身份了——生而为狐，骨相为人。

辜言桥抬手，正了正她发髻上的金银木花簪：“南枝，下月初四宜嫁娶。”

应南枝眼神闪躲，内心的欢喜也抵不过她涌上眉头的恐惧。

这段时日，她身子越发觉得疲累，梦魇多生，总会无意识地显现狐狸特征。她怕，哪天就藏不住了。

他瞧出她退缩了，蓦地紧紧握住她的手：“南枝，我想做你一生的托付，无论发生什么，我都不负你。”

应南枝红了眼眶，她知道，她不是不信他，她是不信自己。

她的身骨她最清楚，之前是眉上现出了狐狸绒毛，半张脸都微现狐狸原形，如今指尖上都现了狐狸绒毛，她真的怕，哪天狐狸尾巴想藏都藏不住了。

应南枝后怕地扑入辜言桥的怀里，她不想与他分开。

上一世，她连他的最后一面都没见到，这一世，她想守着他一辈子。

02.

长屏城皆知，苏老爷为解苏小姐的心结，举家南迁，迁去了邻城。

苏老爷还为苏小姐招了一上门夫婿，听闻此人样貌英俊，脚踏实地，还解了苏小姐的郁悒不乐，此乃良缘哪。

苏小姐婚期已定，为沾喜气，苏记绸庄更名拾囍绸庄，交由苏小姐与其夫婿打理。

盛夏，热浪扑人，烤得人都要熟了。

苏宅忙里忙外，只为迎客。

苏珞裳执着手绢擦拭着额上的细汗，自她收到辜言桥的书信，知道他与应南枝前来，早早地便吩咐下人将客房准备好了。

算日子，今日该到了。

苏珞裳闲不住，一个时辰，跑了好几趟，要不是伊伊拦得勤，她怕是就中暑了。

左等右盼，终见一马轿勒停在苏宅前，苏珞裳心急，脚上的珠绣鞋差点都甩飞了。

辜言桥一见苏珞裳横冲直撞，生怕她碰上应南枝，身子一横，将应南枝护在身后。

苏珞裳是何等敏锐，将他的举动收入眼底：“哟嗬！”佯装生气叉腰，“辜言桥，我又不是老虎狮子，你还怕我吃了你的南枝不成？”

“珞裳。”一听应南枝唤她，苏珞裳眼里染上笑意，顺势挤开碍事的辜言桥。

“你都是要成亲的人了。”应南枝轻点了点她的额头。

苏珞裳挽上应南枝的胳膊，露出娇羞：“我夫君说了，他会将我当小孩子宠我一辈子的。”

辜言桥眼皮跳了跳，不动声色地拂袖背着手，瞥了眼苏珞裳如八爪鱼似的缠着南枝，醋意渐生。

苏宅后院绿树成荫，石亭伫在中间，假山上爬满了藤蔓，流水潺潺，似仙境一般。

逛完了苏宅，吃了最负盛名的糕点，在后院歇脚半炷香，苏家的上门夫婿才姗姗来迟。

苏珞裳一瞧见来人，连酥肉饼都没来得及下咽，站在石凳上就含糊地唤他。

来人疾步走来，宠溺地将她从石凳上抱下来，大拇指轻拭去她嘴角的糕饼屑。

都说苏小姐的未来夫君极其宠她，真是百闻不如一见。

瞧了瞧应南枝扬起的唇畔，辜言桥垂眸，端起温茶饮啜一口，解解糕饼的甜腻。

“你怎么才来，你让远道而来的客人等太久了。”苏珞裳轻捶着他的肩头。

“我帮爹去看仓库了，这才来晚了些，”他向她解释完后，这才回过身，向他们行了礼，“有事来迟，还望见谅。”

他一脸正经地介绍起自己：“我叫汪贺，珞裳的夫君。”

汪贺，是他为自己取的名字，忘记凡尘过往，忘记他曾经的身份。他如今，只想以汪贺的身份与珞裳好好过日子。

苏珞裳拉着应南枝去瞧喜服，后院只剩汪贺与辜言桥。

没有外人在，辜言桥这才揖礼：“十一皇子，别来无恙。”

想是以汪贺为伪装的时日久了，他竟有点不适应十一皇子这尊贵的称呼了。

“世上再也没有十一皇子了，”他端茶饮了一口，“只是多了一个叫汪贺的人。”

诱五皇子中计的那日，他就已经死了，死在了太子的剑下。

若不是他生母的玉佩在刀剑无影中，正好抵在他的心口上，他怕是早入了地府。

太子之位究竟算得什么，为了一个太子之位，兄弟间争得头破血流。他若活着，与太子的心结也解不开，倒不如趁此机会假死，脱离苦海，也还皇宫一片宁静，还百姓安宁。

如今，太子如愿以偿，坐上了皇位，溍朝上下，国泰民安，是喜。

他借此离开，与他心爱的人在一起，也是喜。

辜言桥手指摩挲着茶杯外壁：“殿下你不后悔？”

“不后悔。”汪贺轻叹一声气，“我本就无心争太子之位，三哥是我敬重的人，他的才能与气魄定不会辜负父皇的期望。”

他忍不住问：“父皇，他还好吗？”

“太上皇很好，如今退居在福禄殿，安享晚年，殿下托我带给太上皇的信，我也带到了。”

“那就好，那就好。”他轻喃了好几遍，一封信诉平安，能安父皇的心。

半晌，他抬头，碰了碰辜言桥的茶杯：“以后，世上只有汪贺。”再没有滑朝的十一皇子贺仕轩。

苏珞裳为成亲布置的新房，梳妆台上钗凤珠翠满目琳琅，囍字张贴，红绸高挂，一派喜庆氛围。

为免亲事操办隆重太招眼，让人认出汪贺的真实身份，所以只宴请亲朋好友。

苏珞裳迫不及待地从妆匣里取出一“囍”字：“南枝，你瞧，这是我亲手绣的，好看吗？”

应南枝仔细瞧着，手轻轻抚过，由衷赞道：“好看。”

“这是给你的，”苏珞裳拉着应南枝坐在床榻沿边，“可不许嫌弃我的手艺。”

“珞裳。”

“祝你与辜言桥百年好合，早生贵子。”

应南枝垂眸，紧盯着囍字样，心中却油然而生一种酸楚。

03.

夏季，前一秒太阳高照，下一秒雷雨交加，不是好兆头。

果真，辜府快马加鞭来苏宅，报：辜老爷殁。

辜言桥与应南枝连夜赶回辜府，仍是没能见到辜老爷最后一面，听伺候辜老爷的下人说，辜老爷直至闭眼前都在唤言庚的名字。

大夫早说过，辜老爷这是心病，心病还须心药医，言庚就是辜老爷的心药。

自言庾离开后，辜老爷的身子每况愈下，还不配合喝药，好似早已下了决心要去找言庾。

辜府上下挂满了白布，设灵堂，为送辜老爷最后一程。

当今皇帝为堵悠悠众口，也为表现他不计辜言桥曾是他十一弟的人，特派人来慰问，借机削弱他手中仅存的权力，彻底断了他朝廷上的势力，还说得好听，是为了让他能更好地守孝。

临近中秋，月色清冷，让人辗转难眠。

应南枝手拿着薄衫出了屋，就瞧见辜言桥坐在圆石桌前，她轻步上前，将薄衫盖在他肩上。

“南枝。”辜言桥轻唤她一声，手轻覆住她冰凉的手，他眉头不由得一皱，她的手越发冰冷了，盛夏时身子就似一块寒冰，现在不过秋天，到了冬日可怎么了得。

辜言桥不动声色地将她拽入自己怀里，将薄衫扯下，将她包裹得严严实实：“我吵到你了？”

应南枝摇头，她本就辗转难以入眠。

辜老爷一去，辜府的担子都落在他的身上，可人走茶凉，从前与辜府交好的如今为了自保避而不见。

朝中都知道，新任皇帝对辜府防备得紧，辜言桥曾与十一皇子走得近，皇帝心中有顾虑，不会再让他插手朝中事务，官职虽未降，可经手的事都是微不足道的小事，与政权搭不上一点边。

屋脊上忽地传来一阵脆响，一块砖瓦从上滚下，摔得粉碎，幸而辜言桥眼疾手快，才没有让砖瓦伤到应南枝。

阿瑞闻声，赤脚从偏屋出来，手里还攥着一棒槌。

辜言桥拧着眉，吩咐阿瑞：“上去看看。”

去年新年才将辜府上上下下翻新过，怎么好好就掉了一块砖瓦下来？

“我先送你进屋。”辜言桥小心翼翼地扶着应南枝进屋，为避这样的事再发生伤到她。

应南枝心中有疑，砖瓦都是翻新检查过的，怎么会出现这样的事，好似……故意冲着他们来的。

应南枝仔细听，才能辨出屋脊上传来细微声响的方位，眯眼一瞧，就瞧见屋脊上一抹狐狸之形的影子在月光下忽地幻化成一抹人影。

阿——阮？

应南枝脸色变得煞白，耳畔尽是阿阮的魅惑之音——我们狐狸一生可得两颗心，一颗是你自己的，另一颗是真爱你的男人的。

辜言桥双手钳住她的肩膀，才防住她身子往前倾：“南枝。”他抬头，凝眸盯着应南枝瞧的那方位，眸中满是狠戾之色。

他瞧见了屋脊上的那抹影子。

月黑风高，阿阮抱膝坐在屋脊上，一双眸子直勾勾地盯着辜言桥与应南枝，要不是知道他们一个为凡人，一个为半死不活的狐狸，她还真以为他们能像她似的瞧这么远。

不过是看不过他们大晚上还一副恩爱模样，所以她才失手推了一块砖瓦片，让他们收敛点。

“啧啧，瞧瞧辜言桥那紧张的眼神。”阿阮越瞧，心里却觉得酸，她最厌恶人世间那根本不值得一提的爱情。

辜言桥与应南枝，她瞧着就生厌。

她那么劝诫果子了，可果子宁愿拖着一副病躯也要陪在他身边。

“果子，我是看在你与我情同姐妹的份上，我才不忍看着你死。”

阿阮红了眼，他们狐狸是长生不老、芳华永葆，可逃不过一个情字，就逃不了一死。

果子的母亲禄娘为何而亡？不就因为动了情，伤了心，最终赔上一条命。

果子呢？狐狸本心珠裂了，七窍玲珑心也没了，耗到油尽灯枯，有什么意思？

可她不得不承认，果子比她幸运，遇到了一个真爱她的人，哪怕豁出所有，也在所不惜。

不像她，为了自以为的爱，不惜豁出命，可最后呢？徒剩狼狈。

冬还未来，屋里就已备上了火盆。

应南枝往暖被里钻了钻，她瞧见了阿阮，虽然隔得远，看不清，可她的感觉不会错，那一定是阿阮。

辜言桥也钻进被子里，将她拥入怀，在她紧皱的眉心轻烙下一吻："想什么？"

应南枝往他怀里蹭了蹭，眼不争气地就红了，喉咙哽咽："辜言桥。"

她怕是这一世的愿望都不能实现了，她以为这辈子她会守着他，可她的命她做不了主。

辜言桥轻弯了弯唇畔，似是自言自语："睡吧，等你醒了，一切都好了。"

一切都会好的，南枝。

后半夜，红木桌上的香炉里飘出一缕缕白烟，香气萦绕，熏得人身心俱疲，沉沉睡去。

自她身子渐显虚弱之际，她从没睡过像今日这般舒服的觉，好似指尖上的狐狸绒毛都一并隐了去，能随自己心意地敛狐狸真身。

阿阮打开门，从屋里走出来，远远地就瞧见月光下等着的辜言桥。

以自己心尖血续养果子的心，以他的心换她的心，她从没见过世间有像他这般傻的男子。

虽然她真的很不想承认，可果子确实好福气。

“她是一只狐狸，你真的不怕？”阿阮不死心地再问一次，可瞧见他眼里的坚定后，她懂了。

爱情无关身份，他爱的只是她，仅此而已。

04.

今年的寒冬来得比往年都要早。

门外白茫茫一片，初雪悄然来了。

阿瑞拎着炭盒进屋，携了一身的寒意，他听公子话，今年提早备好了炭过冬。

阿瑞正打算往火炉里添几块新炭，却听辜言桥开口：“阿瑞。”

阿瑞忙停下手中的动作，小跑绕过屏风，瞧着靠坐在床榻上的公子，一瞬便红了眼。

公子身子骨本强健得很，怎么说病就病了呢？

现下长屏城都在传，公子时日无多，他们都说公子从小身子骨弱，却瞬间好了，定是邪祟在作怪，如今又病倒了，是因为报应来了。

瞧着阿瑞抬手抹泪，辜言桥不由得咳了好几声，急得阿瑞不知所措。

“你要是不哭，我病就会好。”

明知公子是在安慰他，可他还是选择相信，双手抹着脸：“我不哭，阿瑞不哭，公子定会好起来的。”

辜言桥强忍着身子不适：“南枝呢？”

阿瑞吸了吸鼻子，他从进门就没瞧见过夫人：“公子，我这就去找夫人。”

阿瑞转身就走，辜言桥根本来不及唤住他。

须臾，屋脊上纵身一跃一抹白如雪的影子。

忽敛狐狸真身，幻成一窈窕女子。

应南枝怀抱着一堆野果子匆匆入屋，瞧见地上放的炭盒，她就知阿瑞来过了，怪不得门都虚掩着，要是寒风侵了辜言桥的身子怎么办？

应南枝心里闷着气，刚绕过屏风，就瞧见辜言桥斜倚在床角，笑意盈盈地盯着她瞧。

“你醒了？”应南枝眸中染上笑意，抱着一怀的野果子凑上前，“你怎么不多睡会儿？”

辜言桥宠溺地伸手轻掸去她青丝与肩上的薄雪：“你去哪儿了？”

“我方才听见府外有叫卖声，我出去一瞧，正好有一老妪手提竹篮，卖这野果子，”应南枝献宝似的献上，“你最近不是最喜欢这果子吗？”

辜言桥盯着那红色的果子：“狸香果。”

应南枝神色一敛：“嗯，狸香果。”

辜言桥抬眸：“这果子，真甜。”

“你喜欢便好，”应南枝将一野果子在衣袖里反复擦了擦，递到他眼前，“这果子一年四季都有，你要喜欢，我都替你寻来。”

辜言桥轻咬一口，耳畔尽是少女拔高的亮嗓——“这果子一般长在荆棘丛生的高树上，一年四季皆结果，不过呀，可不好摘。”

从前世到今生，他都没为她做过什么，还回回走在她前头，狐狸一辈子很长，她却要忍受无尽的孤独。

“果子。”

应南枝身躯一颤，明眸里尽是他的身影。

辜言桥低了低头，圆了话题：“我是说狸香果。”

应南枝眉头一松，她还以为……他唤的是她呢。

“我去给你煎药。”应南枝想找个借口离开，她怕再不离开，她的眼泪就抑不住了。

这场戏，他们都好好地演了，谁也不让谁瞧见心里的伤。

辜言桥眼疾手快地抓住应南枝的手，手不复冰凉，有着温度，真好。

只是，被割伤的细小伤口异常醒目，辜言桥喉结滚了滚，不动声色地抚过她的手心，这野果子，还真难摘啊。

都让他的南枝受伤了。

他们各藏着心思，一个忆起了前世，却不忍告诉她，怕再勾起她上一世的苦痛；一个明知救活她自己是徒劳，也不愿让他知道他的心血白费了，哪怕她换了心，她也不过是抱着一根烂木在海上挣扎，总有一天，会沉下去。

她与她阿娘的命数一样，谁也改变不了。

辜言桥冰凉的手轻拭去她脸上的泪痕，这两世，他得到了同一个宝，白白捡到了一只狐狸，却没能好好照顾她。

应南枝心里憋了一口气，忽地抓起辜言桥的手，狠狠咬了一口，可还是难解她心头之痛。

瞧着她这样，辜言桥更不舍了，她从前也咬了他，那一咬，她就永远烙在了他的心里。

应南枝松了口，咬他，她也疼：“疼吗？”

辜言桥摇头，从软枕下摸出一锦袋，里面是一把长命锁，与她那把长命锁无异，可长命锁上的字却不同。

这一把长命锁上，刻的是——辜。

“我瞧见过你随身戴着的长命锁，上面刻的是你的姓，所以，我特意让阿瑞去匠铺铸了一把相似的锁，上面刻着我的姓。”

应南枝接过长命锁，眸中氤氲：“我身上的锁是我父亲特意为我铸的，所以你这把锁，我不能收。”

她没有亲手从她父亲那里接过锁，已经是她的遗憾，如今她怎么能替他们的孩子接过锁呢。

“这锁还是你自己留着，待我们有了孩子，你再将这锁亲自给他。”

辜言桥手紧攥着她塞来的锁，面色苍白如雪，若是有机会，他也想活下去，陪着她。

听到她说到“孩子”这两个字，辜言桥苦涩一笑：“都怪我，到现在还让你没有名分。”

为父守孝三年，大小喜事均得延后，他与她的婚期一拖再拖，拖到他病入膏肓，他都没能许她一场铜鼓喧天、喜帕红绸飞扬的成亲之礼。

来世，来世他一定八抬大轿娶她过门。

火盆未来得及添新炭火，暖意骤降，火星子因寒意忽灭。

辜言桥忽觉眼皮越来越重，她的背影隐在屏风后越来越模糊。

应南枝手忙脚乱地找珞裳特意给他们做的囍字样：“那今天你一定要给我个名分，与我一同将囍字样贴于床柱上。”

“找到了。”应南枝一个激动，“囍”字从手中脱落，她着急去捡，可手指尖还没碰到“囍”字，她突然就收住了手。

耳畔的……心跳声停了。

屋外雪仍旧在下，可屋里的暖意早已消失殆尽，她脑海里总是回想起他们初见时，也是下着雪，很冷，很冷。

阿阮赤脚踩在屋脊上，忽地听见阿瑞的一声嘶鸣，足以划过长空的白云。

她看不得鸳鸯，因为她恨。

但她也不想看到果子与她心尖人落得这么一个下场了，她后悔了。

可不怪她，就算辜言桥不将自己的心献出来，他也命不久矣，他上一世可是发过毒咒的。

让他想起上一世的事，已经让她难办了，可这也是她能尽的最后一点微薄之力。

05.

“阿野，你再乱跑，我就打断你的腿！”

可无论喊的人如何粗言威逼，都没有用，这小子该躲还是躲，该跑还是跑。

阿阮气得不轻，手执一根藤条，她微露出尖牙，下定决心，待阿野出来，她定要打得他屁股开花，看他还敢不敢不听她的话。

高树上忽地掷来一颗新鲜野果子，幸而阿阮眼疾手快，将野果子紧攥手中，半张脸都露了狐狸真身：“阿野！”

给他取名阿野，还真撒野！

“你要再不出来，就罚你抄书三千遍。”

阿野在藤树上翻滚，利落攥住一根藤条晃至阿阮面前，手里还把玩着一颗野果子：“阿阮娘亲，三千遍怎么够啊，让我泡在书堂三十年我都愿意。”

瞧着他这样子，阿阮扔掉了手中的藤条，她真是又气又要笑，这小子究竟像谁啊，又能闹腾又这么爱书卷。

阿野倒挂在藤条上，塞在衣服里的长命锁倏地掉了出来，幸而他动作够快，这才翻身一跃，稳稳当当落地，将长命锁戴至脖颈上。

“阿阮娘亲，今日不是要去凡间吗，我保证，再也不惹你生气了。”阿野一脸真诚，他可想死凡间那间干货点心铺的果脯了。

阿阮叹了声气，她真是拿他没办法，他就是来讨债的，讨债的。

阿阮上前，将他的长命锁戴正，视线落在长命锁上刻的字一秒，就移回了视线。

阿野眼尖着呢，逮住阿阮就问：“阿阮娘亲，你是不是在想我的爹爹呀，我爹爹一定叫辜野，所以你给我各取你们名字中一个字，对不对？”

“哎，阿阮娘亲，你别走啊，等等我……”

稜丘山林，长命锁轻碰出清脆声响，又到一年冬，却温暖如春。

后记× 命里是缘终会相见

“都说人有三世，三世渡完，不予轮回，渡不了的亡魂都停在了魂魄桥上，唯有等到他们要等之人，方可开启下一个三世轮回……”卜卦先生一拍红楠木，吓散一群围在他铺前的小孩子。

他是小摊生意，可也是钻研过经书三卷、渡劫化难、人生死地，常年窝在这祈福寺的山脚下，寻有缘人，不过是为卜一卦赚个养家糊口钱。

太阳晒得他困倦，刚打一哈欠，就瞧见一轿子里出来一姑娘，这瞧一身行头，定是名门家的小姐。

他一抖精神，拿着一毛手杖唬人，正欲去拦，不知哪儿冒出的一只小狐狸不由分说衔咬着他的衣角，他被困在原地，只得眼睁睁地瞧着一门生意飞了。

“小姐，你在瞧什么？”阿意扶着小姐，顺着小姐的目光瞧去，只瞧见一算命的正胡乱扑腾着，一只狐狸乱窜，将他的简陋小摊弄得一团糟。

阿意惊呼："那……那不是不知恩图报的小狐狸吗？"

上回小姐来寺庙祈福，回途中路过一片郁悒葱葱的山林，好心救下一只被猎户夹子伤了腿的小狐狸，哪知小狐狸倒反咬小姐一口。

阿意心急，说着就要去逮那只小狐狸，却被小姐拦下。

她虽身为高门小姐，却事事都不能遂她心意，还不如一只狐狸活得潇洒肆意，她轻抚着手上被狐狸咬过的伤痕。

她想，下辈子，做一只狐狸也挺好。

阿意扶着小姐入寺庙上香，那只扰了卜卦先生生意的小狐狸轻盈一跃，徘徊在寺庙里的木梁上，一双狐狸眼直勾勾盯着一片虔诚祈福的人儿，瞧着她的珠翠玉耳坠子轻摇，失了神。

他怨念颇深，要不是他修炼走火入魔，失了这一世幻化成人的机会，他早化作翩翩俊姿去找她了，上一回他误咬了她一口，还没能亲口道声歉呢。

寺庙外，卜卦先生扶起被狐狸咬烂的算命幡，头顶日头，转身凝眸盯着山上寺庙瞧，啧啧叹了两声，道："是孽躲不过啊，命里是缘终会相见。"

卜卦先生手摁住有缘铃，算了算时辰，该回家吃饭了，收拾收拾动身，嘴里仍念念有词道："人有三世，三世渡完，不得一见，在世之人，孤独等待，苦命哪苦命……"

本书由矢厘委托长沙大鱼文化传媒有限公司正式授权百花洲文艺出版社，在中国大陆地区独家出版中文简体版本。未经书面同意，本书的任何部分不得以图表、电子、影印、缩拍、录音和其他手段进行复制和转载，违者必究。

大鱼文化&小花阅读
面向全国招聘兼职签约作者
长期有效哦！

公司介绍：

大鱼文化是中国一线青春文学图书策划公司，多年来与数十家国内出版社深度合作，每年向市场推出三百余个品种的青春类畅销图书，每年签约推出新人作者近百名。

其中公司子品牌“小花阅读”立足传统纸质出版，引导青年休闲阅读风向，主力打造和发掘新人创作者，采用编辑指导创作模式，创作出适合市场的优质阅读产品。

现面向全国各高校招聘兼职新作者。

我们的工作说明：

还未毕业？有其他正式工作？看清楚了，我们这次招的就是兼职！

从未有过发表史？国内一线青春编辑亲自教你点滴成文！

想要出版一本属于自己的图书？国内一线出版公司专业签约护航！

想要一份收入稳定岁月静好的兼职工作？做做白日梦写写小说最适合不过。

兼职的要求及待遇：

年龄不限，学历不限；爱看小说，想要创作。

每天只要2~3个小时，日过稿只要三千字，宅在室内，风雨不惊，月兼职收入不低于三千元！

我们需求的题材 | **清新恋爱，青春校园，都市言情，甜宠萌文，古风言情，悬疑推理，奇幻武侠，科幻冒险……**

应聘的流程：

1. 上网下载一份标准简历模版，按自己的真实情况填写。
2. 自行构思一个自己最想创作的长篇故事内容，撰写300字内容简介，将故事分为12~20个章节，每个章节用100字以内说明本节讲述的主要情节（内容简介和章节内容加起来不超过2000字）。
3. 将上述内容用WORD文档整理好，格式清楚，一起发送到以下邮箱：dayuxiaohua@sina.com （两周内百分之百回复，如两周内未收到回复则可视为发送途中邮件丢失，可再次投递）。
4. 简历和创作大纲如有合作可能，公司将于两周内派出专业编辑一对一联系，进行下一步沟通，指导创作、签约等流程。如暂时不符合合作条件，则可再次努力。
5. 一经签约，作品将按国家出版规定签订标准出版合同，成为正式出版物，所有程序遵守国家法律法规要求。

其他说明：

了解大鱼文化图书产品风格类型，有助于提高签约成功率。

了解途径：

公司产品广布于全国各大新华书店青春文学专架、全国各大网络书城、淘宝大鱼文化图书专营店及各大天猫书店。

微信公众号**“大鱼文学”**和**“大鱼小花阅读”**均有签约作者作品试读。

关注新浪微博官方号“大鱼文学”，有每月产品即时消息发布。

图书在版编目（CIP）数据

只想做你的小狐狸 / 矢厘著. -- 南昌 : 百花洲文艺出版社, 2020.6
ISBN 978-7-5500-3730-4

Ⅰ. ①只… Ⅱ. ①矢… Ⅲ. ①长篇小说 - 中国 - 当代 Ⅳ. ①I247.5

中国版本图书馆CIP数据核字(2020)第078989号

只想做你的小狐狸
矢厘 著

责任编辑 余丽丽
特约编辑 聆 淞 廖唯佳
封面设计 颜小曼
内页设计 西 楼
特约绘制 Apr-田
出 版 者 百花洲文艺出版社
社 址 江西省南昌市红谷滩世贸路898号博能中心A座20楼 邮编：330038
电 话 0791-86895108（发行热线） 0791-86894790（编辑热线）
网 址 http://www.bhzwy.com
E-mail bhzwy0791@163.com
经 销 全国新华书店
印 刷 长沙鸿发印务实业有限公司
开 本 880mm×1230mm 1/32
印 张 9.125
字 数 227千字
版 次 2020年6月第1版
印 次 2020年6月第1次印刷
书 号 ISBN 978-7-5500-3730-4
定 价 36.80元

赣版权登字：05-2020-55
版权所有 侵权必究
图书若有印装错误可向承印厂调换